Lars Lenth

SCHRÄGE VÖGEL SINGEN NICHT

Der Autor

Lars Lenth, Jahrgang 1966, ist ein Angel-Profi und hat sich damit sowohl auf dem skandinavischen Buchmarkt als auch im Fernsehen einen Namen gemacht. Er spielte in TV-Serien mit und brachte einige DVDs zum Thema Fliegenfischen heraus. Wenn er nicht gerade angelt oder schreibt, steht er mit einer seiner Rock-Bands auf der Bühne.

Die Leo-Vangen-Romane von Lars Lenth bei Blanvalet:

1. Der Lärm der Fische beim Fliegen
2. Schräge Vögel singen nicht
3. Der böse Wolf von Østerdalen

1

Am frühen Morgen des 15. Mai stieg Trond Bast im Bootshafen von Sollerud an Bord seines roten Dingi. Bis auf zwei Lachmöwen, die unter einem aufgebockten Katamaran auf eine aufgeblähte Plastiktüte einhackten, war er allein im Hafen. Bast wollte Meerforelle angeln, wie er es seit zwanzig Jahren von April bis November jeden Tag tat.

Im Scheidungsantrag hatte seine Frau angegeben, das Fischen sei für ihn zur Besessenheit und wichtiger als sie geworden. In schwachen Augenblicken musste sich Trond Bast eingestehen, dass sie nicht unrecht hatte. Gedämpft durch das wuchtige Versicherungsgebäude zwischen Ufer und Schnellstraße, hörte man schon um halb sieben die erste Pendlerwelle Richtung Oslo fahren. Die Übermenschen aus Asker und Bærum waren auf dem Weg. Väter, die um halb sechs aufstanden und das Haus verließen, ehe die Kinder aufwachten und die meistbefahrene Straße Norwegens unpassierbar wurde.

»Streber«, murmelte Trond Bast und fasste sich an den Kopf, um sicherzugehen, dass sein Toupet richtig saß. Vor ein paar Jahren war er zu Kreuze gekrochen und hatte sich billiges Kunsthaar aus Bulgarien im Internet bestellt.

Trond führte gern Selbstgespräche, wenn er allein im

Boot saß. Hier konnte er nach Herzenslust fluchen, ohne dass ihm jemand den Mund verbot. Er bückte sich, hob eine leere Bierflasche vom Boden des Bootes auf und warf sie mit voller Wucht nach den kreischenden Möwen, die aufstoben, als die Flasche an dem Katamaran zerschellte. Trond Bast summte und schaute sich um, als suche er Anerkennung für seinen Treffer. Er legte eine Prise Snus hinter die Lippe und zog am Starter des alten 6-PS-Außenborders, der erst beim zwölften Versuch ansprang.

Als Bast um die Mole herumfuhr, blendete ihn die Morgensonne, die sich in den Glasfassaden von Lysaker Brygge spiegelte. Ihre Strahlen tauten seinen Körper auf und kitzelten ihn unter dem Kunsthaar, das im Licht etwas dunkler als der spärliche Rest über den Schläfen aussah.

Bast kniff die Augen zusammen und sah, dass etliche Bewohner des riesigen Komplexes schon mit einer Kaffeetasse in der Hand auf den Balkonen saßen. Die armen reichen Frührentner hatten vermutlich zu spät realisiert, dass sie ihre Eigenheime in Bærum aufgegeben und Unsummen bezahlt hatten, um direkt neben der E18 in einem Block ohne Abendsonne zu wohnen.

»Strohköpfe!«, brüllte Bast, aber seine Stimme ging im Motorenlärm unter.

Bast packte die Angelrute aus. Die technischen Entwicklungen der letzten Jahre waren komplett an ihm vorbeigegangen. Er schwor nach wie vor auf die alte Spinnrute mit der antiquarischen Bremsrolle und einem einfachen Kunstköder, ein kupferfarbener 28-Gramm-Blinker, der 30 Meter hinter dem Boot im Wasser schwänzelte. So hatten es schon sein Großvater, der Advokat Børre Bast, und sein Vater, der Advokat Benny Bast, getan, und so wollte es auch der krankgeschriebene Markisenhändler Trond Bast tun. In seiner dreiundzwanzigjährigen Angelkarriere hatte Bast insgesamt zweiundzwanzig Meerforellen gefangen, knapp eine Forelle pro Jahr. Das verriet er niemandem, nicht einmal sich selbst, wenn er alleine im Doppelbett seines Reihenhauses in Høvik hinter der Lärmschutzwand lag und darüber nachdachte, wie das Leben hätte sein können.

Trond Bast hatte es seinen Eltern immer übel genommen, dass sein Vorname nicht mit B begann. Auf dem Sterbebett hatte seine Mutter ihm anvertraut, dass sie ihn eigentlich Birger nennen wollte, aber da hatte der Vater sein Veto eingelegt, weil der dem mickrigen Säugling nicht zutraute, die stolze Familientradition weiterzuführen. Seit der Grundschule träumte er von einem anderen Namen, aber erst auf dem Wirtschaftsgymnasium traute er sich, seinen Klassenkameraden vorzuschlagen, ihn Biff zu nennen, aber die angehenden BWL'er fanden, einen solchen Namen müsse man sich verdienen. Trond Basts Verdienst hielt sich in Grenzen, also blieb er weiter Trond. Und verbitterte.

Das alte Dingi durchschnitt die spiegelglatte Wasseroberfläche wie ein rostiges Messer einen glänzenden Forellenbauch. Wäre Trond Bast Herr seiner Sinne gewesen, hätte er vielleicht gedacht, wie privilegiert er doch war, in diesem Moment an so einem schönen Ort zu sein. Er hätte dankbar sein müssen. Aber Bast war viel zu sehr damit beschäftigt, die pompösen Anwesen am Ufer mit einer Mischung aus Respekt und Verachtung zu betrachten.

Lagåsen, das Gebiet zwischen Lysaker und Fornebu, war voller Symbole des Erfolgs und Größenwahns. Gegen Ende des 19. Jahrhunderts hatte die geistige Elite Norwegens dort prächtige Villen gebaut und Parks angelegt. Halb hinter großen Bäumen verborgen war die »Polhöhe« zu erahnen, der neoromantische Palast Fridtjof Nansens, daneben Munkebakken, das größte und teuerste Einfamilienhaus des Landes, gefolgt vom sogenannten »Lusthaus« des damaligen Außenministers Michelet und die Drachenstilvilla des Malers Gerhard Munthe.

Die gesamte Halbinsel strahlte historische Größe aus.

Jedes Mal, wenn Vater und Sohn dort vorbeigetuckert waren, hatte Benny Bast dieselbe Litanei über die »bemerkenswerten Menschen, die Bærum bereichert hatten« heruntergeleiert. Trond Bast konnte sie noch auswendig:

»Durch Familienbande und Freundschaft zogen diese distinguierten Bewohner weitere distinguierte Herrschaften an.«

Wenn Trond an den Grundstücken vorbeifuhr, juckte es ihn ganz besonders unter dem Toupet. Er dachte an die feierlichen Worte des Vaters und fühlte sich klein und unbedeutend:

»Die wichtigsten Männer des Landes gehörten dem Lysaker-Kreis an. Männer, die ein Ziel vor Augen hatten und denen wir unsere Unabhängigkeit verdanken.«

Fridtjof Nansen hatte bestimmt gern geangelt, schließlich war er ein echter Freiluftmensch. Seinen Doktorgrad hatte er mit einer Arbeit über das Nervensystem des Schleimaals erlangt, aber weder er noch der Außenminister hatten ihr ganzes Leben mit Angeln vergeudet, da war sich Trond Bast sicher.

Ganz oben auf dem Hügel thronte das Reklame- und Eventbüro Dinamo, Firmensitz der selbst ernannten Visionskönige und »Kreateure«. Sie hatten sich die Villa des Reeders und Kunstsammlers Anton Fredrik Klaveness gesichert, eines der prächtigsten Anwesen Norwegens. Normalerweise hätte Trond Bast auch sie verflucht – wie alle Menschen mit Ambitionen und Erfolg –, aber da sie Sponsor seines Lieblingsvereins Stabæk waren, entging Dinamo den Schimpftiraden des gescheiterten Anwaltssohnes.

Das Einzige, was Vater und Sohn Bast gemeinsam hatten, war die Liebe zum Angeln. Für Benny Bast war das Fischen nur ein Hobby gewesen, bei dem sie sich entspannen und Kraft für die Arbeit schöpfen konnten. Weder Dorsch, Forelle noch Köhlerfisch hätten sie von der Arbeit abgehalten. Für Trond hingegen waren sie im wahrsten Sinne des Wortes Dreh- und Angelpunkt des Lebens.

Seine Leidenschaft war proportional zum Gefühl gewachsen, an Land zu kurz gekommen zu sein.

Der Job als Markisenhändler stand dieser Leidenschaft im Weg, und als der kreative Betriebsarzt ihm für nur 45.000 Kronen in bar die Diagnose »Virus im Gleichgewichtsnerv« anbot, nahm Trond Bast die geerbte Munch-Lithografie von der Wand und verkaufte sie unter der Brücke von Sandvika für 50.000 an einen Nordnorweger mit Baskenmütze. Das war eine beträchtliche Summe, aber wenn er an die fünfundzwanzig Riesen im Monat dachte, die er auf unbestimmte Zeit vom Staat kassieren würde, ohne einen Finger zu rühren, fiel ihm die Entscheidung leicht. Ganz zu schweigen von der Zeit, die er zum Angeln haben würde.

Das einzige Problem war die Wahl der Krankheit gewesen. Der durchtriebene Arzt hatte ihm zuerst Chronisches Erschöpfungssyndrom, auch ME genannt, angeboten, aber das hätte 10.000 Kronen mehr gekostet, und Trond fand, dass der »Virus im Gleichgewichtsnerv« glaubhafter klang. Bei ME würde man ihn womöglich für nicht ganz klar im Kopf halten.

Je näher Trond dem Gelände des früheren Flughafens Fornebu kam, desto schwächer wurde der Lärm der Schnellstraße, bis nur noch das Tuckern des Außenborders zu hören war.

Früher waren hier die Flugzeuge in einem endlosen Strom über ihn hinweggedonnert. Viele Sportfischer hatten sich damals bitter beklagt, weil der Fluglärm das Naturerlebnis verderbe, und andere Reviere angefahren. Bast liebte das Brausen der schweren Maschinen. Die größte Meerforelle, die er je gefangen hatte, ein Monster von 1,2 Kilo, hatte er direkt unter der Einflugschneise aus dem Wasser gezogen. Die drei Boeings, die sechzig Meter über ihm zur Landung ansetzten, während er mit dem Rekordfisch kämpfte, hatten ihn nicht im Geringsten gestört. Im Gegenteil, sie gaben dem Kampf zwischen Mensch und Natur einen internationalen Touch. Auf Tuchfühlung mit einem Flieger der Lufthansa oder Alitalia fühlte er sich gleich weniger weltfern.

Nun waren die Flugzeuge verschwunden.

Nach langem und intensivem Druck der reichen Bewohner von Snarøya hatten die Behörden nachgegeben, den Flughafen nach Gardermoen verlegt und die Lärmproblematik auf die ärmeren Bewohner von Romerike verlagert.

Was alle anderen befürworteten, war für Trond Bast eine Tragödie. Er fühlte sich von der Welt abgeschnitten, und zu allem Überdruss wurde sein privater Angelplatz von fischhungrigen Polen, Türken und Restjugoslawen eingenommen, die langsam, aber sicher das Ufer von Lagåsen bis Rolfstangen mit ihren Grundangeln, bunten Decken, Tonnengrills und schreienden Kindern annektierten. Letzten Herbst war er gar auf eine Jugendclique aus Rykkinn gestoßen, jenem Getto im Westen Bærums, das den Ruf von Norwegens reichster Kommune besudelte.

Keiner von denen gehörte hierher. Sie waren kein natürlicher Bestandteil der bærumschen Fauna.

Trond Bast hatte nichts gegen Ausländer oder Leute aus Rykkinn an sich, solange sie sich ihre traditionellen Kopfbedeckungen verkniffen, die norwegischen Gesetze respektierten und dem Osten Bærums fernblieben.

Es war viel los an Land, obwohl es erst kurz nach sieben war. Polnische und litauische Bauarbeiter riefen einander Befehle zu, hämmerten, sägten und mauerten, als ginge es um ihr Leben. Seit zehn Jahren wimmelte es auf dem alten Flughafen von Männern mit Werkzeuggürteln und gelben Helmen. Immer mehr imposante Bauten schossen empor: Telenor, Aker Solutions, hypermoderne Wohnblöcke direkt am Wasser, Parkhäuser und Bürokomplexe aus Stahl, Glas und Beton. Gekrönt wurde das Ganze von der Telenor-Arena, dem überdachten Stadion, in dem Stabæk auf Kunstrasen trainierte. Trond Bast besaß eine Saisonkarte für Block G, Reihe 17, Platz 29.

Seit der Verein 1993 nach dem 2:1-Sieg gegen Os in die zweite Liga aufgestiegen war, gehörte Bast zu den treuen Fans. Der erfolgreiche Sturm auf den Meistertitel der ersten Liga gab ihm die seltene Chance, stolz auf Bærum zu sein. Im Stadion durfte er aufspringen und gegnerische Fans durchs Megafon zur Schnecke machen, ohne dass jemand sich aufregte. (Mit Ausnahme des ein oder anderen Familienvaters in Segeljacke, der so blöd war, seinen kleinen Sohn ins Stadion mitzunehmen.)

Die Bauarbeiten dauerten ewig. Bast hatte sie von der ersten Minute an verfolgt, vom Abriss des alten Flughafens bis zum unfertigen, futuristischen Chaos. In der Lokalzeitung hatte er gelesen, Fornebu sei das größte Bauprojekt des Nordens. Das Ziel waren 8.000 Wohnungen, 20.000 Einwohner und 40.000 Arbeitsplätze – eine neue Stadt am Oslofjord. Aber irgendetwas schien furchtbar schiefgelaufen zu sein. Ein Großteil von Fornebu erinnerte nach wie vor mehr an die Wüste Gobi als an eine lebendige Stadt.

Bast starrte das alles dominierende Telenor-Gebäude an, dessen Büros sich allmählich füllten. Die halbstaatliche Gesellschaft hatte sich rechtzeitig das attraktivste Grundstück der Halbinsel gesichert.

Sie war lange vor allen anderen da gewesen.

Wie konnte das geschehen? Wer zum Teufel hatte entschieden, dass ein riesiger Bürokomplex das schönste Stück Strand am inneren Oslofjord verschandeln durfte?

»Schweine«, murmelte Bast, zog das erste Tuborg des Tages unter der Sitzbank hervor und öffnete es mit der Snusdose. Er führte die Flasche an den Mund, schloss die Augen und ließ es laufen. Dabei stellte er sich vor, wie er das Telenor-Gebäude in die Luft sprengte. Dummerweise war auch der Telegigant mit seinem Verein verbunden, weshalb er den Gedanken aufgab und stattdessen seine Wut an einem der neuen Wohnblöcke am Wasser ausließ.

»Schon mal was von Baurecht gehört? Freier Zugang zum Strand ist ein Allgemeinrecht!«, brüllte er eine bucklige, alte Dame auf einem der oberen Balkone an, die sich erschrocken in die Wohnung verzog.

Als Trond Bast die äußere Landzunge bei Rolfstangen umrundete, sirrte es plötzlich laut in der alten Bremsspule. Eine Sekunde lang glaubte das Kind in Bast, er habe eine fette Meerforelle am Haken, aber der Realist in ihm konstatierte nüchtern, dass der Köder am Grund festhing. Bast nahm die Rute aus der selbst gebastelten Halterung, gab der

Schnur freien Lauf und schaltete den Motor aus. Das Boot glitt langsam weiter.

Als es stillstand, zog er an der Schnur, bis die Rute sich bog. Der Realist hatte recht, der Haken saß bombenfest.

Trond Basts Nase begann zu laufen wie immer, wenn er vor einem Problem stand. Er kannte das Fahrwasser wie seine Westentasche, war viele hundert Mal mit der Schleppangel über denselben Grund gefahren. Hier war das Wasser genau viereinhalb Meter tief, und der 28-Gramm-Blinker wurde bei Minimalgeschwindigkeit exakt drei Meter unter der Oberfläche gezogen.

Theoretisch war es unmöglich, sich hier zu verheddern.

»Verdammte, elende Scheiße!«, hallte es übers Wasser.

Ein Trupp Bauarbeiter ließ die Werkzeuge ruhen und sah amüsiert zu, wie der Mann in dem kleinen Boot ausrastete. Bast überlegte, ob er sie aufklären sollte, dass er *keinen* Riesenfisch an der Angel hatte, aber sie waren zu weit weg und verstanden wohl ohnehin kein Norwegisch.

Er legte die Rute ins Boot und zog mit beiden Händen an der Schnur.

Nach zehn Minuten Ruckeln und Zerren und vielen fantasievollen Schimpfworten hatte Trond Bast die Nase voll. Er wickelte die Schnur um die Ruderpinne, warf den Motor an und legte den Rückwärtsgang ein. Die Schnur wurde schlaff, und er schaltete den Motor wieder aus. Dann nahm er die Rute und kurbelte.

Weil er den kostbaren Kunstköder längst abgeschrieben hatte, freute es ihn umso mehr, als er beim Einholen einen sanften Widerstand spürte.

Der Blinker hing noch an der Schnur.

Er richtete sich auf, kurbelte wie wild und grinste bis über beide Ohren, als die norwegische Designikone an die Oberfläche kam.

Trotz der blendenden Frühjahrssonne sah er etwas an dem rostigen Haken hängen, das er auf den ersten Blick nicht identifizieren konnte. Er schwang die Rute und fing den Köder samt Anhang mit der linken Hand auf.

Das hätte er nicht tun sollen. In dem Augenblick, als er erkannte, was er in der Hand hielt, schaltete Trond Basts Gleichgewichtsnerv sich tatsächlich aus.

2

Am selben Abend, knapp zwei Kilometer Luftlinie entfernt, saßen zwei Männer in einem grauen Toyota-4-Runner und tranken Dosenbier. Ohne das grüne Nummernschild für Lieferwagen und das Kleeblatt-Logo der Zentrumspartei auf der Heckscheibe hätte man sie auch für osteuropäische Handwerker halten können.

Der Mann auf dem Fahrersitz war ein Koloss, ungefähr Ende dreißig und eher groß als fett. Er trug einen dunkelblauen Kapuzensweater mit dem Wappen des FC Vålerenga Oslo, eine graue Jogginghose, die mit Flecken aller Art dekoriert war, und dunkelbraune Uggs Größe 49. Sein klobiges Gesicht zeugte von einem Leben mit viel Alkohol und wenig Schlaf, Obst und Gemüse. Die bunt geäderte Nase sah aus, als wäre sie schon mehrfach gebrochen gewesen, die Augen waren glasig und geschwollen, die hohe Stirn glänzte wie eine polierte Eisfläche. Um seinen Hals wand sich eine tätowierte, zweiköpfige Schlange, auf der linken Wange hatte er sich ein Kleeblatt stechen lassen.

Der Mann auf dem Beifahrersitz war klein und spindeldürr, ungefähr vierzig. Er hatte dichte, zusammengewachsene Augenbrauen und eine undefinierbare Frisur, die sein jungenhaftes Gesicht einrahmte, das allmählich Falten schlug. Er war von Kopf bis Fuß in Denim gekleidet, und aus den orthopädischen Schuhen ragten weiße Tennissocken mit einem grünen Streifen. Mit seiner überdimensional großen, eckigen Brille und den dicken Brillengläsern sah er aus wie ein Auftragskiller in einem alten Dirty-Harry-Film.

Die zwei Männer hatten den Auftrag, den Vorsitzenden irgendeiner Investorenvereinigung einzuschüchtern, weil er gedroht hatte, gegen ihren Auftraggeber vor Gericht zu ziehen.

Sie sollten ihn überzeugen, dass es klug wäre, die Anklage fallenzulassen.

Der Plan war, in den Briefkasten des Störenfrieds zu scheißen und einen Drohbrief neben den Haufen zu legen. Der Zettel lag auf dem Armaturenbrett bereit.

WENN DU VOR GERICHT GEST,
BIST DU EIN **TOTER MANN**.
DAS GILDET AUCH FÜR DEINE FAMILJE.

»Wir warten, bis es ganz dunkel ist«, sagte der Kleine. Er redete auffällig schnell, als wolle er seine Einfälle loswerden, ehe er sie vergaß. Seine Pupillen waren stecknadelkopfgroß, die Stimme hell und der Dialekt eine seltsame Mischung aus Nordnorwegisch und Bærumsch. Er rutschte auf dem Beifahrersitz hin und her und kratzte sich ausgiebig am Kopf.

»Zu dieser Jahreszeit wird es nicht richtig dunkel«, sagte Rino Gulliksen mit tiefer und träger Valiumstimme. Sein Oberkörper war so lang, dass er auf dem Sitz nach vorne rutschen musste, um nicht ans Autodach zu stoßen.

»Verdammt offene Landschaft hier. Peinlich, wenn jemand vorbeikommt, während du da sitzt und in den Briefkasten scheißt«, sagte Nils Hætta.

»Willst du damit sagen, ich soll das tun?« Rino Gulliksen hob die Brauen und tat überrascht. Er trank einen Schluck von dem lauwarmen, abgestandenen Bier.

»Natürlich«, antwortete Nils. »Was dachtest du denn?«

»Na gut. Bringen wir es hinter uns«, sagte Rino Gulliksen und zuckte mit den Schultern.

»Zeig, was du kannst«, sagte Nils.

Der große Mann mit dem Schlangentattoo nahm den Drohbrief, stieg aus und ging im Schneckentempo zum Briefkasten. Er sah sich nach allen Seiten um, zog Jogging- und Unterhose über die Knie, klappte den Briefkasten auf und schob den Hintern über die Öffnung. Der grüne Kasten hing so hoch, dass Rino sich auf die Zehenspitzen stellen und am Gartenzaun festhalten musste.

Es war nicht der würdevollste Augenblick in Rino Gulliksens Leben.

Eine halbe, ergebnislose Minute später rief er gedämpft:

»Ich kann nicht.«

»Halt die Klappe und drück«, sagte Nils, der das Seitenfenster heruntergelassen hatte und fasziniert die entblößte Vorderseite des großen Mannes betrachtete.

Nach weiteren dreißig Sekunden rief Rino Gulliksen leise:

»Ich kann nicht auf Kommando scheißen.«

Er entspannte sich und zog die Hosen hoch.

»Mann, bist du empfindlich«, zischte Nils und verdrehte die Augen. Er ging zu Rino, riss ihm den Drohbrief aus der Hand, schubste ihn zur Seite und ließ die Hose herunter. Aber da die Natur ihn mit kurzen Beinen versehen hatte, kam er nicht mit dem Hintern an den Briefkasten.

»Los, hilf mir«, forderte er seinen Kollegen auf, der schon zum Auto zurückgeschlendert war und dort Schmiere stand. »Du musst mich hochheben und festhalten.«

Nils schien es nichts auszumachen, mit hängenden Genitalien dort zu stehen. Rino ging zu ihm.

»Kannst du nicht einfach auf den Drohbrief kacken und dann alles in den Briefkasten werfen?«

»Iiih – du Schwein«, zischte Nils und zog eine Grimasse.

Nach einigen Fehlversuchen kamen sie darauf, dass Rino vor Nils in die Hocke gehen musste, damit Nils auf seine Beine steigen und sich mit beiden Händen an seinem Hinterkopf festhalten konnte. Dummerweise befand sich so Rinos Nase auf einer Höhe mit Nils' Rektum. Als Rino Gulliksen hörte, wie die Fäkalien den Darm des Kollegen verließen und mit einem dumpfen Geräusch in den Briefkasten des Aktionärs klatschten, wusste er, dass es höchste Zeit war, eine neue Aufgabe im Leben zu suchen.

3

Montag, 20. Mai

Leo Vangen war es leid, das Kjartan immer zu spät mit der Zeitung kam. Wobei ihm durchaus bewusst war, dass es gewisse Einschränkungen gab, wenn man auf einer Insel ohne Brücke und feste Fährverbindung lebte.

Alles hatte seinen Preis.

Gåsøya lag südlich von Snarøya, zehn Minuten vom Anleger des Segelvereins Vestfjorden auf dem Festland entfernt, aber es war und blieb eine Insel, im Gegensatz zu Snarøya, das nur eine Halbinsel war.

Früher hatte die Abmachung mit seinem Mieter, dem Bildhauer Kjartan Smeby, perfekt funktioniert. Kjartan arbeitete als Nachtwache in einem Hospiz in Sandvika und sollte die Zeitung mitbringen, wenn er morgens um acht heimkam. Im Gegenzug sorgte Leo dafür, dass Kjartan mindestens einmal pro Woche frischen, selbst gefangenen Fisch bekam. Sechs Monate lang war es gut gegangen, aber in letzter Zeit wurde Kjartan nachlässig. Er ging nach der Arbeit Kebab essen, und es wurde halb neun, bis er mit der Zeitung kam. Das war zu spät für Leo. Ohne Morgenzeitung fühlte er sich desorientiert und von der Welt abgeschnitten.

Leo Vangen saß an dem Tisch aus finnischer Eiche, der seit über hundert Jahren an derselben Stelle in dem baufälligen Haus stand. Durch das Panoramafenster hielt er nach Kjartans gelbem Motorboot Ausschau und dachte, dass es mal wieder an der Zeit wäre, das Fenster zu putzen. Vielleicht morgen.

Die Anfang Mai übliche warme Woche mit Hochdruckwetter und zwanzig Grad war längst vorbei, und es herrschten wieder normale Bedingungen: zwölf Grad, grauer Himmel und Sprühregen. Der Fjord lag wie ein schwarzer Teppich zwischen Bærum und Nesodden.

Kein Boot war unterwegs.

Es war zu früh am Morgen und zu früh in der Saison. In einem Monat würde der Fjord voller weißer Segel und gut gelaunter Menschen sein.

Leo Vangen nahm das Fernglas, das seinen Vater Reidar, seines Zeichens leidenschaftlicher Hobbyornithologe, damals 7.000 Kronen und beinahe auch seine Ehe gekostet hatte. Nichts zu sehen. Die Regentropfen perforierten die Wasseroberfläche mit Millionen winziger Löcher.

Nicht ein Windhauch. Grabesstille.

Das hat nichts mehr mit Meer zu tun, dachte Leo. *Hinter Drøbak ist der Oslofjord nichts als ein großer See.*

Leo Vangen stellte das Fernglas vorsichtig ab, stand auf und spazierte auf dem Ulmenparkett hin und her. Er trug sein liebstes Kleidungsstück, einen gelbroten Seidenmorgenmantel, den er von einem Mandanten geschenkt bekommen hatte – einem psychotischen, aber großzügigen Asylbewerber aus Kandahar. Er ging zum Küchenschrank und schaltete das Radio ein. Sting sang *Englishman in New York*. Leo wechselte den Sender, ehe der alternde Yogaenthusiast und selbsternannte Sexathlet zum Refrain kam. Eine geschwätzige, selbstbewusste Frau redete über ihre Brüste. Leo schaltete das Radio aus und schlurfte ins Wohnzimmer.

Wenn er allein daheim war, trug er immer exotische Mäntel. Nicht, um den arroganten Künstler Odd Nerdrum nachzuäffen, sondern aus rein praktischen Gründen. Oder aus politischen. Das wusste er selber nicht so genau.

Vielleicht wollte er damit seine Sympathie für die Dritte Welt im Allgemeinen und Afghanistan im Besonderen ausdrücken. Oder sich von den anderen Inselbewohnern abheben. Zeigen, dass er nicht wie die Masse war, sondern ein einzigartiger Mensch mit eigenen Ideen und kontroversen Meinungen. War es eine Art Bußübung dafür, dass er auf der Insel mit den höchsten Grundstückspreisen Norwegens wohnte, in der reichsten Kommune des reichsten Landes der Welt?

Leo ging zum Plattenspieler im Bücherregal, das eine ganze Wand einnahm, und legte *Closer* von Joy Division auf, eine seiner absoluten Lieblingsplatten, die trotz ihrer speziellen Düsterkeit immer besser wurde – der perfekte Soundtrack zur stillstehenden Landschaft vor dem Fenster.

Leo ließ sich in den Ohrensessel fallen und konzentrierte sich ganz auf *Atrocity Exhibition* wie tausend Mal zuvor. Die monotonen Trommeln, der undefinierbare Lärm, die naiven Gitarrenläufe, der unvorhersehbare Bass und die kranke Stimme – ein kaputter, alter Mann, gefangen in einem zwanzigjährigen Körper. Dann *Isolation*, fast wie ein Popsong und doch keiner. Wie bei jedem Hören dachte er: *Wie können vier Twens aus einem Industrievorort von Manchester nur etwas so unendlich Schönes schaffen?*

Drei Stücke später, als eine Seite durchgelaufen war und

der Regen aufgehört hatte, ging Leo barfuß auf die Terrasse, nahm ein trockenes Kissen aus der Polstertruhe, setzte sich und wickelte die Angelrolle auf, die er am Abend zuvor draußen liegen gelassen hatte. In diesem Moment kam der Bildhauer auf dem Pfad vom Anleger zwischen den Föhren hervor.

»Da bist du ja«, sagte Leo und knallte die Rolle auf den Tisch. »Man kann die Uhr nach dir stellen.«

Kjartan Smeby war ein hagerer Kerl Mitte dreißig, nicht ein Gramm Fett am Körper. Sein jungenhafter, optimistischer Blick, der Stoppelbart, das schulterlange, leicht gelockte Haar, die vielen Ohrringe, ausgebeulte Snuslippe, zerlöcherten Jeans und Armbänder vom Roskilde-Festival erinnerten Leo an seine Freunde in den Achtzigerjahren. Vielleicht mochte er Kjartan deshalb.

»Entschuldige«, sagte Kjartan mit sanfter Stimme und starrte auf seine Zehen, die aus einem Paar Birkenstocks ragten. »Ich musste unbedingt was essen, und da war eine Riesenschlange.«

»An der Dönerbude um sieben Uhr morgens?« Leo riss dem Künstler/Nachtwächter die *Aftenposten* aus der Hand. »Wo ist die *Budstikka*?«

»Sie hatten keine«, sagte Kjartan, runzelte die Stirn und hob die Multirolle vom Tisch auf. »Was kostet so eine eigentlich?«

»Das ist schon das dritte Mal diesen Monat«, sagte Leo.

Kjartan starrte auf die grünbraunen Terrassendielen. Nach dem Regen hing ein leichter Fäulnisgeruch in der Luft. »Sieh mal!«, sagte er rasch, hob eine rote Waldameise vom Boden auf und hielt sie in die Höhe. »Wusstest du, dass es über 15.000 Ameisenarten auf der Welt gibt?«

Leo riss Kjartan die Rolle aus der Hand und rannte mit flatterndem Mantel ins Haus. Eine halbe Minute später kam er mit einem fertig ausgenommenen 2-Kilo-Dorsch in einer blauen Plastikschüssel wieder.

»Bitte schön«, sagte er und knallte die Schüssel auf den Tisch, dass der Fischschleim wackelte.

Der Schwanz des Fisches war nach oben gebogen, er lag in seinem eigenen Schleim und Blut, mit dem überraschten Gesichtsausdruck, den tote Fische oft haben. Er sah enttäuscht aus, als hätte ihn jemand übel betrogen.

»Du weißt, dass Reziprozität der Schlüssel aller glücklichen Beziehungen ist?«, fragte Leo.

Kjartan runzelte wieder die Stirn. Er sah erst den Fisch und dann seinen Vermieter an, öffnete den Mund, als wollte er etwas sagen, blieb aber stumm.

»Der Austausch von Waren und Diensten«, fuhr Leo fort. »Du bekommst etwas von mir, ich bekomme etwas von dir. Wenn eine Seite nicht liefert, bricht alles zusammen.«

»Das ist ein Mythos«, sagte der Bildhauer und lächelte.

»Ein Mythos?« Leo grinste künstlich. »Jetzt bin ich aber gespannt.«

»Reziprozität ist ein Mythos, Leo. Eine Seite wird immer beschissen.«

Leo sagte nichts. Er hatte gerade ein dickes Buch über das Gefühlsleben der Fische gelesen und sowieso beschlossen, nie wieder zu angeln.

Kjartan scharrte verlegen mit dem Fuß, dann nahm er mit beiden Händen die Schüssel mit dem Fisch und trug sie in die Blockhütte im Garten, die Leo ihm für einen Apfel und ein Ei vermietete. Er wollte sich für ein paar Stunden aufs Ohr hauen, ehe er an seinem Ewigkeitsprojekt weiterarbeitete, einem Granitdenkmal des Polarhelden Fridtjof Nansen. Bestellt hatte sie der Rotary Club Lysaker, um den Landesvater zum hundertjährigen Jubiläum der Unabhängigkeit zu ehren.

Der Auftrag lag etliche Jahre zurück, und das Jubiläumsjahr 2005 war längst vergangen. Außerdem hatten die sechs Mitglieder des Denkmalkomitees den größten Teil ihres Budgets von 800.000 Kronen verprasst. Es gingen Gerüchte von über dreißig Treffen, acht Gourmetdinnern im Radisson Blu Park Hotel auf Fornebu, vierzehn Bowlingabenden, einem Privatkonzert mit dem Geiger Arve Tellefsen sowie vier Minikreuzfahrten nach Dänemark inklusive Musical- und Bordellbesuch. Aber weil er von diesen Gerüchten noch nichts gehört hatte, arbeitete er unbeirrt weiter. Immerhin hatte er 35.000 Kronen Vorschuss bekommen und schwamm nicht gerade in Aufträgen.

Kjartan war dankbar für die Aufgabe gewesen, obwohl er davon überzeugt war, dass Leos feierlustiger Cousin die Finger im Spiel hatte. Als Versicherung gegen ausbleibende Bezahlung hatte er das Gesicht der Statue noch nicht vollendet. Wenn sich nun herausstellen sollte, dass Cousin Amund und der Rest der Rotary-Bande das süße Leben der Kunst vorzogen, konnte er der Statue jederzeit ein anderes Gesicht geben und sie bei eBay verkaufen.

Leos Designer-Espressomaschine – die extravaganteste Anschaffung, die er je getätigt hatte – verströmte Wohlgeruch, als er endlich mit der Zeitung am Küchentisch saß.

Die Welt war wieder in Ordnung.

Leo Vangen machte sich selten die Mühe, eine Tagesbilanz zu ziehen, aber wenn er es tat, kam er stets zu dem Schluss, dass Kaffee, Zeitung, zwei Scheiben Toast mit Dorschrogenpaste und die morgendliche Ruhe der Höhepunkt des Tages waren. Danach ging es unaufhaltsam bergab, manchmal steil und heftig, manchmal weniger spürbar, doch definitiv bergab.

Leo überflog die Titelseite, die zum dritten Mal in der Woche ein Porträt des norwegischen ESC-Kandidaten Didrik Solli-Tangen zierte. Nur noch sechs Tage bis zu dem großen Volksfest in der Telenor-Arena, schrieb die Zeitung, und Didrik aus Porsgrunn sei noch immer der nette, junge Mann von nebenan. Die anderen Titelthemen waren Monster-Strommasten, der Klimawandel und der Nahe Osten sowie zwei Kommentare zur Verschleierung von Siv Jensen, der Vorsitzenden der rechtspopulistischen Fortschrittspartei, und Kultusministerin Kristin Halvorsen von der Sozialistischen Linken. Leo hatte sich längst aus der norwegischen und internationalen Politik abgemeldet. Er hatte sich von der norwegischen *Gesellschaft* abgemeldet und auf einer Insel in Sicherheit gebracht.

Auf Seite vier blieb er an der Überschrift »Leiche bei Snarøya im Meer gefunden« hängen.

Leo hörte auf zu kauen und beugte sich über die Zeitung.

»Gestern wurde vor Rolfstangen auf Snarøya, Bærum, die Leiche eines etwa dreißigjährigen Mannes gefunden. Die Todesursache sei noch nicht eindeutig geklärt, ein Verbrechen sei daher nicht auszuschließen, sagte Hauptkommissarin Mariken Varden von der Dienststelle Asker und Bærum.«

Die klebrige Masse aus Weißbrot und Fischrogen blieb Leo im Hals stecken. Er las die Meldung drei Mal, ehe er sich zurücklehnte und den rotbraunen Fleck an der Decke anstarrte, der von einem schlechten argentinischen Rotwein stammte.

Sie hatten einen toten Mann in Bærum aus dem Fjord gezogen. Und die Nachrichtenagentur hatte mit Mariken Varden gesprochen.

Lächerlich wenig Information, dachte Leo. *Wie oft findet man hier eine Leiche im Fjord?*

Leo ging ins Wohnzimmer, legte die zweite Seite von *Closer* auf und zog ein Achtereisen aus der Golftasche neben der Terrassentür. Dann stellte er sich mitten im Zimmer auf den Teppich und schwang den Schläger rhythmisch zu den Tönen von *Heart and Soul*, um seinen steifen Rücken aufzuwärmen. Er simulierte dreißig Abschläge und dachte, dass die Jungs von Joy Division wohl kaum Golf spielten.

Jedenfalls damals nicht.

Als er mit dem Trainingspensum des Tages fertig war, ließ er sich in den Ohrensessel fallen, der in perfektem Hörabstand zu den Lautsprechern stand. Während *The Eternal* den Raum füllte, dachte er über den Artikel nach.

Warum in aller Welt schrieb die *Aftenposten* so wenig über den Fund? Schließlich wurden in Norwegen nicht jeden Tag Tote aus dem Wasser gezogen, schon gar nicht in Bærum. Noch dazu an seinem Lieblingsangelplatz. Und die Presse hatte mit Mariken Varden gesprochen.

Es war lange her, seit Leo Vangen zum letzten Mal an Mariken Varden gedacht hatte. Mehrere Wochen oder Monate. Früher hatte er oft an sie gedacht. Eine Zeit lang sogar jeden Tag.

Leo stemmte sich aus dem Sessel hoch, schlurfte die Treppe hinauf ins Schlafzimmer und streifte den Morgenmantel ab. Im Vorbeigehen blickte er verstohlen in den Spiegel und zog unwillkürlich den Bauch ein. Er setzte sich aufs Bett und sah an seinem Körper hinunter.

Dreiundvierzig Jahre.

Der Verfall war in vollem Gang.

Mit der richtigen Ernährung, ausreichend Training und teuren Cremes könnte er den Prozess noch ein wenig aufhalten, aber der Zenit war eindeutig überschritten.

Wo kamen all die Haare her? Er musste die Wildnis stutzen, um ein gewisses Maß an Würde zu wahren, obwohl es ihm eigentlich egal sein konnte. Schließlich war er der Einzige, den es kümmerte, wenn überhaupt.

Altherrengenitalien. Es ging schon los.

Warum wurde Mann zuerst dort unten grau? Verfolgte die Natur damit einen Plan? Beim letzten gemeinsamen Morgenbad im Fjord hatte Kjartan ihn darauf aufmerksam gemacht, dass er einen ungewöhnlich langen Sack habe. Nun sah er, dass der offenherzige Künstler recht hatte. In gewissen homophilen Kreisen mochte es beliebt sein, aber Leo fand es nur unansehnlich. Wie Rentner mit behaarten Rücken in der Sauna. Immerhin war er weder dick noch hatte er eine Glatze. Nicht einmal die Haare färbte er. Es könnte schlimmer sein. Viel schlimmer. Zum Beispiel, wenn er ein runder, glatzköpfiger Architekt mit Spitzbart, viereckiger Brille und einem Weinfimmel wäre oder ein drahtiger Gesamtschullehrer mit Vokuhila und Lederweste, der Stones hört. Oder womöglich Morten Harket von a-ha.

Leo stapfte in die Garderobe, in der Schuhe und Kleider verstreut lagen, und kam in weiten Jeans mit breitem Ledergürtel, einem karierten Markenhemd und Skaterschuhen wieder heraus.

Vor dem Spiegel fuhr er sich kurz durch die Haare, ehe er das Haus verließ. Den Schlüssel versteckte er unter einem Blumentopf – wahrscheinlich der erste Ort, an dem ein Einbrecher suchen würde. Zum Glück gab es auf Gåsøya keine Schurken, jedenfalls nicht solche, die in Häuser einbrachen. Leo schlenderte die zweihundert Meter zum Anleger hinab, stieg in das alte Kunststoffboot, das er so liebte, warf den Motor an und tuckerte mit fünf Knoten hinüber nach Snarøya. Dort vertäute er das Boot, stieg in seinen Saab Baujahr 1989 und fuhr in Richtung Lilleaker. Dabei dachte er an Leichen und an Mariken Varden.

4

»Die Anteilseigner haben eine Versammlung einberufen. Hundertzehn Stück. Sieht aus, als weigerten sie sich, mehr als vorhergesehen zu bezahlen.«

Der junge Projektleiter der Immobiliengesellschaft Norwegian Property Development Group versuchte vergeblich, entschlossen aufzutreten. Seine Hände zitterten, er sprach übertrieben deutlich und viel zu laut. Es war der Auftritt eines Mannes, der sich fast in die Hose machte. Andreas Poulsson kannte nichts Ätzenderes, als seinem Chef Terje Klavenes schlechte Neuigkeiten zu überbringen.

»Die Leute sind unglaublich geizig«, sagte Klavenes. »Ist denn so schwer zu begreifen, dass manche Dinge teurer werden als erwartet?«

Der Projektleiter wippte mit dem Stuhl und bohrte mit einem beringten kleinen Finger in der Nase. Er hatte blonde, mittellange Haare und eine dichte Stirnlocke über den strahlend blauen Augen, die empört dreinblickten, als wolle er betonen, wie dumm die Kapitalanleger waren.

Die beiden saßen im Café des Haga-Golfclubs, umgeben von Rentnern, die ihre Scorekarten studierten, Kuchen aßen und Sherry tranken. Der Club lag am Rand der Bærumsmarka, mit dem Gefängnis Ila, wo Norwegens schlimmste

Verbrecher einsaßen, als nächstem Nachbarn. Das Clubrestaurant hatte sogar einen Stern im Guide Michelin, aber es ging das Gerücht, dass der Küchenchef den Stern freiwillig zurückgeben wollte, um sich lukrativeren Projekten in der Hauptstadt zu widmen.

Andreas Poulsson erinnerte der Ort an ein Luxushotel, in dem sich ganz Europa auf den Gängen tummelte: schwedische Kellner, ein britischer Golftrainer, ein norwegischer Direktor, polnische Zimmermädchen. Alles war stylish und sauber, alle lächelten und waren höflich, doch in Wirklichkeit kümmerte sich keiner einen Dreck um irgendetwas.

»Sie verlangen 150 Millionen zurück und wollen von der Kaufpflicht für die Wohnungen befreit werden«, sagte Poulsson. »Sie behaupten, wir hätten unsere vertraglichen Zusagen in puncto Preis und Bautermin nicht eingehalten.«

»Natürlich nicht. Wenn wir jetzt bauen, kriegen wir nicht mehr als sechzigtausend pro Quadratmeter. Das ist so gut wie verschenkt. In zehn Jahren kriegen wir mindestens hundert. Aber das kapieren diese Prämienidioten nicht.«

»Was sollen wir also tun?« Der Projektleiter presste die Arme an den Körper, um die wachsenden Schweißflecken zu verbergen. »Wir müssen etwas unternehmen.«

Klavenes verschränkte die Hände im Nacken, lehnte sich zurück und spitzte den Mund. Nach einer kurzen Pause sagte er:

»Wir bringen ihren Vorsitzenden um.«

Poulsson starrte seinen Chef an und kratzte sich am Ohr. Das aufgesetzte Lächeln gefror ihm im Gesicht. Klavenes verzog keine Miene. Zehn Sekunden, zwanzig Sekunden lang. Erst nach einer halben Minute peinlichen Schweigens grinste er diebisch. Poulsson presste ein Kichern hervor.

»Aber der Vorsitzende der Investorenvereinigung *ist* das Problem«, sagte der Direktor. »Jan Landgangen. Er wiegelt die anderen auf.«

»Und was tun wir?«

»Ich habe schon ein paar Maßnahmen ergriffen.«

»Maßnahmen?« Poulsson zog die rechte Augenbraue hoch, wie er es tausendmal vor dem Spiegel geübt hatte.

»Wer gelernt hat, sich recht zu ängstigen, der hat das Wichtigste gelernt.«

»Was?« Poulsson zog auch die linke Augenbraue hoch.

»Kierkegaard.«

Am Nachbartisch rülpste eine Rentnerin. Poulsson sah die alte Dame an, die verlegen in ihre Suppe starrte.

»Søren Kierkegaard, schon mal gehört? Der bekannteste Philosoph des Nordens. Ein kluger Mann.«

»Gewiss …«, stotterte Poulsson. »Sie sagten etwas von … äh, Maßnahmen?«

»Wir werden sehen, ob es hilft. Wenn nicht, berufen wir eine Versammlung ein und erklären den Investoren die Lage.«

»Aber das haben *sie* bereits getan. Der Aufruf ist 70 Seiten lang und hat 750 Seiten Anlagen«, sagte Poulsson. »Die Lage ist ernst.«

»Wir werden ihnen ein Angebot machen, das sie nicht ablehnen können«, sagte Klavenes mit heiserer Stimme, schob die Unterlippe vor und schloss die Augen. Es war ein hoffnungsloser Versuch, Marlon Brando in *Der Pate* zu imitieren.

Wenn Terje Klavenes überhaupt einen Vertrauten in der Norwegian Property Development Group hatte, war dies Andreas Poulsson aus Ålesund. 2001 hatte die Gesellschaft große Teile des früheren Flughafens Fornebu für einen Spottpreis von der Stadt Oslo gekauft.

Die Stilllegung Fornebus war in den Neunzigern beschlossen worden. Damals wollte der Reeder Fred Olsen ein norwegisches Silicon Valley aus dem Areal machen. Alle waren sich einig, dass Norwegen ein neues Standbein für die Zeit nach dem Öl- und Gasboom brauchte. Doch die Grundbesitzer begriffen schnell, dass mit vagen IT-Visionen kein großes Geld zu machen war, und setzten stattdessen auf private Investoren, Wohnungen und Bürogebäude. Fornebu sollte ein gemischtes Wohn- und Gewerbegebiet werden.

Als 1998 das letzte Flugzeug in Fornebu abhob, fiel der Startschuss für den Umbau zum »attraktiven Wohngebiet mit einmaligen Freizeitangeboten und zukunftsorientierter Wirtschaft«, wie es im Plan der Kommune Bærum hieß. Achtzehn Kilometer Strandlinie in unmittelbarer Hauptstadtnähe waren ein Traum für Baugesellschaften und Spekulanten. Ein Filetstück des Inneren Oslofjords wurde auf den freien Markt geworfen, und die Investoren standen Schlange, um möglichst viel davon abzubekommen.

Es war das größte Bauprojekt seiner Art in ganz Skandinavien.

Zuerst musste die Verschmutzung durch mehrere Jahrzehnte Flugverkehr beseitigt werden, doch zur großen Überraschung der Stadtplaner stellte sich heraus, dass die Natur an einigen Orten sogar davon profitiert hatte. In den Feuchtgebieten auf Storøya und den angrenzenden Buchten hatte sich das Vogelleben gerade *wegen* der umweltfeindlichen Flugzeuge ungestört von menschlichen Eindringlingen entfalten können. Die Norwegische Ornithologische Vereinigung hatte das Gebiet zu einem der wichtigsten Vogelreservate des Nordens erklärt und gefordert, die angrenzenden Areale ebenfalls zu Schutzzonen zu erklären. Riesige Grundstücke, auf denen man lukrative Wohnblocks hätte bauen können, sollten brachliegen, weil ein paar Konservative aus Bærum ihr ökologisches Gewissen beruhigen wollten.

Als Folge der Einschränkungen fielen die Grundstückspreise auf Fornebu dramatisch.

Terje Klavenes mischte seit 1996 mit. Damals hatte ihm jemand einen Koffer voller Hunderter überreicht, um den Kontakt zwischen Telenor und seinem Bruder Torjus zu etablieren, der im Staatlichen Bauamt dem Komitee zur Vergabe der Baugrundstücke vorsaß. Niemand stellte Fragen, als Telenor das attraktivste Grundstück bekam. Offenbar dachten alle, die Telefone würden besser funktionieren, wenn die Mitarbeiter Ausblick über den Fjord hatten.

Seit 1999 gehörte Klavenes der Norwegian Property Development Group an, einer offensiven Gesellschaft, die eine Handvoll reicher Norweger, ein profilierter Immobilienmakler und die Finanzberatungsfirma Aktiv gegründet hatten. Der gnadenlos vorpreschende, vom Kokain getriebene Klavenes sorgte dafür, dass die NPDG exklusive Rechte zur Entwicklung eines Großteils des Flughafengeländes bekam. Dazu gehörten die »Fornebu Gardens« und der »Fornebu Wohnpark«.

2001 wurden Anteile an dem geplanten Wohnpark zum Kauf angeboten. Wer früh zeichnete, sollte mit einem Sonderpreis belohnt werden. Dafür verpflichteten sich die Investoren, die Wohnungen zu kaufen, sobald sie fertig waren. Über das Datum der Fertigstellung sowie den Preis schwieg sich der zehn Seiten lange Vertrag aus, den sowieso nur Diplomökonomen verstanden.

Nach fünf Jahren hatten die Bauarbeiten nicht einmal begonnen, aber die Anteilseigner sollten bitte schön eine Million pro Kopf herausrücken – wie es im Kleingedruckten des Vertrags stand. Wenige Monate nach der Bezahlung bekamen sie den Bescheid, dass die Bauarbeiten »auf unbestimmte Zeit« ausgesetzt seien.

Dann kam die Finanzkrise.

Die Anteilseigner schäumten vor Wut. Sie fühlten sich betrogen und wollten aus dem Projekt aussteigen. Sie nahmen sich teure Rechtsanwälte und drohten mit einer Klage, wenn sie ihr Geld nicht mit Zinsen zurückbekämen. Ihr Wortführer war der furchtlose Diplomingenieur Jan Landgangen.

Für sein zweites Großprojekt Fornebu Gardens (der englische Name sollte vor allem Investoren aus Oslo anlocken) hatte Klavenes hingegen grünes Licht zum Bau gegeben. Die 135 Reihenhäuser im funktionalistischen Stil waren das Juwel in der Krone der NPDG. Sie machten sich gut im Katalog, aber als die Firma 3-D-Zeichnungen für Netzannoncen entwerfen ließ, fand der Direktor die kleinen grünen Flecken vor dem Haus so armselig, dass er dem IT-Mann befahl, die Gärten von 100 auf 300 Quadratmeter zu vergrößern. Was zur Folge hatte, dass sie mindestens zehn Meter in das Naturschutzgebiet rund um das Vogelreservat hereinreichten – das der Stadt Bærum gehörte und in dem jede menschliche Aktivität verboten war.

Klavenes fand dies nur recht und billig. Es war ein Verbrechen gegen die Menschheit, das riesige Areal auf Storøya allein den Vögeln zu überlassen, und der sinnlose Schutzstreifen war noch schlimmer. Die Stadt verhöhnte ihre Bürger, bloß weil ein paar Kommunisten in den Reihen der Konservativen im Rathaus saßen.

»Die Krawallbürste von der Ornithologischen Vereinigung hat auch schon wieder angerufen. Er hat was von Schutzzone, Singschwänen, Braunkehlchen und Umweltkriminalität gefaselt«, sagte Poulsson.

Klavenes starrte auf das braungelbe Gras des Fairway bei Loch Nr. 5. Der Haga-Golfclub war wohl der einzige Ort in Bærum, an dem das Gras noch nicht grün war. »Alfred Digerud?«, fragte er.

»Jepp. Der gute, alte Alfred.«

»Der Arme hat nicht alle Tassen im Schrank.« Klavenes steckte die Hand unter den Kaschmirpulli und streichelte sich über den Bauch. Er beobachtete eine Drossel, die gerade einen Regenwurm aus dem Boden zog. »Was ist eigentlich an Vögeln so besonders?«

»Er hat die alte Leier abgezogen, wie skandalös es sei und dass er uns anzeigen wolle. Wir sollten ihn besser ernst nehmen.«

Irgendein Rentnermagen knurrte laut. Klavenes sah Poulsson an.

»Es ist verdammt noch mal unmöglich, den Kerl ernst zu nehmen. Er ist Vorsitzender eines Vereins mit einem einzigen Mitglied und findet Vögel wichtiger als Menschen.«

Der Direktor leerte sein Whiskyglas und winkte dem Kellner, um Nachschub zu bestellen.

»Übrigens ... haben Sie heute die *Budstikka* gelesen?«, fragte Poulsson.

»Ich lese keine Papierzeitungen«, antwortete Klavenes. »Warum?«

»Ach, nur so«, sagte Andreas Poulsson.

5

Die Kanzlei Stang & Horn firmierte in einem Betonkoloss in Lilleaker. In diesem Stadtteil verschmolzen die Arbeiterklasse der früheren Schwerindustrie am Lysakerelva und die Oberklasse aus Bestum miteinander. Das Resultat war eine architektonische Katastrophe. Wie die meisten westlichen Vororte, war Lilleaker eine Schlagerparade aller Fehltritte der norwegischen Architektur in den letzten achtzig Jahren. Das letzte alte Gebäude war das »Alte Bad«, das längst kein Bad mehr war, sondern Kneipe und Sammelbecken für Außenseiter aller Art. Es war ein guter Ort, um sich in Ruhe zu betrinken, weil man kaum riskierte, Bekannte zu treffen. Es sei denn, man hieß Leo Vangen und war Stammgast.

Hundert Meter weiter lag die Konkurrenz, das »Weinhaus Kaktus«, betrieben von einer fleißigen türkischen Familie mit Vorliebe für mexikanische Küche, Chinakohl und norwegische Bauernmöbel. Die Alkoholiker saßen im Alten Bad, während Familien mit Kindern und Alkoholiker, die nicht zugeben wollten, dass sie Alkoholiker waren, ins Weinhaus Kaktus gingen.

Ein immenser Vorteil von Lilleaker war, dass die Mieten für Osloer Verhältnisse niedrig waren. Für Stang & Horn war dies entscheidend, denn es war keineswegs Norwegens lukrativstes Anwaltsbüro. Viele Klienten und Angestellte fanden die Bezeichnung Kanzlei grob übertrieben.

Leo Vangen kam im Schnitt dreimal pro Woche in sein spartanisches Büro. Im Winter verbrachte er mehr Zeit dort, da jeder Ort, an dem mehr als zehn Grad Celsius herrschten, eine Wohltat für ihn war. Im Sommer hingegen war er wesentlich seltener dort anzutreffen.

Leo hatte nie die großen Aufträge gehabt, er vertrat paranoide Asylbewerber oder Spießer, die Probleme mit der Hecke des Nachbarn hatten. Er weigerte sich, Anzug und Schlips zu tragen und sich einen Kundenstamm anzulegen oder ein »Kundenportefeuille«, wie es in Anwaltskreisen hieß. Leo wollte seine Zeit nicht darauf verschwenden, reichen Halb- und Vollschurken dabei zu helfen, noch reicher zu werden. Davon abgesehen war er nur ein armseliger Rechtsreferendar, eine Art Assistent seines Freundes aus Kindertagen, Marius Horn. Er hatte die drei nötigen Gerichtsprozesse einfach noch nicht geschafft, die es ihm erlaubten, ein Schild an seine Tür zu schrauben, auf dem »Anwalt« stand. Erst einmal, in den späten Neunzigern, hatte er sich in den Gerichtssaal verirrt. Damals hatte er einen selbstherrlichen Sikh verteidigt, der aus Protest gegen die schlechte Behandlung seiner Glaubensbrüder im Punjab seinen Turban vor dem norwegischen Parlament in Brand gesteckt hatte. Die Sache war spektakulär schiefgelaufen, und seitdem hatte Leo nie wieder einen Gerichtssaal betreten.

Ein alter Freund von ihm arbeitete bei der Ausländerbehörde und schickte ihm regelmäßig Asylbewerber, meist verzweifelte Afghanen, Somalier oder Iraker. Die Kunden mit den Nachbarschaftszwisten waren geizige Kleinbürger aus Lilleaker und Bistum, die gehört hatten, dass er billig sei. Außerdem hatte er einen gewissen Ruf unter Gastarbeitern erlangt, nachdem er zwei Anästhesieärzten aus Danzig geholfen hatte, ihren Lohn für den Abriss einer Scheune in Heggedal zu erstreiten. Nachdem der norwegische Bauunternehmer klein beigegeben und unter dem Tisch 3.000 Kronen bezahlt hatte, um einen Prozess zu vermeiden, bekam Leo ständig Anrufe von Osteuropäern, die sich ungerecht behandelt fühlten. Das Problem war nur, dass sie kein Geld hatten, um ihn zu bezahlen.

Trotz alledem hatte ihn sein Kindheitsfreund Marius Horn noch nicht gefeuert. Horn war schlicht und ergreifend berechnend und wusste Leos juristische Kenntnis und sein sprachliches Talent zu schätzen. Außerdem war Leo ein wunderbarer Sündenbock, weshalb Horn über seine Neurosen und den mangelnden Ehrgeiz hinwegsah. Für ihn war sein alter Freund das lebende Exempel, was passierte, wenn man nicht knallhart Überstunden machte, und er machte keinen Hehl daraus, dass Leo Vangens wichtigste Funktion darin bestand, den anderen Angestellten ein Gefühl des Erfolgs zu vermitteln.

Leo saß an seinem Schreibtisch, eine Furnierplatte auf zwei Holzböcken, und schrieb den x-ten Brief in möglichst schwer verständlichem Juristenlatein an einen rabiaten Nachbarn, der Leos Klienten mit einer Klage drohte, wenn er nicht endlich den Apfelbaum an der Grundstücksgrenze fällte. Er konnte sich kaum konzentrieren, weil er dauernd an Mariken Varden denken musste.

Es war lange her und nur ein einziges Mal, aber für ihn war es kein One-Night-Stand gewesen. Wenn es nach Leo gegangen wäre, hätte er noch unzählige Male mit ihr geschlafen, aber nach der Nummer im Doppelbett ihrer Eltern hatte Mariken ihn vor die Tür gesetzt. Leo hatte ihr nie gezeigt, wie verbittert er darüber war, sondern getan, als wäre er dankbar, dass überhaupt etwas geschehen war.

Mariken Varden war der schärfste Feger des Stabekk-Gymnasiums, da waren sich alle einig gewesen, obwohl sie so zugeknöpft und brav auftrat.

Leo erinnerte sich an die Nacht, als wäre es gestern. Die strenge Mariken hatte genau gewusst, was sie wollte, und als sie es bekommen hatte, bat sie ihn höflich, aber bestimmt, sich aus ihr, dem Doppelbett der Eltern und aus ihrem Leben zurückzuziehen. Es wunderte niemanden, dass sie nach dem Abitur auf die Offiziersschule der Küstenartillerie ging.

Leo hatte sie seit dem zehnjährigen Abi-Jubiläum nicht mehr gesehen, aber er hatte oft in der Zeitung von ihr gelesen, sie im Lokalfernsehen gesehen oder ihren Namen gegoogelt.

Es gab ein paar sehr schöne Bilder von ihr im Netz.

Seit fünfzehn Jahren hatte er nicht mit ihr geredet, aber er hatte das Gefühl, sie gut zu kennen.

Auf dem Abitreffen hatte sie ihn bewusst auf Abstand gehalten. Sie hatten sich fünf Minuten darüber unterhalten, wie gut alle aussahen. Wie dichte Haare die Jungen und wie wenige Kinder die Mädels hatten und dass noch keiner gestorben war. Als hätte das eigentliche Leben zwischen 16 und 20 stattgefunden, und der Rest wäre eine Pflichtübung, durch die man durchmusste, um sich mit anderen vergleichen zu können.

Als Leo sich endlich ein Herz gefasst und sie zum Tanzen aufgefordert hatte, hatte sie ihn schräg angesehen, dankend abgelehnt und sich Tone Follvar aus der Parallelklasse zugewendet, um über Fasten und Yoga zu diskutieren.

Zum Zwanzigjährigen war Leo nicht erschienen. Er war nicht in Stimmung gewesen und hatte keine Lust gehabt, ein teures Taxi hin und zurück zu bezahlen, nur um den Leuten zu erklären, was er nicht tat und warum.

Eine Weile war es ihm gelungen, sich selbst etwas vorzumachen. Er spielte seine Lage als vorübergehende Phase herunter, als notwendigen Schritt einer Entwicklung, doch allmählich ging ihm auf, dass alles, was er fortan erreichen würde, nur ein kleines Trostpflaster auf der großen, schmerzenden Wunde seines misslungenen Lebens war.

Leo stand auf und rückte ein Bild zurecht, das schief an der Wand hing. Es war ein Geschenk seiner Schwester und stellte einen alten Mann dar, der in einem Sessel saß und einen Strauß streichelte. Er fixierte den geraden Rahmen, als wolle er die eigene Balance wiederfinden, wie ein Seekranker, der den Horizont anstarrt. Eines Tages würden ihm die treffenden Worte einfallen, und alle würden nicken und sagen, wie klug er war.

Leo setzte sich wieder an den Schreibtisch.

Mit großer Wahrscheinlichkeit war es ein Unglück. Oder vielleicht Selbstmord? Irgendein armer Geschäftsmann, der nicht mit dem Gedanken leben konnte, sein Gesicht verloren zu haben? Vielleicht war jemand von der Dänemark-Fähre gefallen und hier angespült worden? Oder irgendein betrunkener Restjugoslawe war beim Angeln ausgerutscht und ins Wasser gefallen.

Alles war möglich.

Die seichte Bucht vor Rolfstangen war Leos liebster Angelplatz. Nirgendwo sonst hatte er so viel Fisch gefangen. Fette Meerforellen, Dutzende Barsche und massenweise Dorsche, Köhler und Hornhechte. Seine Empörung war also berechtigt. Leo ging in die Küche und machte sich einen Espresso, doch auch der half nicht, er konnte sich nicht konzentrieren. Er kippelte auf dem Stuhl und ertappte sich dabei, dass er den dämlichen Achtzigerjahre-Hit *Safety Dance* von Men Without Hats summte. Er schaltete den Computer ein, las Online-Zeitungen, freute sich, dass Stabæks Stürmer Veigar Páll Gunnarsson auf Diät gesetzt war, und zuckte zusammen, als das Telefon plötzlich klingelte.

Ein Anruf über das Festnetz bedeutete immer Arbeit, und genau darauf hatte er im Augenblick nicht die geringste Lust. Er legte die Hand auf den Hörer, schloss die Augen, atmete tief ein, zählte in Gedanken bis vier und atmete langsam aus, während er den Hörer abnahm – genau, wie der Psychologe es ihm geraten hatte.

»Hallo …?«, sagte Leo.

»Leo? Leo Vangen?«, sagte eine sanfte, aber entschlossene Frauenstimme am anderen Ende. »Hier ist Mariken. Mariken Varden vom Stabekk-Gymnasium. Erinnerst du dich an mich?«

6

Die Fäkalien und der Drohbrief im Briefkasten zeigten keinerlei Wirkung. Aus einem unerfindlichen Grund war der Diplomingenieur Jan Landgangen davon überzeugt, dass es sich um einen Scherz betrunkener Teenager handelte. Also beschlossen Nils und Rino, die Samthandschuhe auszuziehen. Sie passten Landgangens siebenjährige Tochter Ida auf dem Heimweg von der Schule ab und lockten sie mit frischen Backwaren und zimmerwarmer Limonade in ihr Auto.

Während Ida auf dem Rücksitz saß, Rosinenbrötchen kaute und erklärte, dass sie nicht mit Fremden reden dürfe, wählte Nils Landgangens Nummer und gab ihr das Telefon. Begeistert erzählte Ida ihrem Vater, was sie gerade tat und in wessen Gesellschaft. Rino drehte sich zu Nils um und sagte:

»Verdammt, das ist Kidnapping.«

»Quatsch«, sagte Nils, »wir fahren nur spazieren. Verlangen wir etwa Lösegeld? Ohne Lösegeld kein Kidnapping.«

»Dann eben Freiheitsberaubung. Das ist genauso schlimm.« Rino umklammerte das Steuer und starrte auf die Straße.

»Seit wann kümmerst du dich um Gesetze?«

»Sie hat uns verdammt noch mal nichts getan.«

»Und wir können nichts dafür, dass ihr Vater ein Arschloch ist.«

Rino warf Nils einen bösen Blick zu und fragte sich, ob er das wirklich ernst meinte. »Klavenes bezahlt uns zweitausend Kronen am Tag. Das ist viel zu wenig für so eine Aktion.«

»Geld ist nicht alles, vergiss das nicht!« Nils drehte sich zu Ida um, die ihn zufrieden anlächelte. Sie beschrieb ihrem Vater gerade, wie ihre neuen Spielkameraden aussahen.

»Wir riskieren verdammt viel für verdammt wenig, das musst du zugeben«, sagte Rino.

»Einen Scheiß riskieren wir. Hör auf, über Geld zu jammern«, sagte Nils. »Das ist doch nur Spaß.«

»Spaß?«, sagte Rino.

»Denk an all die langweiligen Jobs, die du *nicht* tun musst. Während andere Klos putzen oder am Computer sitzen, fährst du durch die Gegend, isst Rosinenbrötchen und quälst ein paar Leute. Ist das nicht herrlich?«

»Ich kenne niemanden, der Klos putzt.«

»Weil der Job unseren neuen Landsleuten vorbehalten ist.« Nils kratzte sich am Kopf, ein paar Schuppen rieselten herab. »Und das geschieht ihnen recht. Ich hasse Einwanderer.«

Pause. Rino trommelte mit den Fingern aufs Steuer und atmete tief ein.

»Bist du nicht selbst eine Art Einwanderer?«

»Ich bin mindestens so viel Norweger wie du!«, knurrte Nils und warf Rino einen bösen Blick zu.

»Ich meinte in Bærum. Du bist doch nach Bærum eingewandert.«

Nils musste nachdenken. Dann antwortete er: »Man kann im eigenen Land kein Einwanderer sein.«

Nils nahm die eckige Brille ab, reinigte die Gläser mit dem Hemdsärmel und kratzte sich weiter am Kopf. Kleine, weiße Schuppen rieselten wie Schneeflocken auf seinen Kragen. Er setzte die Brille wieder auf, drehte sich um und riss Ida, die nicht mehr so fröhlich war, das Telefon aus der Hand.

»Ich glaube, Ida würde es sehr schätzen, wenn du diese Klage aufgeben würdest!«, brüllte Nils Hætta in den Hörer.

Keine Antwort. Nur schweres Atmen am anderen Ende.

»Wer seid ihr?«, fragte Landgangen schließlich.

»Wir sind die bösen Onkel, die deiner Tochter Schlimmes antun, wenn du die Klage nicht fallen lässt.«

»Für wen arbeitet ihr?«

Nils wusste nicht, was er antworten sollte.

»Die NPDG?«

»Vergiss die Klage, dann lassen wir deine Tochter in Ruhe!«, brüllte Nils und drückte den Diplomingenieur weg. Er kommandierte Rino anzuhalten, kletterte auf den Rücksitz, öffnete die Tür und schubste das weinende Mädchen mit Schulranzen und Limonade auf den Gehweg.

Ida fiel zu Boden und hielt instinktiv die Flasche mit dem leckeren Inhalt fest. Gleichzeitig stützte sie sich ab, und die Flasche zersplitterte in tausend Scherben. Dunkelrotes, von der Hand des Mädchens tropfendes Blut mischte sich mit hellroter Limonade in einer kleinen Pfütze.

7

Leo Vangens Körper reagierte, als stünde er in der afrikanischen Savanne vor einem angeschossenen Büffel. Seine Beine gaben nach, ein Kribbeln wie von tausend Spinnen kroch von den Zehen herauf. Sein Magen rumorte, ihm stockte der Atem, sein Herz klopfte wie wild, und der Schweiß stand ihm auf der Stirn.

»Oh … hallo. Äh … wie geht es *dir?*«, stotterte er und versuchte, jovial zu klingen.

»*Mir* … geht es gut«, antwortete Mariken und imitierte seine übertriebene Betonung. »Und *dir?*«

»Sehr gut«, antwortete Leo mechanisch.

Eine Teilwahrheit war auch eine Wahrheit.

»War nett, dich wiederzusehen«, sagte Mariken.

»Danke, ebenso. Wann war das, beim Zehnjährigen?«, sagte Leo, als ob er es nicht wüsste.

»Ja. Ein lustiger Abend. Die Leute waren ganz schön betrunken.«

»Ist ja nur knapp fünfzehn Jahre her.«

»Ja, verrückt, nicht wahr?«

»Ich erinnere mich eigentlich nur noch daran, wie gut die Leute aussahen. Kaum Glatzen und Bäuche, und kaum einer hatte Kinder.«

»So ist das nun mal in Bærum. Den Leuten hier geht es gut.«

»Ja«, sagte Leo und schluckte.

Einen Augenblick lang herrschte Schweigen. Leo hörte seinen eigenen Herzschlag. Kurz bevor die Stille zu peinlich wurde, sagte Mariken:

»Und was tust du so?«

»Ich bin immer noch Rechtsreferendar. Bei mir hat sich nicht viel verändert. Und du?«

»Ich bin bei der Polizei«, sagte Mariken.

»Ja, ich weiß.«

»Woher?«

»Ich habe dich ein paar Mal im Lokalfernsehen gesehen. Asker und Bærum war mein Lieblingssender – schade, dass es den nicht mehr gibt. TV8 hat nicht dasselbe Niveau.« Leo quetschte ein Lachen hervor.

»Ja, wirklich schade. Das war noch Qualität«, sagte Mariken vollkommen ernst. »Ich rufe an, weil bei Rolfstangen ein Toter im Wasser gefunden wurde. Du hast bestimmt davon gehört?«

»Ja, es stand ein kurzer Bericht in der *Aftenposten.*«

»Du musst die Lokalpresse lesen, Leo. In der *Budstikka* war es die Schlagzeile. Der Mann, der ihn gefunden hat, ein gewisser Biff Bast, hat dich als möglichen Zeugen genannt. Er sagte, du würdest dort immer angeln, und nannte dich den ›König von Rolfstangen‹.«

»Ich habe schon seit Monaten nicht mehr dort geangelt«, stieß Leo hervor und dachte, dass er wie ein Verbrecher klang, der in die Ecke gedrängt wurde. »Biff Bast, sagst du?«

»Er heißt Trond Bast, aber alle würden ihn Biff nennen, meinte er.«

»*Biff?* Trond Bast kenne ich gut. Wir waren auf der Grundschule in einer Klasse. Warum in aller Welt hat er mich als möglichen Zeugen genannt?«

»Keine Ahnung. Aber da ich dich kenne, dachte ich, ich rufe mal an.«

Ihre Stimme beruhigte ihn. Er stellte sich vor, wie sie mit ihrem großen Mund in den Hörer sprach. Er hörte auf zu zittern, sein Herz schlug langsamer.

»Ich würde euch gern weiterhelfen mit dem Leichenfund, aber ich weiß wirklich nicht, warum Trond mich genannt hat.«

»*Leichenfund?* Mein Gott, du klingst ja wie ein altmodischer Poet«, sagte Mariken Varden und kicherte.

Plötzlich erinnerte er sich an ihr Lachen, für das sie so bekannt gewesen war. Dass er seit der siebten Klasse kein ganzes Gedicht mehr gelesen hatte, wollte er nicht zugeben.

»Na ja, jedenfalls hat Bast eine ordentliche Überraschung erlebt«, sagte Mariken und lachte ihr eigentümliches Lachen. »Er war völlig durch den Wind, als er anrief. Kein Wunder, wenn man gerade einer aufgedunsenen, angeknabberten Leiche das Ohr mit dem Angelhaken abgerissen hat.«

»Pfui Teufel«, sagte Leo und meinte es von Herzen.

»Er wollte Meerforellen angeln und dachte, der Haken hätte sich am Grund verfangen. Als die Polizei kam, irrte er mit dem Ohr in der Hand am Ufer entlang und suchte sein Toupet.«

»Wo genau war das?«

»Am äußeren Ende von Rolfstangen. Die Leiche stand in vier Metern Tiefe aufrecht am Grund. Vieles deutet auf Mord hin. Ein Selbstmörder würde sich kaum Betonbausteine an beide Füße binden.«

»Eher nicht«, meinte Leo.

»Die Krabben, Schnecken, Seesterne und Fische hatten ein ziemliches Festmahl. Er war ein paar Wochen im Wasser.« Mariken räusperte sich. »Es war nicht mehr viel Weichgewebe übrig, dezent ausgedrückt.«

»Habt ihr eine Ahnung, wer er war?«

»Und der Geruch. Igitt …«

»Wer war das arme Schwein?«

»Wir wissen nur, dass es ein Mann war, sonst gibt es keine Hinweise auf die Identität. Warum glaubst du, dass ich anrufe?«

Leo wartete vergeblich auf ein Lachen.

»Das ist echt krank«, sagte er schließlich.

»Sorry, falls ich dir den Tag versaut habe«, sagte die Hauptkommissarin. »Vielleicht sehen wir uns ja mal im Einkaufszentrum in Sandvika.«

»Das wäre schön«, sagte Leo. »Halt mich auf dem Laufenden.«

Leo legte auf. Er starrte den Hörer an, als hätte er noch nie ein Telefon gesehen. Dann schaute er aus dem Fenster auf die frischgrünen Blätter, die im Wind raschelten. *Halt mich auf dem Laufenden*, äffte er sich selbst nach.

Etwas Blöderes hätte ihm nicht einfallen können.

8

Mariken Varden war eine der vielen aus der Klasse, die Karriere gemacht hatten. Jeden Tag las oder hörte Leo von alten Freunden und Bekannten, die haufenweise Geld verdienten als Anwälte etablierter Kanzleien, Investoren oder Geschäftsführer großer Firmen. Manche schrieben Bücher, waren Musiker, Fernsehstars oder anderweitig prominent. In einem kleinen Land wie Norwegen war es nicht schwer, Ruhm zu erlangen, und im Verhältnis zur Einwohnerzahl war Bærum in der Öffentlichkeit überrepräsentiert. Jedes Mal, wenn er von diesen Leuten las, schnürte sich sein Magen zusammen, gefolgt von dem unangenehmen Gefühl, dass er etwas versäumt hatte und es dringend nachholen musste, bevor es zu spät war.

Der Psychologe hatte Leo gefragt, ob er auf jemanden wütend sei.

»Natürlich bin ich auf jemanden wütend«, antwortete Leo aus dem Chesterfield-Sofa, das in der frisch renovierten Villa im Schweizer Stil stand.

»Auf wen?«

»Weiß nicht«, sagte Leo.

»Nehmen Sie sich ruhig Zeit«, sagte der Psychologe und blätterte weiter in der Zeitschrift *Jäger, Hund und Waffen*.

»Ich ertrag die ganzen Idioten nicht mehr«, sagte Leo. »Ich verschwende unverhältnismäßig viel Zeit damit, mich über Idioten zu ärgern.«

»Welche Idioten?«, fragte der Psychologe, ohne den Blick aus der Zeitschrift zu nehmen.

Leo starrte an die Decke. Draußen donnerte ein Lastwagen vorbei.

»Cato Zahl Pedersen.«

»Cato Zahl Pedersen? Der mit dem Arm?« Jetzt schaute der Psychologe von seiner Zeitschrift auf.

»Ja. Schamloses Mittelmaß, das nach Aufmerksamkeit schreit. Die in *Let's dance* und Kochsendungen auftreten.«

»Meinen Sie, Cato Zahl Pedersen sollte sich schämen, weil er tanzt und kocht, obwohl er nur einen Arm hat?«, sagte der Psychologe, ohne eine Miene zu verziehen.

»Okay, schlechtes Beispiel. Aber Sie wissen schon, was ich meine, oder?«, sagte Leo.

»Nein, ich weiß nicht, was Sie meinen«, sagte der Psychologe, nahm die Lesebrille ab und legte die Zeitschrift auf den Schoß. »Bitte erklären Sie es mir.«

»All die talentlosen, publicitygeilen Idioten nehmen zu viel Platz ein.«

»Was meinen Sie mit ›zu viel Platz‹?«

»Sie lenken von den wirklichen Talenten ab.«

»Und wer sind die wirklichen Talente?«

»Menschen, die etwas zu sagen haben und etwas können.«

»Sie meinen Menschen mit einem angeborenem Talent?«

»Nicht unbedingt, aber Menschen, die echte Beiträge leisten.«

Stille. Leos Magen knurrte. Es klang, wie wenn der letzte Rest Wasser im Abfluss einer Badewanne verschwindet.

»Solche wie Knut Buen, meinen Sie?«

»Wer zum Teufel ist Knut Buen?«

»Gut so. Haben Sie keine Scheu zu fluchen. Lassen Sie es raus!«

»Also: Wer zum Teufel ist Knut Buen?«

»Ein unterschätzter Volksmusiker.«

»Ja, sicher. Leute wie Knut Buen«, sagte Leo.

»Und Sie mögen es nicht, wenn Menschen mit mittlerem Talent Erfolg haben? Ist es nicht gut, das Beste aus seinem Talent zu machen?«

»Nein. Das ist nur ein Zeichen von übertriebenem Selbstbewusstsein und krankhafter Schamlosigkeit.« Leo zuckte mit den Schultern. Das tat er oft, wie um sich selbst zu beweisen, dass ihm alles egal war.

»Sie meinen also, dass durchschnittliche, mittelmäßige Menschen sich schämen und zurückhalten und das Rampenlicht allein den Genies überlassen sollten?«

Leo drehte sich auf den Bauch, starrte auf das rotbraune Ochsenleder und überlegte, was er Schlaues erwidern konnte, aber es fiel ihm nichts ein.

»Sind Sie vielleicht wütend auf Leo Vangen?«, fragte der Psychiater und notierte etwas auf der Rückseite der Jagdzeitschrift.

»Warum sollte ich das sein?« Leo versuchte, eine bequeme Stellung zu finden.

»Vielleicht hat er Ihre Erwartungen nicht erfüllt. Vielleicht hat er nicht genug Aufmerksamkeit bekommen?«

»Was meinen Sie damit?«

»Wie oft onanieren Sie?«

»Was tut das zur Sache?« Leo drehte den Kopf zur Seite und sah den Mann an, der ihm solche Fragen stellte. Ein

Tropfen Speichel seilte sich aus seinem Mundwinkel auf das Sofa ab. Er wischte rasch mit dem Ärmel darüber.

»Das ist nur eine Routinefrage.«

»Muss ich darauf antworten?«

»Keiner muss hier irgendetwas«, sagte der Psychologe.

Es wurde still. Im Stockwerk unter ihnen hämmerte jemand laut. Leo drehte sich wieder auf den Rücken. »Ich weiß nicht, vielleicht dreimal pro Woche.«

»Das ist ganz normal. Alles von einmal im Monat bis mehrmals am Tag ist normal«, sagte der Psychologe.

Leo verschränkte die Hände hinter dem Kopf und versuchte, entspannt auszusehen. Er wusste nicht, wem er was vormachen wollte.

»Wie gesagt, nur eine Routinefrage.«

»Warum ist es eine Routinefrage, wenn die Antwort keine Rolle spielt?«

»Nichts ist trauriger, als dass die Zeit vergeht«, sagte der Psychologe.

»*Was*?«, sagte Leo.

Der Psychologe wippte mit einem Bein. Nach zwei Minuten fragte er: »Warum sind Sie hier?«

Mehr Stille. Knurren im Magen.

»Weil es mir körperliches Unwohlsein bereitet, wenn ich mit Menschen rede«, sagte Leo schließlich.

»Bewahren Sie sich etwas von diesem Gefühl – nur deshalb können wir andere Menschen verstehen«, sagte der Psychologe.

Leo lag still auf der Couch und dachte über die Worte des Mannes nach.

»Dann sehen wir uns nächsten Dienstag wieder«, sagte der Psychologe.

Leo Vangen kam nie wieder. Sosehr er es satthatte, sich durchs Leben zu mogeln, es gab Grenzen. Er empfand sich selber nicht als krank. »Der norwegische Patient« war keine Rolle für ihn.

9

»Was? Ihr habt Landgangens Tochter am helllichten Tag in euer Auto gelockt?«

Terje Klavenes saß in seinem Büro in Lysaker Brygge, die Füße auf dem Schreibtisch, den Blick auf das riesige Selbstporträt gerichtet, das an der Wand hing.

»Wir haben ihr nichts getan«, sagte Nils Hætta am anderen Ende der Leitung. »Wir sind doch keine Tiere.«

»Sehr kreativ, aber das nächste Mal redet ihr erst mit mir, bevor ihr solche Aktionen startet«, sagte Klavenes.

»Ich denke, das hat ihn wachgerüttelt.«

»Wir werden sehen. Wenn er seine Meinung nicht ändert, müsst ihr wohl noch kreativer werden.«

Vor ihm stand ein schweres Glas mit einer braunen Flüssigkeit: *100 ans de liberté*, die limitierte Abfüllung des Hauses Braastad zum hundertjährigen Jubiläum Norwegens, ein Geschenk vom Rotary Club. *Perlen vor die Säue*, dachte er, denn er schmeckte keinen Unterschied zwischen billigem und schweineteurem Cognac. Hauptsache, er erleichterte ihm den Alltag. Es war sein vierter Drink, obwohl es erst zwei Uhr war und er noch heim nach Snarøya fahren musste. Nach achtzehn Löchern und drei doppelten Whisky im Golfclub konnte er nicht anders als weiterzutrinken.

Er hatte begonnen, am Tag zu trinken, das war nicht zu leugnen. Keine großen Mengen, aber genug, um alles am Laufen zu halten. In Russland tranken die Leute jeden Tag Wodka zum Mittagessen, die Franzosen schütteten von morgens bis abends Wein in sich hinein, und die Deutschen schluckten eimerweise Bier. Außerdem war es nur eine Phase wie alles andere. Sobald er in diesem Sumpf aufgeräumt hatte, würde er die Früchte eines langen Lebens in der Grauzone der norwegischen Gesetzgebung ernten. Das Strandhaus auf den Bahamas hatte er schon gekauft, in einer abgelegenen Bucht voller Barrakudas und Meeresschildkröten auf der Insel Eleuthera, eine halbe Flugstunde von der Hauptstadt Nassau entfernt.

Lionel Ritchie wohnte direkt nebenan.

Doch um den Lebensabend in den Tropen zu sichern, musste er zuerst den Bonus von fünfzehn Millionen einstreichen, der ihn erwartete, wenn alles in Fornebu fertig war. Und gerade jetzt brauchte er ein wenig Hilfe von Herrn Braastad, um das Projekt in trockene Tücher zu bringen.

»Haben Sie heute schon die *Aftenposten* gelesen?«, fragte Nils eifrig.

»Ich lese keine Papierzeitungen«, sagte Terje Klavenes und behielt den Schluck Cognac länger im Mund als sonst, als wolle er sich selbst beweisen, dass er den Preisunterschied schmeckte.

»Schauen Sie sich mal den Artikel der Norwegischen Presseagentur auf Seite vier unten an«, sagte Nils.

Klavenes hielt die Hand über den Hörer, rief die Sekretärin und deutete auf das fast leere Cognacglas. »Was steht dort?«, fragte er Nils.

»Das müssen Sie schon selbst lesen«, sagte Nils Hætta. »Hasta la vista.«

»Hasta la vista?« Klavenes runzelte die Stirn, aber Nils hatte schon aufgelegt.

Die Sekretärin kam mit der Flasche wieder und schenkte ihrem Chef nach.

»Verdammt, willst du mich abfüllen?«, sagte Klavenes.

»Nein«, sagte Anita aus Uddevalla.

»Das ist kein Apfelsaft, sondern einer der teuersten Cognacs der Welt!«

»Tut mir leid.« Anita senkte den Blick.

»Haben wir die *Aftenposten* von heute?«

»Du liest doch keine Papierzeitungen.«

»Heute mache ich eine Ausnahme.«

»Soll ich eine besorgen?« Anita Jansson sah ihren Chef an.

Klavenes schwieg kurz, dann antwortete er: »Ja, mach. Sonst muss ich dir das lächerliche Kleid vom Leib reißen und dich auf dem Tisch durchficken.«

Er sah sie ernst, beinahe melancholisch an, als wäre dies seine traurige Pflicht. Unerträgliche zwanzig Sekunden später grinste er breit, um zu markieren, dass er nur einen Scherz gemacht hatte.

Die Sekretärin lächelte pflichtbewusst, räusperte sich und drehte sich um. *Blödes Arschloch*, dachte sie und verließ das Büro.

Sie hatte vollkommen recht. Terje Klavenes war immer schon ein Drecksack gewesen.

Im zarten Alter von vier Jahren erwischte eine Kindergärtnerin ihn dabei, wie er einen drei Jahre älteren Jungen zwang, einen zwanzig Zentimeter langen Regenwurm einzusaugen.

»Denk an Spaghetti«, hatte Klein Terje gesagt und seinem Opfer eine schmutzige Glasscherbe an den Hals gepresst.

Terjes Eltern wurden in den Kindergarten zitiert, wo die Betreuerin darlegte, was für ein außergewöhnlich manipulatives und durchtriebenes kleines Kerlchen Terje war. Der Racker bekam einen Rüffel von der Mutter und jede Menge positives Feedback vom Vater und von seinen Freunden.

Die Schule war eine einzige Übung in der Kunst, für möglichst wenig Einsatz möglichst viel für sich selbst herauszuschlagen. Die Natur hatte den Jungen mit einem hübschen Gesicht und einem überdurchschnittlich großen Glied ausgestattet, da machte es nichts, dass er miserabel Fußball spielte, völlig unmusikalisch war und zur Dyslexie neigte. Terje Klavstad war der König der Grundschule von Eiksmarka und später der Gesamtschule von Østerås.

Dass sein Vater dort Hausmeister war, festigte Terjes Rang zunächst. Er war der Stärkste, aber in der achten Klasse holten die anderen Jungen ihn ein und nahmen Rache. Sie mobbten ihn wegen seiner Wortblindheit und des niedrigen sozialen Status' seines Vaters. Als Hausmeister Klavenes nach einem Streit über einen Klecks Kautabak an der Decke des Jungenklos von einem Neuntklässler Prügel bezog, sah Terje ein, dass er das Territorium wechseln musste.

Während alle anderen in Eikeli aufs Gymnasium gingen, wechselte er auf das in Stabekk. Dort hielt er sich im Hintergrund. Er war hoffnungslos in Sport, hatte kein Interesse an Musik und sagte nie etwas Schlaues oder Lustiges. Aber er war nach wie vor ausgesprochen hübsch und bestens ausgerüstet. Langsam, aber sicher fand er seine Nische.

Terje Klavstad setzte auf Sex.

Mit der Zeit erarbeitete er sich den Ruf des guten und einfühlsamen Liebhabers. Nicht, dass er sich besonders um die Bedürfnisse der Mädchen gekümmert hätte, aber die Chance, mehr als einmal an sie ranzukommen, stieg erheblich, wenn sie auch etwas davon hatten.

Doch trotz dieser Erfolge gehörte Terje Klavstad nie zur Elite des Gymnasiums. Die begehrtesten Mädchen blieben außerhalb seiner Reichweite, was der Hausmeistersohn akzeptierte. Er nahm, was er bekommen konnte, und das ausgiebig.

Während die anderen Jungen hemmungslos mit Dingen angaben, die sie nie getan hatten, tat Terje Klavstad all das und erzählte nichts davon.

Er schloss das Gymnasium mit neu gewonnenem Selbstbewusstsein, einem Tripper und einem Schnitt von 2,2 ab. Sein Vater zwang ihn, einen Job als Nachtwache im Emma-Hjorth-Heim in Sandvika anzunehmen, »Das wirft ein positives Licht auf die Familie, wenn du den Geisteskranken hilfst«, sagte er.

Der anpassungsfähige Terje fand schnell heraus, dass er seinen Hungerlohn aufstocken konnte, indem er die Behinderten beim Pokern betrog. Bald verdiente er das Fünffache seines Monatsgehalts mit dem Kartenspiel, bis eines Nachts die wütende Mutter eines Patienten mit einem Messer auf ihn losging. Die Heimleitung hatte keine andere Wahl, als den Betrüger zu feuern.

1986 fiel sein Vater von einem Gerüst und starb, und das Erste, was Terje tat, war, seinen Namen zu ändern. Er wollte fortan Klaveness mit zwei s heißen wie der berühmte norwegische Reeder, aber das Einwohnermeldeamt erlaubte ihm nur ein s.

Wenn er sich vorstellte, dachten trotzdem alle, er sei mit dem Millionär verwandt.

Die meisten Jungen aus Bærum, die nicht auf die Offiziersschule gingen, taten ihr Bestes, um sich vor dem Militärdienst zu drücken. Klavenes hingegen ergriff die einmalige Gelegenheit, andere Menschen zu quälen. Zwei Jahre lang schikanierte er andere Rekruten und brachte es bis zum Fähnrich. Nach seiner Entlassung schrieb er sich an der Norwegian Business School zum Studium der Betriebswirtschaft ein. Er begriff sehr bald, dass ein Studium viel zu anstrengend und zeitraubend war. Es musste doch eine einfachere Methode geben, um reich zu werden?

Terje Klavenes versuchte es mit Kindergärten.

Mit der finanziellen Unterstützung eines alten Freundes aus der Outdoor-Branche eröffnete er mehrere private Kindergärten in Bærum und Westoslo. Sein Plan bestand darin, die millionenschwere Förderung der Kommunen einzustreichen, die Kindergärten anzuzapfen und dann in den Ruin zu treiben. Nebenbei ließ er sich reichlich von verzweifelten Eltern schmieren, die einen Platz für ihr Juwel suchten.

Auch fand Klavenes bald heraus, dass Kindergärten ein exzellenter Ort waren, um junge Frauen flachzulegen – sowohl Angestellte als auch verzweifelte Alleinerziehende.

Der Lustmolch verbrachte eine glückliche Zeit. Er war reich, hatte Dutzende Bettgesellinnen, und wenn man ihn fragte, womit er sein Geld verdiente, antwortete er nur: »Kindergärten«, und alle waren begeistert.

Klavenes verdiente sich dumm und dämlich. Doch irgendwann kamen die ersten Gerüchte auf. Die Leute reagierten auf seinen Lebensstil. Während er Luxuslimousinen fuhr, einen Palast am Ufer auf Snarøya und eine 210 m^2 große

Hütte in Hemsedal besaß, bezahlten seine Kindergärten weder die Miete noch ihre Mitarbeiter und gingen reihenweise in Konkurs.

Sein Plan wäre beinahe in die Hose gegangen, als er einen Tag nach der Pleite eines Kindergartens in Stabekk eine Audemars Piguet Royal Oak Offshore kaufte und den Uhrmacher bat, die 150.000 Kronen als »Sachberatung« für besagten Kindergarten zu quittieren. Der Uhrmacher ging direkt zur größten Wirtschaftszeitung des Landes, die einen Leitartikel über die Sache schrieb. Sofort hatte Klavenes die Behörden am Hals, und es wäre um Haaresbreite zur Anklage gekommen, als die »Singdrossel«, der einzige Kindergarten, den Klavenes offiziell besaß, bis auf die Grundmauern niederbrannte. Da Klavenes offiziell mittellos war und keiner gegen ihn aussagen wollte, wurde die Anklage fallengelassen. Somit konnte er sich mit einem zehn Millionen schweren Aktienfond und einer bildhübschen, neun Jahre jüngeren Frau aus der Kindergartenbranche zurückziehen.

Klavenes verhielt sich ein Jahr lang ruhig, spielte Golf und trank Wein, während er neue Methoden ersann, um seine Mitmenschen zu betrügen.

Ende der Neunziger traf er im Golfclub von Bogstad einen alten Bekannten, der ihn fragte, ob er vielleicht einen Job in der neu gegründeten Norwegian Property Development Group in Lysaker annehmen wolle.

Für Klavenes war dies die Gelegenheit, sich reinzuwaschen.

Die Gesellschaft hatte offenbar keine Einwände gegen seine berufliche Vergangenheit.

Im Gegenteil, es sah fast so aus, als betrachtete sie diese als Vorteil.

10

Leo Vangen kannte Trond Bast nicht persönlich, obwohl sie sechs Jahre lang auf die gleiche Schule gegangen waren. Bast war immer ein Sonderling gewesen – so sonderlich, wie Sonderlinge eben werden, wenn sie von allen Seiten von erfolgreichen Menschen umgeben sind. An anderen Orten wäre Trond Bast kaum aufgefallen, aber an der Küste von Norwegens reichster Kommune war es unmöglich, ihn nicht zu bemerken.

Er war unzählige Male in seinem roten Dingi vorbeigetuckert, wenn Leo bei Rolfstangen die Rute ausgeworfen hatte, aber er grüßte selten. Im Stadion hatte Leo ihn ein paar Mal gesehen, aber sie hatten nie mehr als ein kurzes »Hi« oder »Hallo« gewechselt. Natürlich hatte er mitbekommen, wie die anderen Angler sich über Bast, der nie etwas fing, lustig machten. Basts Toupet, seine »Krankheit« und sein aufbrausendes Temperament wurden allgemein belächelt.

Warum in aller Welt hatte Bast seinen Namen bei der Polizei genannt?

Als Leo Basts Nummer wählte, merkte er, wie viel leichter es ihm fiel, einen anderen Außenseiter anzurufen als jemanden, den er respektierte oder fürchtete.

»Trond Bast?«, fragte er, als der andere ohne ein Wort das Gespräch annahm.

»Wer ist da?«, fragte Trond Bast.

»Hier ist Leo Vangen. Bist du mit dem Boot unterwegs?«

»Nein, im Strandbad. Ich war seit Tagen nicht mehr auf dem Wasser.«

»Ich habe gehört, dass du eine Leiche am Haken hattest?«

»Woher weißt du das?«, grummelte Bast.

»Die Polizei hat mich angerufen.«

Am anderen Ende wurde es still. Schreien im Hintergrund.

»Eigentlich wollte ich fragen, wie viel sie gewogen hat, aber du hast sie ja verloren, also zählt es nicht«, scherzte Leo.

Schweigen am anderen Ende.

»Ich war seit Monaten nicht mehr bei Rolfstangen, warum in aller Welt hast du meinen Namen genannt?«, fuhr Leo fort.

»Das kann dir doch egal sein.«

»Ich bin nur neugierig.«

»Okay, ich habe Panik bekommen. Zufrieden? Ich habe einfach alle aufgezählt, die dort angeln.«

»Ich war also nicht der Einzige?«

»Nein, nur einer von zwei.«

»Und wer war der andere?«

»Arnt Moland.«

»Der mit dem silbernen Blinker?«

»Ja, der mit dem silbernen Blinker.«

»Hast du mit einer Polizistin geredet?«

»Nein. Ein Mann namens Danielsen. Er hat deinen Namen in ein grünes Notizbuch geschrieben.«

»Und wie geht's dir sonst so?«

Leo fühlte sich verpflichtet zu fragen, er wollte nicht einfach auflegen.

Bast schwieg eine Weile, dann antwortete er: »Danke, es läuft.«

Leo hörte ihn schlucken. »Gut«, sagte er. »Denk dran: Angeln ist wie Skispringen.«

»Hä? Skispringen?«

»Man muss sofort wieder raus aufs Wasser, damit sich die Angst nicht festsetzt.«

»Was hat das mit Skispringen zu tun?«

»Das erkläre ich dir ein anderes Mal«, sagte Leo und legte auf.

11

Ein Bauprojekt wie Fornebu zu leiten war eine echte Herausforderung, weil es hemmungslose Umweltverschmutzung, horrende Schmiergelder, den skrupellosen Betrug von Wohnungskäufern sowie die rücksichtslose Ausnutzung osteuropäischer Arbeitskräfte bedeutete. Normale Menschen brachten kein Verständnis dafür auf, weil sie keine Ahnung hatten, wie viel Arbeit dahintersteckte.

Die undankbaren Bauarbeiter beklagten sich über alles Mögliche, die Wohnungskäufer drohten, vor Gericht zu ziehen und die Vogelfetischisten mit einer Klage wegen Verletzung der Schutzzone. Die Aktien stürzten ab, und bald begann die unsichtbare Topriege an Klavenes' Fähigkeiten zu zweifeln.

Wenn er nachts aufwachte und die Wirkung der Drogen nachließ, fühlte Klavenes sein gesamtes Fundament in den Lysakerfjord stürzen.

Doch er hatte noch eine Hintertür: das Haus auf den Bahamas. Dorthin würde er sich verziehen, sobald das Projekt in trockenen Tüchern und der fette Bonus ausbezahlt war, auch wenn alles andere den Bach runterging. Dann konnten ihn alle Aktionäre, Wohnungsbesitzer und ganz Bærum am Arsch lecken. *Er* wollte einfach nur auf einer tropischen Insel leben, Golf spielen, Frauen vögeln und Cocktails trinken.

Doch zuerst musste er sein Einkommen sichern.

Die Kommune Bærum war an allem schuld.

Die einzige Stadt Norwegens, die seit über fünfzig Jahren ununterbrochen von Konservativen regiert wurde, gerierte sich plötzlich als Anwalt des Volkes gegen »gierige, marktliberalistische Baulöwen«, wie der Bürgermeister es ausdrückte.

Es war ein verdammtes Paradox.

Die Kommune wollte so wenig Wohnungen, Arbeitsplätze und Infrastruktur und stattdessen so viele Vogelreservate, Schutzzonen und unsinnige Freiflächen wie möglich. Genau dort, wo Klavenes einen exklusiven Golfclub hochziehen wollte.

Sie kapierten einfach nicht, dass man *mehr* bauen musste. Nach den aktuellen Plänen hatte Fornebu zu wenige Einwohner, um den Bau einer neuen S-Bahnstrecke zu rechtfertigen, und ohne Schienenverkehr war das gesamte Projekt weniger wert. Niemand von der Norwegian Property Development Group hatte ihm je gezeigt, dass sie sein Engagement schätzten. Sie bezahlten gut, und der Bonus war üppig, aber er wurde nie irgendwohin eingeladen. Keine Abendessen, Cocktailpartys oder Hüttentouren. Er fühlte sich ausgegrenzt, fast wie damals auf dem Gymnasium. War er ihnen nicht fein genug? Sie hatten ihm die ganze Verantwortung aufgehalst und schoben ihn quasi vor. *Er* sorgte dafür, dass alles lief.

Solange alles gut ging, mischte sich keiner ein, doch bei der kleinsten Verzögerung begannen die Köter zu knurren.

Es klopfte. Projektleiter Poulsson streckte den Kopf durch

den Türspalt. Der penible, kleine Mann aus Sunnmøre war der einzige Mitarbeiter, der so etwas wie ein Freund für Klavenes war.

»Komm rein und setz dich«, sagte Klavenes.

»Anita hat mich gebeten, dir die zu bringen«, sagte Poulsson und legte ein Exemplar der *Aftenposten* auf den Tisch.

»Danke. Und was willst du eigentlich?«

»Jan Landgangen hat mir eine Mail geschickt, die an die gesamte Leitung der NPDG gerichtet ist.«

»Soso. Was schreibt er?«

»Dass jeder von uns einen Kaktus kaufen und ihn sich in den Arsch schieben soll.«

»Ts, ts«, murmelte Klavenes kopfschüttelnd.

»Ja, und zwar einen Riesenkaktus, einen *Carnegiea Gigantea*, schreibt er.«

»Interessanter Typ«, bemerkte Klavenes.

»Er ist sauer.«

»Und wie!«

Klavenes nahm einen großen Schluck aus seinem Cognacglas. Er versuchte nicht mehr zu verbergen, dass er trank, genoss es sogar, den jungen Mann zu schockieren.

»Wenigstens haben sich die Polen und Letten etwas beruhigt, wie es scheint«, sagte Poulsson und lächelte zaghaft. »Nicht eine Beschwerde vom Großen Fabianski diese Woche. Weder über den Lohn noch die Arbeitszeit oder die Wohnverhältnisse.«

»Warum sollten die sich auch beschweren? Denen geht es doch tausendmal besser als daheim in Budapest. Was erwarten die eigentlich?« Klavenes schüttelte wieder den Kopf. »Undank ist der Welten Lohn!«

»Ibsen?«

»Nix. Ein deutsches Sprichwort.«

»Übrigens«, warf Poulsson ein. »Budapest ist die Hauptstadt Ungarns. Und der Lebensstandard in Polen ist auch nicht mehr so schlecht. Viel höher als in Rumänien, zum Beispiel. Vielleicht sollten wir die Polen austauschen? Oder sollen wir den Baracken in Klein Krakau eine Warmwasserleitung für die Duschen spendieren, um die Gemüter zu beruhigen?«

»Warmes Wasser in der Dusche? Bist du verrückt? Weißt du, was das kostet? Sie werden glauben, dass wir verzweifelt sind!«

Poulsson verschränkte die Arme und richtete sich auf.

»Terje, wir *sind* verzweifelt.«

12

Leo empfand sich nicht als Sonderling oder Eremit, obwohl er zusammen mit einem Freak aus Rjukan auf einer Insel ohne Verbindung zum Festland wohnte, ohne Satellitenfernsehen, Breitbandanschluss oder einem Computer.

Es hatte sich so ergeben und war keine bewusste Entscheidung gewesen.

Nichts in Leos Leben war bewusste Entscheidung.

Er hatte das denkmalgeschützte Haus gemeinsam mit seinem zehn Jahre älteren Bruder und seiner fünf Jahre älteren Schwester geerbt, nachdem beide Eltern im Herbst 1998 innerhalb von zwei Monaten gestorben waren. Die Geschwister wussten, dass ihre Eltern sich im Grab umdrehen würden, wenn sie das alte Sommerhaus verkauften, das die Familie seit 1910 besaß. Und keiner von ihnen konnte es sich leisten, die anderen auszubezahlen.

Ein Jahr später stand Leo mit einem Koffer auf der Straße, weil er Frau und Kind verlassen hatte, und wusste nicht, wohin. Seine Schwester schlug ihm vor, in das baufällige Sommerhaus zu ziehen, unter der Bedingung, dass er es instand hielt und Steuern und Gebühren bezahlte. So wurde Leo eine Art Hausmeister, und der Untermieter Kjartan Smeby war Teil des Arrangements.

Die zwischenzeitige Lösung war inzwischen dauerhaft geworden.

Auf der Insel standen ungefähr fünfzig Häuser – alte Holzvillen mit geschnitzten Giebeln und Fensterrahmen, Wochenendhäuser in allen Größen mit eigenen Anlegern und Tennisplätzen sowie moderne, funktionalistische Kästen mit parkähnlichen Gärten. Für Leo war die Insel genau richtig. Sie war weder so klein, dass ihm langweilig wurde, noch so groß, dass er den Überblick verlor. Er und Kjartan waren die Einzigen, die das ganze Jahr über dort wohnten. Alle anderen zogen zurück in ihre warmen Quartiere in Oslo, der Provence oder der Toskana, sobald die ersten Herbststürme einsetzten.

Das Haus auf Gåsøya war das Einzige in Leos Leben, das ihn irgendwie auszeichnete.

Einmal hatte er nur zum Spaß einen Gutachter bestellt. Der Mann behauptete, Haus und Grundstück seien 22 Millionen Kronen wert – verdammt viel Geld, aber nur theoretisch, wie alles in der Familie Vangen. Die astronomische Summe hatte keinerlei praktische Bedeutung und änderte wenig am Zustand der Bruchbude. Die Farbe blätterte großflächig ab, rostige Dachrinnen hingen herab, im Erdgeschoss waren acht Fensterscheiben gesprungen, die Terrassendielen verschimmelt, der einst wohl gepflegte Garten war eine Wildnis, und der Anleger krachte fast ins Meer. In den letzten zwei Jahren hatte er fünf anonyme Briefe von anderen Inselbewohnern erhalten, die ihn zur Renovierung aufforderten. Ihr Ton wurde immer aggressiver, der Letzte hatte eine Entschädigung in Millionenhöhe gefordert, weil Leos Ruine angeblich den Wert der umliegenden Grundstücke verringerte.

Sicher, das Haus war ein trauriger Anblick, aber mit

seinem Teilzeitjob konnte er sich keine Handwerker leisten. Er strich hier eine Wand, kittete da ein Fenster oder tauschte ein paar vermoderte Dielen aus. Das war mehr als genug, wie er fand. Irgendetwas gab es immer zu tun, aber letztendlich war es vergeblich, selbst wenn er die Instandhaltung zum Vollzeitjob gemacht hätte.

Es wäre dasselbe, wie ins Meer zu pissen.

Ein Großteil des Hauses war permanent verschlossen. In den verstaubten Zimmern, die er nie betrat, standen mit Laken abgedeckte, antike Möbel. Seit fünf Jahren war er nicht mehr im Keller gewesen. Dreihundert Quadratmeter waren einfach zu viel für eine einzige Person, so viel konnte er unmöglich in Ordnung halten, und die Heizkosten hätten ein Vermögen verschlungen.

Als Leo nach Hause kam, saß Kjartan mit Shorts und nacktem Oberkörper auf der Terrasse. Er hielt eine Flasche Bier in der Hand und blickte zwischen den alten Föhren hindurch über den Fjord. Die Bäume sahen traurig und ausdauernd aus, wie Menschen, die immerzu klagen und doch all ihre Freunde überleben. Die Wolkendecke war aufgebrochen, und die Sonne wärmte den Garten, auch wenn es kaum mehr als zwölf Grad im Schatten war.

»Hi Chef, guter Tag?«, fragte Kjartan.

»Fast schon zu ereignisreich«, sagte Leo und ließ sich in den Stuhl neben Kjartan fallen. »Eine alte Freundin, die jetzt bei der Polizei ist, hat mich angerufen und über einen Leichenfund bei Rolfstangen ausgefragt.«

»Wie schön, dass du Freundinnen hast«, sagte Kjartan.

»Das scheint dich mehr zu interessieren als die Leiche?«

»Mich interessiert alles an dir«, sagte Kjartan. »Von dem Toten weiß ich schon aus der *Budstikka.*«

»Du hast doch gesagt, sie hätten keine *Budstikka* gehabt?«

Leo sah zu Kjartan hinüber, der dasaß und aufs Wasser starrte wie eine Fischersfrau, die auf die Rückkehr ihres Mannes wartet. Warum waren Hippies immer so dünn? Lag das an ihrem Lebensstil? Kjartan aß wie ein Scheunendrescher und trieb keinen Sport. Vielleicht trainierte er tagsüber heimlich?

»Ich war kurz bei Stine.«

»Kjartan, sie ist siebzig Jahre alt und manisch-depressiv.«

Der Bildhauer grinste und schüttelte den Kopf. Dann stand er auf, ging ins Haus und holte zwei Flaschen Bier aus dem Kühlschrank. »Wer war der Tote?«, fragte er, als er wiederkam.

»Sie wissen es noch nicht, aber er wurde ermordet. Der mieseste Sportfischer des Landes hat die Leiche mit Chicago-Pantoffeln geangelt. Er hat dem armen Schwein mit dem Haken das Ohr abgerissen.«

»In der *Stikka* stand gar nichts von Mord. Wie krank.«

»Ja, nach Mafia-Art«, sagte Leo.

Die beiden Männer schwiegen eine Weile. Eine Wolke schob sich vor die Sonne, und plötzlich bemerkten sie, wie kalt es war. Kjartan zog sein T-Shirt an.

»Wenn ich den Himmel anschaue, könnte ich überall auf der Welt sein«, sagte er und lehnte sich zurück. »Ist das nicht faszinierend?«

Leo antwortete nicht. »Wie läuft es mit der Statue?«, fragte er schließlich.

»So gut wie fertig.«

»Was vom Komitee gehört?«

»Nein, aber die melden sich bestimmt.«

»Wird sie schön?«

»Ganz okay.« Das war keine falsche Bescheidenheit. Kjartan wusste, dass er gut war, aber war er auch genial?

»Warum rufst du sie nicht an?«

»Ich will nicht nerven.«

»Nerven?« Leo sah dem Bildhauer in die Augen. »Du hast seit sechs Jahren kein Wort von ihnen gehört.«

»Ich mache Statuen, um herauszufinden, was ich weiß, aber irgendwann ziehen die Statuen an mir vorbei und wissen mehr als ich.«

»Auch wenn sie noch kein Gesicht haben?«, fragte Leo.

»Auch dann.«

Eine Möwe schrie von einer Laterne herab.

»Warum wirft jemand eine Leiche vor Rolfstangen ins Meer? Mord gehört nicht gerade zum Alltag in Bærum«, sagte Kjartan.

»Können wir das Thema wechseln?«, bat Leo.

»Was, glaubst du, ist geschehen? Das ist doch ungeheuerlich.«

»Keine Ahnung. Vielleicht ein eifersüchtiger Ehemann oder ein unzufriedener Sohn.«

Kjartan nickte und faltete die Hände über dem Bauch.

Leo schlief mit dem Bier in der Hand ein und wachte mit steifem Nacken im Schatten auf. Ein Schwarm Spatzen hüpfte nervös auf dem Rasen umher. Wenn er die Wahl hätte, wäre er lieber ein Adler oder Falke, der aus hundert Metern herabstößt und Schlangen oder Mäuse mit den Krallen packt. Er fragte sich, wie die Vögel sich vermehrten. Es gab Milliarden von ihnen, aber er hatte noch nie welche bei der Paarung beobachtet. Kjartan war verschwunden. Es war kalt, Leo zitterte.

13

Mittwoch, 22. Mai

Jedes Mal, wenn Leo an der Telenor-Arena vorbeifuhr, hatte er ein komisches Gefühl im Bauch. Vor langer Zeit war er Mitglied im SV Stabæk gewesen, aber nach einem üblen Foul an dem Materialwart Helge Lillejordet hatten sie ihm nahegelegt, den Verein zu wechseln. Leo fand die Strafe damals zu hart, aber wahrscheinlich war es für beide Seiten besser, dass Leo und Stabæk getrennte Wege gingen.

Und nun war Stabæk auf dem Weg in die oberste Liga.

Der zentrale Mittelfeldspieler Leo Vangen hatte die finsteren Achtzigerjahre des Vereins miterlebt. Sein Balltalent lag durchaus über dem Mittelmaß. Er wusste, was er wollte, ehe er am Ball war, spielte gute Pässe und bewegte sich klug, aber er lief nicht schnell genug. Leo war schlicht und ergreifend zu träge, außerdem fehlten ihm der Mut zum Tackling und die Lust am Sieg.

»Was zum Teufel ist los mit dir, willst du nicht gewinnen?«, hatte ihn der Linksverteidiger Claus Faunevåg einmal in der Halbzeit eines Spiels gegen den Erzrivalen Bærum gefragt.

»Ist doch nur die Vierte Liga«, antwortete Leo.

»Na und, gewinnen will man trotzdem.«

»Wir spielen doch nur zum Spaß, keiner kümmert sich um uns.«

»Willst du vielleicht lieber verlieren?«

»Nein.«

»Also. Und genau deshalb spielen wir Fußball – weil wir gewinnen wollen.«

»Sooo viel lustiger ist Gewinnen auch nicht als Verlieren«, antwortete Leo.

Faunevåg und Leo wurden nie gute Freunde.

Am Armaturenbrett des Saab blinkte ein rotes Licht. Nichts an dem Auto funktionierte mehr, wie es sollte, nur der Motor lief wie ein Uhrwerk.

Trotz der schlechten Erfahrung war Leo ein Fan geblieben, sogar als der Verein in die Telenor-Arena umzog.

Der Bürgermeister bezeichnete das Stadion als Bærums Antwort auf die Oper von Sydney, als markantes und vereinendes Symbol einer regen, zukunftsorientierten Kommune. Für Leo war es eher Bærums Antwort auf das Opernhaus von Manaus am Amazonas: falsch platziert und überdimensioniert, ein markantes Symbol des Größenwahns und der Selbstüberschätzung.

Gleichzeitig bewunderte er Menschen, die Dinge schufen und Projekte durchführten, von denen er nur träumen konnte. Er betrachtete sie mit der gleichen Hassliebe wie seinen Verein Stabæk.

Es war ein zweischneidiges Schwert. Einerseits belastete ihn der Gang ins Stadion, weil er dort so viele alte Bekannte traf. Er hasste es, sich klein zu fühlen, und zog die Mütze tief ins Gesicht. Andererseits liebte er Fußball noch immer, vor allem, weil er mit seinem Sohn Willy zu den Spielen ging.

Willy war gerade 19 geworden und spielte Bass in einer Rockband.

Eigentlich interessierte Willy sich nur für Arsenal, aber wenn Stabæk spielte, kam er immer mit. Vor Kurzem hatte er Leo gefragt, warum er nur norwegischen Fußball schaute, wo doch englischer und deutscher Fußball viel besser seien. Genau das sei der Grund, hatte Leo geantwortet. Weil norwegischer Fußball mittelmäßig und menschlich war. Die Spieler waren keine Supermänner. Norwegischer Fußball – insbesondere Stabæk – bedeutete, sich über die kleinen Dinge vor der Haustür zu freuen.

Darüber dachte Leo nach, als er in den Lilleaker-Tunnel eintauchte und sein Handy das nervige Nokia-Klingeln von sich gab. Irgendwann würde er herausfinden, wie man den Klingelton änderte.

Es war Hauptkommissarin Mariken Varden.

»Ich wollte dich über den Leichenfund auf dem Laufenden halten – falls es dich noch interessiert.«

»Natürlich, schieß los«, sagte Leo scheinbar unberührt.

»Wir haben ein paar Zloty-Münzen in der Hosentasche des Toten gefunden und Reste eines Oberlippenbarts zwischen dem Krater, wo einmal die Nase war, und dem Mund. Das könnte darauf hindeuten, dass es sich um einen Polen handelt.«

»Oder einen Norweger, der vor Kurzem auf Sauftour in Poznan war«, sagte Leo.

»Oder das«, sagte Mariken und kicherte. »Nein, im Ernst. Das Rechtsmedizinische Institut hat seine Zähne untersucht und ist zu dem Schluss gekommen, dass er ganz sicher aus Osteuropa stammt, wahrscheinlich aus Polen.«

»Woran sehen die das?«

»Er hatte Zähne wie ein Neunzigjähriger, obwohl er erst ungefähr 35 war.«

»Und das ist normal in Osteuropa?«

»Jepp. Die Zahnhygiene in Polen ist offenbar jenseits von Gut und Böse.«

»Ihr seid tüchtig«, sagte Leo sarkastisch und tat, als ließe ihn das alles kalt.

»Danke«, sagte Mariken, als würde sie ihm das Kompliment abnehmen. »Wir haben uns bei den polnischen Bauarbeitern in Oslo und Bærum umgehört, aber keiner wollte etwas sagen. Die wenigsten sind angemeldet, keiner bezahlt Steuern, und sie haben Angst, dass sie ausgewiesen werden. Mein erster Gedanke war, dass der arme Kerl vielleicht irgendwo in Fornebu beschäftigt war, da arbeiten fast nur Polen.«

»Wäre es nicht ziemlich dumm, die Leiche direkt vor ihrem Arbeitsplatz zu versenken?«, fragte Leo.

»Hier waren kaum kriminelle Meisterhirne am Werk«, sagte Mariken. »Wir waren in Klein Krakau und hatten den Eindruck, dass viele dort mehr wussten, als sie uns verraten wollten.«

»Klein Krakau, ja. Da war ich auch schon öfter. Grausamer Ort«, sagte Leo.

»Was in aller Welt hast du da verloren?«

»Ich hab mal zwei Männern aus Gdansk geholfen, und seitdem kann ich mich nicht mehr vor betrogenen Polen und Letten retten.«

Mariken zögerte kurz, dann sagte sie: »Du meinst die zwei Narkoseärzte? Die waren zuerst bei uns. Ich hab sie zu dir geschickt.«

»Oh, das wusste ich nicht.«

»Sie brauchten einen Anwalt, der sie nicht das letzte Hemd kosten würde. Da bist du mir eingefallen.«

Leo hatte das Handy zwischen Schulter und Ohr geklemmt und versuchte einzuparken. Ehe er groß nachdenken konnte, entglitt es ihm: »Ich kann mich gerne mal dort umhören, wenn du willst. Vielleicht verraten sie mir mehr.«

Mariken dachte kurz nach. »Nein, das musst du nicht«, antwortete sie.

»Ich meine es ernst. Das kostet mich nichts. Vielleicht habe ich ja Glück. Die haben bestimmt eine Heidenangst vor allem, was nach Polypen riecht.«

»*Polypen?* Das sagt doch heute keiner mehr.«

»Nach Polizei, sorry.«

»Ich kann nicht einfach einen Bekannten bitten, mir bei einem Mordfall zu helfen.«

»Ich bin nicht irgendein Bekannter. Schließlich habe ich einen guten Ruf bei den Polen«, sagte Leo und tat, als wäre er eingeschnappt. »Vielleicht haben sie mehr Vertrauen zu mir.«

»Das wäre dann aber auf jeden Fall inoffiziell und auf eigene Initiative.«

»Natürlich. Habt ihr bei den Baufirmen nachgefragt, ob jemand vermisst wird?«

»Denen fehlt kein Mann.«

»Aber vielleicht ein bisschen Moral?«

»Das bezweifle ich nicht.«

»Gibt es dort viele Illegale?«

»Genau das ist das Problem. Die meisten Arbeiter sind nicht gemeldet.«

Eine Pause. Leo machte den Motor aus.

»Und sonst? Bist du verheiratet? Kinder?«, rutschte es

ihm heraus, was er sofort bereute. Wie konnte er so dummdreist sein, wo sie gerade einen so lockeren Ton gefunden hatten. Aber Mariken Varden antwortete ernst und monoton: »Ich bin seit zwölf Jahren mit einem Marineoffizier verheiratet. Keine Kinder. Er ist oft in Nordnorwegen.«

»Schön«, sagte Leo.

Am anderen Ende trat Stille ein. Leo versuchte, sich zu beherrschen.

»Wohnt ihr noch im Ort?«

»Wir wohnen in Lysaker Brygge«, sagte Mariken Varden. »Lächerlich teuer, aber sehr praktisch.«

»Wie schön«, sagte Leo.

Die Worte blieben in der Luft hängen.

»Die Schnellstraße ist lauter, als wir dachten, und die Sonne verschwindet ziemlich früh, aber ansonsten ist es okay«, sagte die Hauptkommissarin.

Leo nahm Anlauf:

»Vielleicht können wir uns ja mal bei *La Donna dei tuffi* auf einen Kaffee treffen und über die schlechte Bezahlung der Polizisten oder die eigentümliche Faszination der Leute für dramatische Schilderungen der Ermittlungsarbeit diskutieren?«

»Das wäre nett«, sagte Mariken Varden. »Sei vorsichtig da oben in Kolsås. Und erzähl keinem, dass ich dich darum gebeten habe.«

»Du hast mich nicht darum gebeten«, sagte Leo.

»Nein, das habe ich nicht.«

»Ich fahre morgen dorthin«, sagte Leo, erstaunt über seine spontane Initiative.

14

Weder die Fäkalien im Briefkasten noch die angedrohte Entführung seiner Tochter konnten Jan Landgangen, den Sprecher der betrogenen Anteilseigner von Fornebu, abschrecken.

Er schäumte vor Wut.

Nichts in der Welt würde ihn davon abbringen, sein verdammtes Recht von den Gangstern des NPDG zu fordern. Dass er selbst die vier Wohnungen aus einem einzigen Grund gekauft hatte, nämlich der Aussicht aufs schnelle Geld, spielte keine Rolle. Er war Spekulanten auf den Leim gegangen, die größer, stärker und cleverer waren als er. Selbst jetzt, wo er splitternackt mit gefesselten Händen an einem Fleischerhaken hing, gab er nicht klein bei. Sie hatten ihm eine Mütze über den Kopf gezogen und ihn klatschnass und zitternd in eine Lagerhalle in Rud-Hauger gezerrt.

Erst als Nils Hætta seine edlen Körperteile mit einem Elektroschocker bearbeitete, wurde es kritisch.

»Vorsicht mit dem Ding da, Nils«, sagte Rino. »Ich habe gelesen, dass man davon impotent werden kann.«

»Was kümmert es die Welt, wenn diese Missgeburt sich nicht mehr vermehrt?«, sagte Nils und schickte so viel Strom durch Landgangens Hoden, dass dem Ingenieur alle Haare zu Berge standen.

»Mehr?«, fragte Nils höflich zwischen den Stromstößen, als wolle er wissen, ob Landgangen mehr Soße zu den Kartoffeln wünschte. Mit der Anzahl der Stromstöße, die durch Landgangens Körper pulsierten, verschwand sein wütender, überheblicher Ton. Es gab Augenblicke im Leben, in denen alles, was man sagte, falsch war. Schwieg man, war es genauso falsch. Landgangens Mund stand offen, aber es kam kein Laut heraus. In seinem Hals steckte ein dicker Kloß, und seine Augen brannten.

Nach drei Stunden Strombehandlung hing er an dem Haken wie ein frisch geschlachtetes Schwein, winselte um Gnade und gelobte auf Treu und Ehre, dass er nie wieder auch nur daran denken würde, die NPDG zu verklagen.

15

Mariken Varden saß in ihrem sterilen Büro am Schreibtisch und fragte sich, warum sie Leo Vangen nicht erzählt hatte, dass sie geschieden war.

Sie hätte sich fast an ihrem Tee verschluckt, als sie Leos Namen auf der Liste möglicher Zeugen gelesen hatte. Natürlich musste sie das Wunderkind anrufen, das sich nach dem Studium in Asien verlaufen hatte und erst zurückgekommen war, als es zu spät war. Freunde und Bekannte hatten sie über ihn auf dem Laufenden gehalten.

Im Frühjahr 1989 hatte Leo Vangen sein Studium an der Juridischen Fakultät mit der drittbesten Note abgeschlossen, die je dort erreicht worden war. Er hatte nur vier Jahre gebraucht und offenbar trotzdem ein Leben neben dem Studium geführt. Die besten Kanzleien Oslos standen ihm offen. Ein Reporter der Lokalzeitung fragte ihn, wie er sein außergewöhnliches Talent einsetzen wolle, aber Leo antwortete nur: »Ich weiß nicht recht, darüber habe ich mir noch keine Gedanken gemacht.«

Alle waren gespannt, was der Supermann tun würde.

Leo reiste erst einmal nach Indien. Er blieb zwei Jahre lang dort und brach jeden Kontakt zu Familie und Freunden ab.

Als er nach Hause kam, sah er nicht mehr aus, als könne er norwegische Gerichtssäle im Sturm erobern. Er hatte zwanzig Kilo abgenommen, trug einen geflochtenen Bart und schmierte sich Kuhmist in die Haare. Dann verschwand er vom Radar.

Es hieß, er habe sich völlig ausgeklinkt und auf der anderen Seite des Flusses eine Sozialarbeiterin geheiratet, zwei Kinder bekommen und sich dann scheiden lassen. Gerüchten zufolge arbeitete er zu wenig und trank zu viel. Außerdem wohnte er mit einem Hippie aus der Telemark auf einer Insel vor Snarøya.

Manchmal dachte Mariken Varden noch an die Nacht mit dem attraktivsten Jungen der Schule im Himmelbett ihrer Eltern. Leo hatte gut geduftet und war zärtlich und rücksichtsvoll gewesen – ein perfekter Liebhaber für das erste Mal. Leider hatte dieser talentierte Junge auch den Sportlehrer Hallvar Tørrisen halb totgeschlagen und war für zwei Wochen vom Unterricht ausgeschlossen worden. Keiner wusste, warum Leo so ausgerastet war. Tørrisen war ein Drecksack und hatte Prügel verdient, doch schien es leicht übertrieben, einem fünfundsechzigjährigen Kahlkopf vor aller Augen ins Gesicht zu boxen, weil er Leo beim Volleyball abgepfiffen hatte. Tørrisens Nase war gebrochen, er hatte eine Gehirnerschütterung und drei Zähne verloren. Das Kollegium wollte ihn überreden, Leo anzuzeigen. Erst viel später kam heraus, warum der Alte schwieg. Hätte er den Jungen angezeigt, wäre Leos wirklicher Beweggrund ans Tageslicht gekommen. Der alte Sack hatte nämlich versucht, Leos Cousine Trine Bang aus der 2b im Umkleideraum zu vergewaltigen.

Leos unbekannte, dunkle Seite hatte sie damals abgeschreckt, aber sie hatte ihn nie vergessen, und als sie den wirklichen Grund für seinen Wutausbruch erfuhr, blühten ihre Gefühle für ihn wieder auf. Auf dem ersten Abitreffen 1995 sah er unverschämt gut aus. Er hatte wieder zugenommen und die Rastalocken abgeschnitten, aber weil sie frisch mit einem Lieutenant Commander verheiratet war, gab sie sich abweisend. Beim letzten Jahrgangstreffen hatten sie über Leo geredet und festgestellt, dass er der Einzige war, der nicht den Erwartungen entsprochen hatte.

Mariken Varden hatte viel Glück im Leben gehabt, außer bei der Wahl ihrer Männer.

Mit zwanzig war sie mit dem Waschmaschinenverkäufer Børre zusammen, der sie ausgerechnet beim Paarurlaub auf Teneriffa mit ihrer besten Freundin Marit betrog.

Mit zweiundzwanzig war es der Pianist Stian, der in der Bar des Sheraton in Sandvika die Gäste unterhielt. Er erwies sich als spielsüchtig, nicht nur am Klavier, und verspielte ihre Zweizimmerwohnung in Hasle.

Kurz vor ihrem vierundzwanzigsten Geburtstag traf sie den vierzigjährigen Architekten Geir. Er hatte die ganze Welt bereist und sprach viel über Kunst und Literatur, aber wenig darüber, dass er verheiratet war und regelmäßig Heroin rauchte. Nach der Offiziersschule und einem Jahr als Kapitänsleutnant im männerdominierten Fort Odderøya bei Kristiansand verliebte sie sich in einen schicken Marinekapitän namens Arne-Vidar und heiratete ihn. Fünf Jahre lang führten sie eine mehr oder weniger normale Ehe, ehe er das Interesse an ihr verlor und immer öfter im Gästezimmer schlief. Eines Tages rief er sie aus Sortland an und sagte, er habe einen neuen Partner, der Arve hieß und Hundeführer sei. Mariken wusste nicht, ob sie sich freuen sollte, weil sie nun endlich eine Erklärung für sein Desinteresse hatte, oder ob sie sich schuldig fühlen sollte, weil womöglich sie ihn auf die andere Seite getrieben hatte.

Bis dahin hatte sie immer gedacht, Homosexualität sei angeboren, aber wenn sie an Arne-Vidars sexuellen Appetit und seine Erfindungsgabe in den ersten Jahren ihrer Beziehung dachte, war sie sich nicht mehr so sicher.

Mariken hatte keinen Sex mehr gehabt, seit Arne-Vidar sie auf dem Balkon in Lysaker Brygge von hinten genommen hatte. Das war wenige Tage, nachdem er ihr von seinem neuen Freund erzählt hatte, was ihr schon ein wenig die Lust verdarb. Arne-Vidar, der in weißem Bademantel und rosa Badehaube hinter ihr stand, schien das nicht zu stören, im Gegenteil.

Im Grunde vermisste sie die Männer nicht. Sie hatte sich an ein Leben ohne körperliche Nähe gewöhnt. Aber als sie neulich einen kitschigen Schlager über verpasste Liebe im Radio gehört hatte, waren ihr die Tränen gekommen und sie hatte an Leo Vangen gedacht. Aus irgendeinem Grund war er derjenige, der hängen geblieben war.

Vorsätzlicher Mord war keine Alltagskost für die Polizei von Asker und Bærum. Im Durchschnitt geschahen pro Jahr zwei Morde oder Totschläge, die meist rasch aufgeklärt waren. Diesmal hatten sie alle Hebel in Bewegung gesetzt. Das Kriminalamt war eingeschaltet worden, eine ID-Gruppe versuchte mit allen zur Verfügung stehenden Mitteln, das Opfer zu identifizieren, aber es gab kaum Anhaltspunkte und keine Zeugen. Nicht einmal, wie das Opfer ausgesehen hatte, wussten sie, da die Leiche halb zerfressen war. Krebse und Fische hatten die Finger so abgeknabbert, dass man keine Fingerabdrücke mehr nehmen konnte. Aber sie hatten die DNA und die Zähne – was jedoch nicht half, solange sie nicht wussten, wo sie suchen sollten.

Das Einzige, was sie mit Sicherheit wussten, war, dass der Mann aus Osteuropa stammte, wahrscheinlich aus Polen, und dass seine letzte Mahlzeit ein Mango-Banane-Joghurt gewesen war.

In Polen war niemand vermisst gemeldet worden. Es konnten Wochen oder Monate vergehen, bis jemand den Toten vermisste.

Leo hatte sie kalt erwischt mit seinem Vorschlag, sich bei den Polen umzuhören. Natürlich hätte sie ablehnen sollen. Man zog keine Außenstehenden in einen Mordfall hinein, schon gar nicht einen Bekannten und am allerwenigsten Leo Vangen.

Andererseits blieben sie auf diese Weise wenigstens in Kontakt. Allzu viel Schaden konnte er ja wohl nicht anrichten, und vielleicht entlockte er ihnen Informationen, die die Polizei niemals kriegen würde. Schließlich hatte er nach eigenen Worten »einen guten Ruf bei den Polen«.

Es war ein Schuss ins Blaue, aber besser als überhaupt kein Schuss.

16

Donnerstag, 23. Mai

Von Weitem sah die provisorische Containersiedlung am Fuß des Kolsås fast gemütlich aus. Umgeben von zartgrünen Äckern, roten Scheunen, Felsen und Föhrenwäldern lag sie in der Abendsonne. Leo zählte mindestens zwanzig Behausungen aus gestapelten Containern. In der Mitte der Siedlung stand ein Gebäude, das wie eine alte Werkstatt aussah.

Vor zwei Jahren war er schon einmal hier gewesen, um den beiden Ärzten zu helfen, die von der ortsansässigen Firma Norway Roofing betrogen worden waren. Als Leo näher kam, verschwand der idyllische Eindruck. Müll, Plastiktüten und eine Lawine aus Bauschutt überschwemmten das schlammige Gelände. Fünf verrostete Wohnwagen standen im Halbkreis um einen Grill. Eine Gruppe kritisch dreinblickender Bauarbeiter saß auf alten Busbänken, rauchte und trank eine klare Flüssigkeit aus Marmeladengläsern. Neben ihnen türmte sich ein Gebirge aus leeren Bierkästen und Flaschen mit unbekannten Etiketten. Die Wohncontainer hatten keinen Wasseranschluss, und die Stromzufuhr war mit Sicherheit nicht amtlich anerkannt. Leo ging an einer Art Stall vorbei, aus dem es stark nach Urin und Exkrementen roch. Der Ort erinnerte ihn an einen White-Trash-Trailerpark aus amerikanischen Filmen. Fehlten nur ein paar räudige, kläffende Hunde. Die Polen oder Letten oder Litauer, die er sah, waren alle betrunken oder auf andere Weise berauscht, obwohl es erst fünf Uhr nachmittags war. Harte, schweigsame und schmutzige Männer, weit weg von zuhause. Unkultivierte Fremdkörper in der Gemeinde Bærum. Leo ging durch den Kopf, dass ihn nach zwei Jahren kaum jemand wiedererkennen würde. Einen guten Ruf bei den Polen – völliger Quatsch.

Warum hatte er Mariken angeboten, hier rauszufahren?

Um ihr zu imponieren, sonst nichts. Jetzt, wo es ernst wurde, verließ ihn der Mut.

Leo parkte zwischen einem rostigen Kühlschrank und einem Autowrack, ging resolut auf den nächsten Container zu und klopfte an. Sein Herz pochte unter der Bomberjacke. Er fühlte sich beobachtet und bereute bitter, vorher nicht ein paar Valiumtabletten geschluckt zu haben.

Ein Mann mit dichtem Bart und Irokesenschnitt öffnete und sagte in gebrochenem Englisch, dass er nichts wisse – ehe Leo überhaupt etwas gesagt hatte. Aus dem Container drang säuerlich fauliger Geruch, der Boden war von Pizzarändern und anderen Essensresten zugemüllt.

Sämtliche Bewohner der Containersiedlung waren betrunken, abweisend und verängstigt. Erst am neunten Container ließ man ihn ausreden. Der Mann mit den langen blonden Haaren und einem Twisted-Sister-T-Shirt hörte ihm sogar zu. Leo sagte, er habe ein paar Fragen über einen Verstorbenen.

»Meinen Sie den ertrunkenen Mann in Fornebu? Beschissene Sache. Er war mein Cousin.«

Leo starrte die seltsame Gestalt ungläubig an, deren blaue Augen so tief in den Augenhöhlen lagen, dass Leo unmittelbar an Quallen in Gletschertöpfen dachte.

»Ihr Cousin?«

»Die Leute hier sagen, der Tote sei Piotr Fabianski. Ich kannte ihn aus Krakau«, sagte der Pole. »Aber sagen Sie nichts der Polizei, sonst verlieren wir alle unsere Jobs.«

»Woher wollen Sie wissen, dass ich nicht von der Polizei bin?« Leo zog einen Notizblock aus der Jackentasche und schrieb den Namen auf.

»Ich kenne Sie. Sie haben Doktor Gregor geholfen. Außerdem sehen Sie viel zu nett aus.« Erst jetzt bemerkte Leo die Musik im Hintergrund, Thin Lizzys *Don't Believe a Word*, ein alter Lieblingssong von ihm.

»Wissen Sie, was geschehen ist oder wer es getan haben könnte?«, fragte Leo direkt, ohne eine Antwort zu erwarten.

Der Mann starrte Leo abwesend an, während er offenbar einen inneren Kampf ausfocht. Schließlich sagte er: »Sie haben ihn von der Baustelle geholt, und seitdem hat ihn keiner gesehen. Er hat hier mit meinem Cousin Robert gewohnt. Robert ist heimgefahren, nachdem Piotr verschwunden ist. Er weiß sicher mehr.«

»Und er ist auch Ihr Cousin?«

»Ja, einer meiner besten Cousins in Norwegen«, sagte der Mann und zeigte seine gelb-braunen Zähne.

Leo dachte an Skorbut und Seeräuber. »Meinen Sie vielleicht Ihr *Freund?*«

»Ja, sage ich doch. Freund oder Cousin, das ist doch dasselbe.«

»Wer trägt hier die Verantwortung? Für wen arbeitet ihr?«, fragte Leo.

»Die meisten arbeiten für die Rykkinn Container AG«, sagte der Pole.

»... ein Unterlieferant der Maxbygg AG, die wiederum ein Unterlieferant der Maxbad Bau AG ist, die einen Vertrag mit den Hauptgeschäftsträgern wie der Norwegian Property Development AG und der Scandinavian Building Group haben«, sagte ein Mann, der plötzlich hinter dem Polen in der Tür auftauchte. Er war ungefähr sechzig, trug ein rotes Fischerhemd und eine braune Cordhose sowie einen buschigen Vollbart und eine John-Lennon-Brille.

Leo war der Mann auf Anhieb sympathisch. Wer sich nicht schämte, in einem rotgestreiften Fischerhemd rumzulaufen, musste einfach in Ordnung sein!

»Die NPDG hat mehrere Projekte auf Fornebu. Er muss zumindest indirekt für sie gearbeitet haben wie die meisten hier. Angeheuert für die Drecksarbeit beim illegalen Bau von Reihenhäusern und Wohnkomplexen in Storøya. So ein verdammtes Chaos.«

»Das ist mein Freund Olve«, sagte der Pole. »Er ist Zimmermann mit eigener Firma.«

»Kannten Sie den Vermissten auch?«, fragte Leo.

»Nein. Keine Ahnung, was da vorgefallen ist«, sagte Olve. »Aber ich weiß, dass die Branche voller Schurken ist, die ihre Mutter für'n Zehner verkaufen würden.«

»Sind diese Leute irgendwo gemeldet?«

»Sind Sie Journalist? Wird Zeit, dass mal einer diese Drecksbranche aufmischt«, sagte der Mann.

»Nein, ich bin Rechtsreferendar«, sagte Leo und senkte den Blick. »Deswegen würde ich die Branche aber trotzdem gerne aufmischen.«

»Schauen Sie sich doch die Leute an, die hier wohnen. Sie

verdienen im Schnitt fünfzig Kronen pro Stunde und arbeiten Tag und Nacht. Oslo ist voll von Polen und Letten, die sich für 'n Appel und 'n Ei totschuften und wie die Hunde leben. Keine Versicherung. Wer krank wird oder sich beschwert, fliegt raus.«

»Wie viel bezahlen Sie ihnen?«, fragte Leo.

Olve zögerte. »Achtzig pro Stunde.«

»Ist das nicht auch ziemlich wenig?«

»Das kann man sagen. Aber ich behandle sie mit Respekt. Die großen Baufirmen zwingen sie, sich als Ein-Mann-Unternehmer zu registrieren, obwohl sie in jeder Hinsicht Arbeitnehmer sind. So umgehen sie den Tariflohn, Feriengeld und Arbeitgeberabgaben. Das betrifft nur einen Teil. Die meisten sind nirgendwo registriert, was bedeutet, dass man sie wie Dreck behandeln kann.«

Leo notierte die Namen der Bauunternehmen und Robert Kowalskis Adresse in Krakau und dankte den unerwarteten Verbündeten, die über die Liebe zum Hardrock und zum Alkohol zueinander gefunden hatten. Als er sie nach ihren Namen und ihrer Telefonnummer fragte, schüttelten beide den Kopf. Er gab ihnen eine Visitenkarte mit Goldrand und überlegte, ob er ihnen zwei Hunderter für Bier und Zigaretten anbieten sollte. Schließlich entschied er sich dagegen und bat sie, ihn anzurufen, falls ihnen noch etwas einfallen würde.

17

Rino Gulliksen stand in einem Blockhaus in Skui unter der kalten Dusche und zitterte. Er duschte jeden Morgen eiskalt, um seinen Körper abzuhärten und ihn auf den Tag vorzubereiten, an dem er zurück nach Nordnorwegen ziehen würde. Dreißig Jahre in Bærum hatten ihn zu einem Weichei gemacht, davon war er überzeugt.

Als er aus der Duschkabine stieg, hörte er ein lautes Klagen aus dem Keller. Es klang wie das Heulen eines Tieres, das seine Herde verloren hat.

Das war neu. Bis dahin hatte sein Vater, der gar nicht sein Vater war, mehr oder weniger die Klappe gehalten.

Harald und Erna Sildeodden wurden am Ende eines engen und dunklen Fjords in Nordland geboren, der Storbørja hieß. Sie spielten zusammen, seit sie laufen konnten. Mit sechs Jahren versteckten sie sich im Holzschuppen und zeigten einander, was sie in der Hose hatten. Mit elf Jahren küssten sie sich zum ersten Mal, und 1962, als Erna achtzehn wurde, heirateten sie. Streng genommen waren sie Cousin und Cousine, aber das war nie ein Thema. In dem kleinen, abgeschiedenen Dorf war alles erlaubt, was nicht eklatant gegen norwegisches Gesetz verstieß. Und was dagegen verstieß, wurde unter den Teppich gekehrt. Wie viele Fjordgemeinden hatte Storbørja keine Straßenverbindung. Alle Kommunikation mit der Außenwelt geschah mithilfe von Booten.

Wenn jemand die 150 Seelen gefragt hätte, die dort wohnten, hätten sie sicher geantwortet, dass sie eine wohl funktionierende kleine Gemeinschaft waren, die von dem lebte, was die Natur ihnen gab.

Aber niemand fragte sie.

1958 ging eine Steinlawine in den Fjord nieder und löste eine riesige Flutwelle aus, die großen Schaden anrichtete. Zum Glück kam niemand ums Leben, aber danach begannen die Leute den friedlichen Flecken zu verlassen. Sie betrachteten das Unglück als eine Art Vorwarnung für das, was noch geschehen konnte. Einer nach dem anderen zogen sie fort.

Das Ehepaar Sildeodden gehörte zu denen, die am längsten durchhielten.

Im November 1968, zwei Tage nach dem ersten großen Ölfund auf dem norwegischen Landsockel, bekam das Ehepaar sein erstes Kind, einen prächtigen Jungen, den das glückliche Paar nach Haralds Urgroßvater Rino benannte. Die Welt der frischgebackenen Familie war in Ordnung, bis Harald eines Morgens auf dem Plumpsklo saß und nachrechnete. Es half nichts, so oft er auch neun Monate von Rinos Geburtstag am 10. November zurückrechnete, kam er immer auf den 10. Februar. Dabei hatte er, wie jeden Winter, von Anfang Januar bis Ende März auf einem Fischkutter auf den Lofoten gearbeitet. Harald Sildeodden machte keinen Hehl daraus, dass Mathematik nicht seine Stärke war, aber es brauchte keinen Nobelpreisträger, um auszurechnen, dass er nicht der Vater des Kindes sein konnte.

Am Tag nach dieser Erkenntnis eröffnete er seiner promiskuitiven Frau, dass sie in die Hauptstadt fahren würden, und im Winter 1969 zogen sie in ein gemietetes Reihenhaus in Groruddalen. Harald bekam einen Job im Schlachthof von Sinsen und wurde von Tag zu Tag mürrischer. Um nicht aufzufallen, änderten sie ihren Namen in Gulliksen – ein echter Oslo-Name, wie Harald meinte.

Nach zwei lieblosen Jahren in Groruddalen starb Erna mit 28 Jahren unter ungeklärten Umständen durch einen Sturz auf der steilen Kellertreppe.

Über einen Metzger, der sich für Skispringen interessierte, bekam Harald eine Stelle als Schanzenwart der berüchtigten Sprungschanze Skui am Ortsrand von Bærum. Er nahm seinen Sohn, der eigentlich nicht sein Sohn war, und zog in ein winziges Blockhaus, das zwischen der E16 und der Mülldeponie eingeklemmt war.

Dort wuchs Rino mit seinem Vater auf, der eigentlich nicht sein Vater war. Harald ließ sich immer mehr hängen, bis er seinen Job verlor und kaum noch aus dem Keller hervorkam. Im feuchten, schimmligen Dunkel entwickelte er eine destruktive Faszination für selbstgemachten Wein, Luftgewehrschießen und Uriah Heep.

Mit zwölf Jahren begann Rino, die Kellertür abzuschließen. Es war ihm peinlich, wenn Freunde zu Besuch waren und der betrunkene Vater, der eigentlich nicht sein Vater war, die Treppe heraufstürzte, um über Skispringen zu reden. Außerdem hing ihm Uriah Heep zum Hals heraus.

Rino sorgte dafür, dass Harald immer ausreichend Rohstoffe für seinen Wein, Konservendosen und Munition für das Luftgewehr hatte. Und weil der Keller Toilette, fließend Wasser, eine Stereoanlage und eine Matratze bot, hatte Harald im Grunde alles, was er zum Leben brauchte.

Von da an schlug Rino sich mehr oder weniger alleine durch. Er hob Haralds Rente bei der Postbank ab, wurde ein durchtriebener Ladendieb, rauchte aromatisierten Tabak in der Maispfeife und kochte Spaghetti mit Ketchup zum Abendessen. In der Grundschule hatte er sich zum ersten Mal betrunken und mit Lillian Guttormsen aus der Parallelklasse gefummelt. So gesehen meisterte Rino die Schule überraschend gut, nicht zuletzt wegen seiner imponierenden Statur, aber auch, weil er extrem wenig vom Leben erwartete – und weil Tante Reidun aus Storbørja einmal pro Woche vorbeikam und sich um die praktischen Dinge kümmerte.

Im Herbst ging Rino mit seinem Freund Bruno am Isielva Dynamit fischen, und im Winter rodelten sie die Aufsprungbahn der Schanze in Skui hinab.

Als Per Henrik aus der Parallelklasse herausfand, was *Rino* auf Englisch bedeutete, wollte er die anderen Jungs dazu bringen, Rino »Das Nashorn« zu nennen, was sich als großer Fehler herausstellte.

Am Heiligabend 1983, während alle anderen Jungs unterm Weihnachtsbaum saßen und Geschenke auspackten, fesselte Rino Per Henrik an der Skisprungschanze auf seinen Schlitten, verband ihm die Augen und schubste ihn die Aufsprungbahn hinunter.

Danach war Per Henrik nicht mehr der Alte.

Er aß nichts mehr, redete nicht mehr, brach die Schule ab und starb mit siebzehn an einer Überdosis Leim. Keiner konnte beweisen, dass sein Schicksal eine direkte Folge der nächtlichen Schlittenfahrt war, aber alle sahen, dass der stumme, verschreckte Knirps, der am 3. Januar in die Schule schlich, ein anderer war als der selbstbewusste Racker, der am 21. Dezember trällernd aus der Schule spaziert war.

Auf der Gesamtschule begann Rino Schnaps zu trinken und Dope zu rauchen. Er dealte Hasch und Pillen auf dem Schulhof und in den Nobeldiscos von Sandvika. Trotz seiner ausreichenden Schulleistungen begriffen die Lehrer bald, dass Rino ein wenig anders als die anderen Schuljungs war. Der Schularzt diagnostizierte ihm MBD – Minimal Brain Disorder – und verschrieb ihm Ritalin, ein dem Amphetamin ähnlicher Wirkstoff, der abhängig macht. Bald wurde der Amphetaminrausch für Rino zum Normalzustand. Wenn seine Dosis verbraucht war, musste er sich die Droge auf andere Weise beschaffen. Die zwei Male, die das Jugendamt in Skui zu Besuch kam, klopfte Rino buchstäblich den Staub von dem Wrack aus dem Keller. Er schnitt ihm die Haare, duschte ihn, putzte ihm die Zähne, rasierte ihn und schüttete eine halbe Flasche Old Spice über ihm aus. Dann zog er ihm einen alten Anzug an und setzte ihn mit einer Tasse Tee in der Hand auf das Sofa.

Die einzige ordentliche Arbeit, die Rino je hatte, war ein Sommerjob bei einem privaten Sicherheitsdienst. Der Vater eines Schulkameraden hatte bemerkt, welche Wirkung der große, breitschultrige Junge auf andere Menschen ausübte. Deshalb stellte er ihn als Wächter in einem Lampenladen ein, wo er Diebstähle vorbeugen und Leute fassen sollte, die es trotzdem nicht sein lassen konnten. Rino war mehr als eifrig bei der Sache. Alles ging gut, bis dem Ladenbesitzer eine Anzeige ins Haus flatterte, weil Rino einen Fünftklässler gefoltert hatte, der eine Glühbirne klauen wollte. Er hatte ihn an einen Stuhl gefesselt, den Stuhl nach hinten gekippt und dem Jungen Wasser in Mund und Nase gegossen – so wie Chuck Norris es mit dem aufsässigen Vietnamesen gemacht hatte.

Mit der Zeit etablierten sich Rino und sein bester Freund Nils als Kleindealer und Schuldeneintreiber in Bærum, und bald bekamen sie Ambitionen, ihr Geschäft auszuweiten.

Nils Hætta aus Kautokeino war in den Siebzigerjahren mit seinen Lehrereltern und zwei Brüdern nach Rykkinn gezogen. Während seine beiden älteren Brüder sich verantwortlich fühlten, als Samen in Bærum ihr Volk zu repräsentieren und sich deshalb zu Musterschülern hocharbeiteten, wählte Nils den entgegengesetzten Weg. Er schiss auf die Schule. Bald geriet er auf die schiefe Bahn, wo er auch blieb.

Rino und Nils versuchten mehrmals, auf den wesentlich lukrativeren Markt in Oslo zu drängen, unter anderem mit der sagenumwobenen Schuldeneintreibung für den Textilhändler einer Amateurtheatergruppe. Die Gruppe schuldete ihm 12.000 Kronen für den Stoff ihrer selbstgeschneiderten Kostüme. Ihre Aufführung von Ionescos »Die Nashörner« hatte sich als grobe Überschätzung ihrer Schauspielkunst sowie des Interesses für absurdes rumänisches Theater erwiesen und war ein finanzielles Desaster. Das Ensemble hatte gehofft, dass der kulturinteressierte Textilhändler sich großzügig zeigte.

Sie hatten sich geirrt.

Als der Händler bei der Premiere sah, wohin sein Geld geflossen war, bekam er einen Wutanfall und schwor, dass er alles Erdenkliche tun würde, um den Theateramateuren aus Westoslo das Leben schwer zu machen. Über seinen Schwiegersohn, der oft in die Discos von Sandvika ging, heuerte er Nils und Rino an, die den Job ernst nahmen und der Kassenwärtin der Theatergruppe – einer 78-jährigen, grauhaarigen Großmutter – die Kniescheibe zertrümmerten.

Die Neuigkeit von dem grotesken Übergriff verbreitete

sich wie Algen im Oslofjord, und damit hatten die Jungs aus Bærum ihren Ruf als knallharte Idioten weg.

Um ihre neue Zugehörigkeit zu Oslo zu demonstrieren, wurden Nils und Rino sogar Vålerenga-Fans. Sie wollten dem Clan angehören.

Aber die Oslo-Connection nahm sie nicht ernst, sie lachte über die »Torpedos« aus Bærum. Rino und Nils reagierten mit noch mehr Gewalt. Wo die Jungs aus Oslo einen Finger brachen, brachen sie die ganze Hand. Wo Schuldeneintreiber aus Oslo sich mit einem Tritt in die Eier begnügten, nahm Nils einen Hammer und schlug seinem Opfer die Hoden platt.

Trotzdem schafften sie es nie nach oben. Es war ein steter Kampf um Anerkennung. Zum Schluss hatten sie keine andere Wahl, als in den sauren Apfel zu beißen und sich mit Kunden aus Bærum zu begnügen, die eine gewalttätige Dienstleistung brauchten.

Rino Gulliksen hatte immer vorgehabt, die Arbeit als Kleinkrimineller mit dreißig an den Nagel zu hängen und zurück nach Storbørja zu ziehen. Dort wollte er sich ein Fischerboot kaufen, in den menschenleeren Fjord tuckern und von dem leben, was die Natur ihm gab, am Fuß eines Berges. Er hatte sich in der reichsten Kommune Norwegens nie zuhause gefühlt, auch wenn es in Skui und Rykkinn nicht gerade nach Oberklasse roch, sondern eher nach engen Reihenhäusern, Tankstellen und Gewerbehallen aus Beton und blauem Plastik. Für Rino blieb Bærum eine Zwischenlösung, die jedoch mittlerweile permanent geworden war.

Inzwischen war er fast vierzig und immer noch hier.

Es war höchste Zeit zu verschwinden.

Doch sein Rentenkonto war weiterhin verdammt leer.

Einmal hatte er sich bei der Sparkasse in Skui nach der Möglichkeit erkundigt, einen Kredit für ein Boot aufzunehmen. Der Bankangestellte hatte die Hände gefaltet, sich zu Rino hinübergebeugt und geflüstert: »Rino. Wir sind eine kleine Bank. Vor der Vergabe von Krediten überprüfen wir die Verhältnisse unserer Kunden. Du hast nie Steuern bezahlt und bist mehrfach verurteilt. Womit verdienst du eigentlich deinen Lebensunterhalt?«

Rino hatte geantwortet, dass er Leute verprügelte, und die Bank um eine Illusion ärmer verlassen.

Als dann der unsympathische Clown aus Snarøya auftauchte, glaubte Rino, er wäre die Lösung all ihrer Probleme. Wenn der Reedersohn Terje Klavenes sie regelmäßig anheuerte, konnte das ihren Fahrschein aus dem Dasein als niedere Schuldeneintreiber bedeuten.

Er hatte sie schon öfter mit Jobs beauftragt, die Muskeln und die Abwesenheit eines Gewissens verlangten. Sie hatten seltsame Dinge für ihn erledigt: in einen Briefkasten geschissen, ein Kind entführt und einem Werbefuzzi, der Klavenes Geld schuldete, den Pferdeschwanz abgeschnitten.

Endlich hatten sie einen Fuß in der Tür. Sie hatten erreicht, wovon sie vor noch einem Jahr nur träumen konnten. Rino hatte nur nicht damit gerechnet, dass es mit Nils durchgehen könnte – oder dass der Reeder so verdammt gierig war.

Terje Klavenes stand im Anzug in der Herrentoilette und schüttelte sein imposantes Glied über dem Waschbecken. Er sorgte dafür, dass Rino es zu sehen bekam, ehe er es zurück in die Hose stopfte und den Reißverschluss hochzog.

»Wir müssen aufhören, uns auf diese Weise zu treffen«, sagte er und drückte auf den Knopf des Handtrockners.

Es war in der zweiten Halbzeit des Spiels Stabæk-Viking in der Telenor-Arena. Die Toilette hinter den VIP-Logen war ihr fester Treffpunkt, ein guter Ort, um ungestört zu reden. Wenn Stabæk nicht mindestens zwei Tore Vorsprung hatte, ging keiner während der zweiten Halbzeit pinkeln.

»Wäschst du dein Gestell immer auf öffentlichen Toiletten?«, fragte Rino und sah Klavenes mit gerunzelter Stirn an.

Klavenes hatte Spuren eines weißen Pulvers im Bart. Er war high wie eine Giraffe wie immer, wenn Rino ihn traf. Rino wusste nicht, ob es Speed oder Koks war, tippte aber auf Letzteres. Amphetamine waren wahrscheinlich unter Klavenes' Würde.

»Reinlichkeit ist eine Tugend, mein Junge«, sagte Klavenes. »Was mich auf unser heutiges Thema bringt. Was ist mit dem Polen geschehen? Warum zum Teufel habt ihr ihn umgebracht?«

»Das war ein Unfall«, sagte Rino und senkte den Blick. »Nils ist ausgerastet und hat den Typen verdroschen, und plötzlich war er tot.«

In diesem Punkt irrte Rino sich gewaltig. Piotr Fabianski war nicht tot, als sie ihm Zementbausteine an beide Füße banden und ihn im dunklen Wasser versenkten. Er war nur bewusstlos, und im eiskalten Wasser kam er wieder zu Bewusstsein. Piotr Fabianski verbrachte die letzte Minute seines Lebens in tiefer Verwunderung. Was hatte er getan, um so ein grausames Schicksal zu verdienen? Die nächsten zwei Wochen stand Piotr in viereinhalb Meter Tiefe aufrecht im Tang und diente als Büfett für hungrige Strandkrebse, Fische und Schnecken.

Klavenes starrte Rino an, als wäre er der größte Idiot der Welt.

»Und nachdem ihr das arme Schwein erledigt hattet, habt ihr ihn sicherheitshalber im flachen Wasser direkt vor seinem Arbeitsplatz versenkt? Warum habt ihr ihn nicht gleich an den Strand gelegt? Oder bei der Polizei in Sandvika abgeliefert?«

»Es war dunkel«, murmelte Rino.

Der Same war schuld. Psycho-Nils war ausgerastet und hatte wie wild auf den armen, hilflosen Polen eingedroschen. Was hätte Rino tun sollen, er konnte sich doch nicht mit Nils prügeln. Und als es zu spät war, musste er seinem Partner natürlich bei der Beseitigung der Leiche helfen.

Er hatte keine Wahl gehabt.

Trotzdem wäre es ihm niemals eingefallen, sich bei diesem Reedersöhnchen zu entschuldigen.

»Wir wussten nicht, was wir tun sollten, als der Typ plötzlich nicht mehr atmete. Da lag ein Boot, und wir haben es geliehen. Ich habe im Dunkeln das Komma auf der Tiefenangabe übersehen und dachte, es wären 45 Meter.«

»Du Bauerntrampel, weißt du, was das bedeutet?« Terje Klavenes schäumte vor Wut. Speichel tropfte ihm aus dem Mundwinkel, ohne dass er es bemerkte, seine Augen blitzten.

»In der Containersiedlung hat heute ein verdammter Anwalt rumgeschnüffelt und die Leute ausgequetscht. Das kann voll in die Hose gehen.« Der Direktor stellte sich auf die Zehenspitzen und versuchte, seine Adlernase an Rinos aufgedunsenen Zinken zu drücken.

»Beruhig dich«, sagte Rino und trat einen Schritt zurück. »Warum sollten die Polypen den Polen mit dir in Verbindung bringen? Er war nirgendwo gemeldet, und sein Freund ist nach Polen abgehauen. Der hat die Hosen voll.«

»Wir müssen trotzdem herausfinden, was dieser Anwalt weiß!«, brüllte Klavenes. »Findet heraus, wie er heißt und wo er wohnt, welches Klopapier er benutzt und welche Farbe seine Zahnbürste hat. Hängt euch an ihn wie Kletten. Ich will *alles* wissen!«

In diesem Moment ging die Tür auf, und ein Typ mit gelb-grüner Allwetterjacke und roten Haaren kam herein. Klavenes ging zu einem Pissoir und tat, als wäre er beschäftigt. Rino stand da wie eine Salzsäule, saugte an seiner Zigarette und starrte das rote Haar des Mannes an.

»Na, na. Ein Punkt ist doch gar nicht so schlecht«, sagte der Mann mit heller Stimme und öffnete den Reißverschluss seiner Hose.

»Damit werden wir uns wohl begnügen müssen«, sagte Klavenes. »Wir spielen heute wie die größten Memmen.«

»Pall wird langsam alt. Mit Alanzinho, das waren noch Zeiten«, sagte Trond Bast.

»Könnt ihr nicht endlich mal aufhören, diesem Zwerg nachzutrauern!«, brüllte Klavenes so laut, dass Trond Bast zusammenzuckte und sich das linke Bein bepisste. »Er ist weg, kapiert das endlich! Er kommt nie zurück.«

Der krankgeschriebene Markisenverkäufer schüttelte sein Glied, stopfte es hastig in die Hose und eilte zum Waschbecken, um die Hände zu waschen.

»Igitt, sind die Leute unreinlich«, sagte Terje Klavenes.

»Soll ich mir den Anwalt vorknöpfen?«, fragte Rino und schnipste die Kippe ins Pissoir.

»Untersteh dich, ihm auch nur ein Haar zu krümmen. Aber ich will alles über ihn wissen: Was für ein Typ er ist, was er tut. Ich will wissen, ob er ein Problem für uns werden kann.«

Rino raffte sich auf. Jetzt oder nie. »Okay«, sagte er. »Aber wir wollen mehr Geld.«

Es wurde totenstill. Klavenes starrte Rino mit offenem Mund an, Rino starrte Klavenes' offenen Hosenstall an.

»Wir sind keine polnischen Maler. Wir sind norwegische Schuldeneintreiber. Wir müssen auf Dauer mit den norwegischen Preisen zurechtkommen und riskieren unser Leben dafür. Ein Klempner verlangt sechshundert Kronen die Stunde. Wir wollen mehr als zweitausend pro Tag.«

Klavenes bekam den Mund nicht zu. »Ihr habt euch so dämlich angestellt, dass ein Mann gestorben ist, und da stehst du hier und verlangst ernsthaft mehr Geld? Wenn du nicht sofort zu jammern aufhörst, gebe ich der Polizei einen anonymen Tipp.«

Selbst durch den Valiumschleier spürte Rino, dass er den schlipsbehangenen Snarøya-Clown zutiefst hasste. Noch nie in seinem langen, unredlichen Leben hatte er jemanden so verabscheut. Nils und er hatten für 7.000 Kronen einen Mann umgebracht. 3.500 pro Nase, um für immer ein Problem aus dem Weg zu schaffen, das Terje Klavenes das Geschäft verderben, ja sein ganzes Leben hätte zerstören können. Zwar hatte er nicht direkt darum gebeten, aber er hatte es sozusagen als Sonderangebot bekommen.

Dafür konnte er ruhig ein wenig Dankbarkeit zeigen.

»Wenn sie mich schnappen, bist du auch dran. Ich zögere keine Sekunde, dich zu verpfeifen.« Rino tat, als wäre er schon Hunderte Male in einer solchen Situation gewesen.

»Wir haben gerade eine Finanzkrise hinter uns, zum Teufel. Man kommt nicht direkt nach einer Finanzkrise an und verlangt mehr Lohn, das muss sogar ein Bauerntölpel wie du kapieren. Jeder von uns muss Opfer bringen.«

»Bauerntölpel? Skui gehört genauso zu Bærum wie Snarøya«, protestierte Rino.

»Skui ist Bauernland.«

»Und was ist dann Snarøya? Das ist ja noch nicht mal 'ne richtige Insel, nur 'ne Halbinsel.«

»Willst du etwa Skui mit Snarøya vergleichen?«

»Snarøya ist voll mit reichen, weltfremden Idioten.«

»Und Skui ist voller Bauern auf Sozialhilfe und Speed.«

Die zwei Repräsentanten von Bærums Außenpunkten funkelten sich feindselig an.

»Und was hast du da für ein Tattoo auf der Wange?«, fragte Klavenes.

»Was glaubst du?«

Klavenes neigte den Kopf zur Seite, inspizierte das grüne Kleeblatt und grinste verächtlich. »Warum in aller Welt trägst du das Logo der Zentrumspartei auf der Wange?«

Stille. Dann Jubelgebrüll aus dem Stadion. Stabæk hatte ein Tor geschossen.

»Um mich von Typen wie dir zu distanzieren«, sagte Rino.

Das war nicht ganz wahr. Die Tätowierung stammte von ein paar Lillestrøm-Fans mit sehr schrägem Humor, die ihn gedopt und dann für sein Leben gezeichnet hatten.

»Du weißt schon, dass die früher ›Bauernpartei‹ hieß?«

Rino räusperte sich. »Wir wollen mindestens 4.000 pro Tag und Mann.«

»Ist das eine Drohung?« Klavenes lachte. »Wem wird die Polizei wohl eher glauben? Einem ehrbaren Bürger, der Arbeitsplätze schafft und Wohnungen baut, oder einem glatzköpfigen Superfreak aus Skui mit Hängetitten und einer Schlange um den Hals?«

Rino kämpfte gegen den Drang, sich auf den gierigen, kleinen Drecksack zu stürzen.

»Und noch was«, sagte Terje Klavenes. »Wenn du weiter für mich arbeiten willst, musst du mit dem Rauchen aufhören.«

18

Donnerstag, 30. Mai

Die Direktflüge zwischen Oslo Torp und Krakau waren ein großer Erfolg für die Fluggesellschaft Norwegian. Am Anfang nahmen nur polnische Handwerker und ihre Familien das Angebot wahr, aber bald fanden immer mehr Norweger heraus, dass sie für ein verlängertes Wochenende nach Polen reisen und dort leben konnten, als wären sie etwas ganz anderes als Schreiner, Telefonverkäufer, IT-Fachleute oder Studienräte. Es war viel lustiger, König in Krakau zu sein als Dorftrottel in Paris.

Leo war einer von acht Passagieren im Flugzeug.

Die Reise nach Polen hatte zwei Ziele. Zuerst wollte er Piotrs Freund Robert Kowalski aufspüren und herausfinden, was er über Piotrs Verschwinden wusste. Dann würde er Fabianskis Familie aufsuchen – wenn er eine hatte – und sie über Piotrs tragischen Tod informieren.

All dies setzte voraus, dass der Hardrockfan aus der Containersiedlung die Wahrheit gesagt hatte. Das konnte ihm keiner garantieren, aber der Mann hatte eine so spontane, ehrliche Art an sich gehabt, dass Leo ihm glaubte. Was hätte er davon gehabt zu lügen?

Mariken Varden hatte sich die Namen der Polen und der Firmen notiert und Leo mit knappen Worten gedankt. Die Wärme war aus ihrer Stimme gewichen, sie klang förmlich und abweisend. Sie versprach, sich bei den Firmen auf Fornebu umzuhören und die Namen der Polen an die ID-Gruppe im Kriminalamt weiterzuleiten. Sie würden sicher ihr Bestes tun, um Piotr Fabianskis Familie aufzuspüren, aber so lange niemand in Polen ihn als vermisst meldete, könne sie wenig tun.

Leo trank einen Schluck aus dem Plastikbecher und suchte fieberhaft nach dem Knopf, mit dem man die Rückenlehne zurückstellen konnte. Es gab keinen, aber schließlich hatte er auch nur 360 Kronen für den Flug bezahlt.

Er hatte Mariken die Identität des Opfers und einen möglichen Zeugen auf dem Silbertablett serviert, und sie konnten »nur wenig tun«.

»Aber ich habe doch Kowalskis Adresse«, hatte er argumentiert.

»Ich kann keine Suchaktion aufgrund von Informationen einleiten, die ein alter Bekannter von mir in einer Containersiedlung von einem Betrunkenen bekommen hat«, hatte Mariken pariert. »Wir brauchen etwas Konkretes, zum Beispiel eine Vermisstenanzeige aus Polen.«

Wenn dieser Robert etwas wusste, war es Leos verdammte Pflicht, ihn zu suchen und Fabianskis Familie über den Todesfall zu unterrichten. Wenn er es nicht tat, würden sie es nie erfahren.

Leo winkte der Stewardess und bestellte seinen vierten Gin Tonic.

Ein paar Stunden im Internet hatten ergeben, dass die Norwegian Property Development Group ein Viertel des gesamten Areals auf Fornebu besaß und 4.000 der insgesamt 6.000 geplanten Wohnungen bauen sollte. Auch wenn der größte Teil des Projekts vorläufig auf Eis gelegt war, baute die NPDG in der Nähe von Storøya und bei Rolfstangen weiter. Wenn Fabianski auf Fornebu beschäftigt war, war es sehr wahrscheinlich, dass er für die NPDG gearbeitet hatte, zumindest über ein Subunternehmen.

Der höfliche und zuvorkommende Projektleiter der NPDG hatte nie von einem Robert Kowalski oder einem Piotr Fabianski gehört.

Der unhöfliche und abweisende Typ von der Rykkinn Container AG hatte auch nie von einem Kowalski oder Fabianski gehört. Natürlich nicht.

Leo nippte an seinem Gin, dachte an die letzten zwei Wochen in Piotr Fabianskis Leben, besser gesagt die zwei Wochen nach seinem Tod. Welch ein Ende!

Niemand verdiente es, als Seesternfraß zu enden.

Leo versuchte erneut, sich zurückzulehnen, er hatte vergessen, dass es nicht ging. Der Gin tat seine Wirkung, er war angenehm besäuselt und versuchte nicht daran zu denken, was ihm in ein paar Stunden bevorstand. Er musste mehr an das Hier und Jetzt denken und aufhören, sich vor zukünftigen Niederlagen zu fürchten.

Warum interessierte sich Mariken nicht für seine Informationen? Etwa, weil das Opfer ein Pole war? War es so simpel?

Es war ja nur ein Pole.

Die meisten Norweger betrachteten Polen und andere billige Arbeitskräfte aus Osteuropa als Angehörige der unteren Kaste. Osteuropäer waren an allem schuld, sie waren die neuen Pakistaner. Endlich hatten auch Angehörige der unteren sozialen Schichten – gewissermaßen der *white trash* Norwegens – jemanden, auf dem sie herumhacken konnten. Aber auch in der Mittel- und Oberschicht gab es Menschen, die jede Gelegenheit nutzten, andere Menschen wie Dreck zu behandeln.

Nach einer Umfrage der Illustrierten *Mama*, die Leo beim Zahnarzt im Wartezimmer gelesen hatte, glaubten acht von zehn norwegischen Kindern unter neun Jahren, das Wort Pole bedeute »Schreiner«.

Und nun war er unterwegs ins Land der Schreiner.

Weshalb saß er hier? War es sein chronisch schlechtes Gewissen als Bürger der reichsten Kommune Norwegens – das Gefühl, das einen Großteil seines Lebens vorherbestimmt und ihn zu dem gemacht hatte, der er war? Suchte er eine Art Ablass für das Leben auf der Sonnenseite?

Leo war verunsichert.

Trotzdem fühlte er, dass er das Richtige tat. Jedenfalls in diesem Moment, mit fünf Gin Tonic im Blutkreislauf.

Nachdem er im Hotel Warszawa eingecheckt hatte, ging Leo durch den Stadtteil spazieren. Es war das frühere jüdische Getto, das einen Aufschwung erlebt hatte, seit Steven Spielberg dort *Schindlers Liste* gedreht hatte.

Als Erstes fiel ihm auf, dass Krakau überraschend gut aussah. Die Stadt erinnerte ihn an Berlin oder den Osloer Stadtteil Grünerløkka, ehe er von Nordnorwegern und Designern okkupiert wurde. Er hatte postkommunistische Tristesse erwartet: rissiger Beton, aggressive Skinheads, Pornoläden und Fleischbrocken unbekannter Herkunft in brauner Soße auf Plastiktischen unter Neonlicht.

Krakau war ganz anders.

Warum auch nicht? Die Stadt lag mitten in Europa, in

einem Land mit zehnmal mehr Einwohnern und zehnmal mehr Kulturgeschichte als Norwegen.

Er hatte Kowalskis Adresse, doch die Auskunft kannte keine Telefonnummer unter dieser Hausnummer, und der Name Robert Kowalski war ungefähr so häufig wie Jan Johansen in Norwegen – es gab Tausende.

Aber der Taxifahrer nickte, als er ihm den Zettel mit der Adresse zeigte, und fuhr los.

Leo kämpfte gegen zunehmende Kopfschmerzen, er bereute die letzten zwei Gin. Vielleicht hätte er sich in der Minibar im Hotelzimmer bedienen sollen, manchmal half es, einfach weiterzutrinken. Andererseits war er auf dem Weg zu einem Mann, den er nicht kannte, und wollte mit ihm über seinen toten Freund reden. Es wäre respektlos, dort betrunken zu erscheinen.

Leo hatte sich vorgestellt, dass er irgendwo am Stadtrand im sechsten Stock eines heruntergekommenen, grün angemalten Betonblocks neben einem stillgelegten Atomkraftwerk wohnte. Seine Überraschung war deshalb groß, als sich herausstellte, das Jugowicka 23 ein frisch renovierter, mit Stuck ornamentierter Altbau im Stadtzentrum war, der in Oslo mit Sicherheit denkmalgeschützt wäre.

Leo fand den Nachnamen auf den Klingelschildern und klingelte. Eine Frau schimpfte auf Polnisch und legte auf. Weiter unten stand ein weiterer Kowalski, der ohne nachzufragen den Türöffner betätigte. Das Innere des Hauses erinnerte an ein klassisches Osloer Stadthaus aus der Zeit um die Jahrhundertwende. Leo stieg in den zweiten Stock, wo ein kleiner, vielleicht fünfzigjähriger Mann mit Seitenscheitel in der Tür stand.

»Are you Robert Kowalski? My name is Leo Vangen«,

sagte er und rang nach Luft. Es war lange her, dass er seinen Namen auf Englisch ausgesprochen hatte, aber es gefiel ihm.

»Yes«, antwortete der Mann mit bekümmertem Gesichtsausdruck.

»Did you work in Norway and live in the barracks at Kolsås?«

Leo fühlte sich unwohl, er sah sich selbst von außen, wie er leicht angetrunken vor einer Wohnungstür in Polen stand und Detektiv-Fragen in gebrochenem Englisch stellte.

»Ja, das stimmt«, antwortete der Mann auf Norwegisch. »Womit kann ich helfen?« Der Mann machte einen ehrlichen, soliden Eindruck auf Leo.

»Piotr Fabianski wurde vor zwei Wochen ertrunken bei Rolfstangen gefunden. Mit Betonklötzen an den Füßen. Er wurde ermordet«, sagte Leo.

Der grauhaarige Mann starrte Leo ungläubig an und verzog das Gesicht. Seine Lippen zitterten, er kämpfte mit den Tränen.

»Tut mir leid«, sagte Leo und schluckte.

Zwei erwachsene Männer, die einander nie gesehen hatten, standen in einem Krakauer Treppenhaus und kämpften mit den Tränen.

Nach einer Weile fragte Leo: »Wissen Sie, was geschehen ist?«

»Wer sind Sie eigentlich?«, fragte Robert in freundlichem Ton. »Sind Sie von der Polizei?«

»Ich bin Rechtsreferendar. Ich versuche herauszufinden, was geschehen ist.«

Robert winkte Leo in die Wohnung.

Es roch nach Polen, ohne dass Leo erklären konnte, wie Polen roch. Abgesehen davon sah es aus wie in jeder beliebigen Altbauwohnung in jeder beliebigen europäischen Stadt. Sie blieben eine Weile auf dem Korridor stehen, ehe Robert das Schweigen brach.

»Piotr hat sich viel beschwert. Er sprach alles aus, was wir uns nicht zu sagen trauten. Ich hab ihm geraten, das nicht zu tun.«

»Worüber hat er sich beschwert?« Leos Herz pochte.

»Über die Arbeitsverhältnisse. Über den Hungerlohn. Über unbezahlte Überstunden. Über Umweltverschmutzung. Über illegales Bauen. Über die Wohnverhältnisse. Er beschwerte sich über alles, konnte den Mund nicht halten.«

»Bei wem hat er sich beschwert?«

»Er verlangte immer, mit den Chefs zu reden, meistens mit dem jungen Mann im Anzug von der NPDG, ich weiß nicht mehr, wie er heißt. Piotr hat ihm immer die Meinung gegeigt, er hat kein Blatt vor den Mund genommen.«

»NPDG?«

»Norwegian Property Development Group. Das sind die Chefs von Fornebu.«

Leo suchte nach vernünftigen Fragen.

»Piotr liebte Vögel«, sagte Robert und wischte sich eine Träne aus dem Auge. »Er war ein leidenschaftlicher Vogelbeobachter. Fornebu ist ein geschütztes Feuchtgebiet. Den Bauherren sind die Vögel egal. Sie scheißen auf die Umweltschutzgesetze. Piotr war sauer und hat seine Meinung gesagt.«

»Für wen habt ihr gearbeitet?«, fragte Leo.

»Die Rykkinn Container AG hat uns angestellt, aber ich glaube, die Norwegian Property Development Group war der Chef des ganzen Bauvorhabens.«

Robert spuckte verächtlich aus, obwohl er in seiner eigenen Wohnung stand. Leo starrte die gelbgrüne Rotze an, die langsam an der cremeweißen Wand hinablief.

»Keiner von uns war gemeldet, wir waren wie Sklaven. Alles war schwarz. Sie verlangten, dass wir uns als Ein-Mann-Unternehmer registrieren ließen, damit sie was für die Gewerbeaufsicht hatten. So kommen sie um den Tariflohn, Feriengeld und Arbeitgeberabgaben herum. Sie bezahlten uns fünfzig Kronen die Stunde. Schweine!«

»Was ist an dem Tag geschehen, bevor Piotr verschwand?«

»Am späten Abend kamen zwei Männer und holten Piotr ab. Es war schon dunkel. Sie sagten, sie wollten mit ihm reden. Piotr kam nie zurück. Ich hoffte, er wäre heim nach Polen gefahren, aber ich war sicher, dass etwas geschehen war. Ich hatte solche Angst. Am nächsten Tag bin ich abgehauen. Heim nach Polen. Ich habe es nicht gewagt, ihn hier zu suchen, aber im Grunde wusste ich, dass Piotr tot war.«

»Sie glauben also, dass es mit der Arbeit zu tun hat?«

»Alles ist relativ. Ich kann es nicht mit Sicherheit sagen, aber ich glaube es. Vielleicht haben sie ihn aus dem Weg geräumt, damit er nicht länger Ärger macht.«

»Hat er sich auch mit anderen Polen gestritten? War er in irgendeine Sache verwickelt? Hatte er irgendwelche Feinde?«

Wieder die Detektiv-Fragen.

»Piotr war ein Dickkopf, aber der friedlichste Mann der Welt. Interessierte sich nur für Vögel, Fische und Fußball. Er hatte keinen einzigen Feind auf der ganzen Welt.« Robert lächelte traurig und fragte, ob Leo sich setzen wollte.

Leo hob die Arme. »Ich will nicht stören.«

Robert starrte an die Decke, war in Gedanken woanders.

»Wissen Sie, wo Piotrs Familie wohnt? Ich möchte ihnen sagen, was geschehen ist«, sagte Leo.

Robert sah Leo mit seinem traurigen Lächeln an. »Lassen Sie mich das machen. Ich weiß, wo sie wohnen. Ich kenne seine Frau.«

»Hatte er Kinder?«

»Drei. Vier, sieben und zehn Jahre. Die süßesten Mädchen der Welt. Ich rede morgen mit der Familie.«

Ein Stein fiel Leo vom Herzen. Das Überbringen von Hiobsbotschaften war nicht seine Stärke.

»Hier ist meine Handynummer, falls Ihnen noch etwas einfällt.« Leo gab ihm die Visitenkarte mit Goldrand.

Zwei Visitenkarten in einer Woche. Das kam selten vor.

»Würden Sie Fabianskis Frau bitten, bei der Polizei in Asker und Bærum anzurufen? Sie soll nach einer Mariken Varden fragen.«

Leo zog das Handy aus der Tasche, suchte Marikens Nummer und schrieb sie auf die Rückseite der Visitenkarte.

»Wenn Sie mal einen Maler, Maurer oder Schreiner brauchen oder jemanden kennen, der einen braucht, sagen Sie Bescheid. Oder einen Elektriker … Schlechte Zeiten.« Robert sah Leo mit traurigen Hundeaugen an.

»Versprochen«, sagte Leo. Er drückte Roberts Hand fest und lange. Wahrscheinlich würde er den sympathischen Mann nie wiedersehen. Dann drehte er sich um und stapfte die Treppe hinunter. Vor der Tür füllte milde polnische Frühsommerluft seine Lunge. Es roch nach polnischer Großstadt, ganz anders als in Oslo.

In den Augen der Arbeitgeber war Piotr also ein Aufwiegler gewesen. Einer, der die Wahrheit sagte. Ein furchtloser, moralischer Mann.

War das schon Grund genug, ihn umzubringen? Waren norwegische Baufirmen so menschenverachtend?

Leo spazierte die zwei Kilometer zurück zum Hotel, die Bewegung tat ihm gut, er wollte sich ausnüchtern und ein wenig von Polen sehen. Im Hotelzimmer nahm er eine lange Dusche, rasierte sich gründlich, cremte sich ein und machte sich klar, Krakau im Sturm zu nehmen. Bevor er hinausging, versuchte er Mariken anzurufen, aber sie nahm nicht ab. Er hinterließ keine Nachricht.

19

Der Grund, warum Mariken Varden so wenig Enthusiasmus für Leos imponierende detektivische Arbeit zeigte, war, dass sie sich überrumpelt fühlte. Sie bekam kalte Füße und bereute, dass sie ihn in die Sache hineingezogen hatte.

Offenbar war Leo ein Mann, dem etwas im Leben fehlte, aber es war nicht richtig von ihr, ihn noch weiter zu involvieren. Dass er so großen Eifer an den Tag legen und mit konkreten Resultaten kommen würde, hatte sie weder gedacht noch gewollt. Es würde schwierig werden, ihren Chefs zu erklären, dass sie eine Zivilperson einbezogen hatte, noch dazu einen alten Bekannten. Gar nicht auszudenken, wenn ihm etwas passierte. Dennoch war sie tief beeindruckt von seinen Ergebnissen.

Sie selbst war aber auch nicht faul gewesen.

Gleich nach dem Gespräch mit Leo hatte sie das Kriminalamt angerufen und erklärt, sie hätten einen anonymen Hinweis bekommen, dass der Tote Piotr Fabianski hieß und aus Krakau stammte. Die Polizei von Polens zweitgrößter Stadt hatte Fabianskis Frau ausfindig gemacht, die bestätigt hatte, dass ihr Mann auf verschiedenen Baustellen in Norwegen arbeitete. Sie habe seit über einem Monat nichts von ihm gehört. Für wen er arbeitete, wusste sie nicht, nur dass es ein riesiges Projekt am Meer in der Nähe von Oslo war.

Jetzt brauchte die ID-Gruppe nur noch die Unterlagen von Piotrs Zahnarzt mit den braunen Stummeln zu vergleichen, die im gerichtsmedizinischen Institut in einem Glas schwammen.

Die arme Frau Fabianski. Sie hat sicher nichts Gutes geahnt, als sie nach Piotrs Zahnarzt gefragt hatten, aber sie konnten ihr ja schwerlich erzählen, dass ihr Mann von Schnecken, Aalen und Strandkrabben aufgefressen war, solange sie sich nicht sicher waren. Und sie zur Identifizierung nach Norwegen zu holen würde auch nichts bringen, weil nicht mehr genug von ihm übrig war.

Keine der kontaktierten Baufirmen hatte Angestellte mit dem Namen Piotr Fabianski oder Robert Kowalski. Es war höllisch schwer herauszufinden, wer hier welche Firmen angeheuert hatte und wer eigentlich für wen arbeitete.

Der große Drahtzieher schien eine Gesellschaft namens Norwegian Property Development Group zu sein, wie Leo ganz richtig vermutet hatte. Eine Google-Suche verriet, dass die Gesellschaft in Schwierigkeiten steckte. Ihre Aktien waren kaum noch etwas wert, und viele Aktionäre, die in ihre Bauprojekte investiert hatten, fühlten sich über den Tisch gezogen und drohten mit Klage.

Als Mariken und Per Danielsen dem prunkvollen Sitz der NPDG einen unangekündigten Besuch abstatteten, um unangenehme Fragen zu stellen, bat die freundliche Empfangsdame sie, kurz zu warten, und informierte sie bald darauf, dass Direktor Klavenes unterwegs sei, um sie zu treffen.

Bestimmt ein Enkel oder Neffe des bekannten Reeders, dachte Mariken.

Drei Minuten später öffnete sich die Aufzugtür und ein durchtrainierter, attraktiver Mann um die fünfzig in hellblauer Hose, weißem Lammwollpullover und roten Mokassins trat heraus.

»Hi, ich bin Terje Klavenes«, sagte der Mann und streckte Danielsen die Hand hin, während er Mariken ansah. »Sie haben Ihre Sekretärin mitgebracht, sehe ich.«

»Das ist Hauptkommissarin Mariken Varden«, sagte Danielsen.

Mariken parierte schnell, als sie sah, dass der Direktor, der wie ein amerikanischer Filmstar aussah, in geschlossenen Räumen eine Sonnenbrille trug.

»Sie sind wohl lichtscheu, Herr Klavenes?«, fragte sie.

Das glatte Gesicht wurde noch glatter, als Klavenes die Sonnenbrille über die Stirn schob und zwei knallblaue Augen enthüllte. Er lächelte und sagte, er habe empfindliche Augen.

Mariken erkannte ihn sofort wieder.

Es war Terje Klavstad.

Der mystische Frauenheld vom Stabekk-Gymnasium.

Der König der Schleimer.

Der Hausmeistersohn.

Der Kerl hatte schon immer unverschämt gut ausgesehen, aber er war so aalglatt und zudringlich, dass sein Name bald zum Schimpfwort wurde. Was Marikens Freundinnen nicht daran hinderte, mit ihm ins Bett zu gehen. Manchmal glaubte sie, dass sie die Einzige auf der Schule war, die nicht mit Terje Klavstad geschlafen hatte.

Vielleicht hatte er sich deshalb beim Abitreffen 2005 auf der Damentoilette auf sie gestürzt.

Sie hatte gar nicht gewusst, dass Terje Klavstad seinen Namen geändert hatte.

Er sah noch immer verdammt gut aus, aber sein Blick war leer, sein Händedruck feucht, und auf seiner Oberlippe standen Schweißperlen. Irgendwie wirkte er abwesend. Mariken war enttäuscht, dass er sie nicht wiedererkannte – oder so tat. Sie sagte, sie habe ein paar Fragen bezüglich der Bauprojekte in Fornebu.

Klavenes sah sie an, grinste und sagte: »Ich hätte nie gedacht, dass du mal als Polyp enden würdest. Du hättest locker Model werden können.«

Natürlich hatte er sie wiedererkannt. Er flirtete, aber auf zynische Art.

Wie viele Wirtschaftsbosse nannten die Polizei »Polypen«?

»Du hast also deinen Namen geändert?«, fragte Mariken.

»Ja. Klavstad war zu langweilig.«

Mariken und Danielsen grinsten. Alle grinsten. Klavenes steckte eine Hand unter den Pullover und streichelte sich über den Bauch.

»Kennt ihr euch?«, fragte Danielsen.

»Wir waren auf derselben Schule«, klärte Mariken ihn auf.

»Wir haben nur ein paar kurze Fragen, es dauert nicht länger als zehn Minuten«, sagte Danielsen.

»Verzeihen Sie, aber ich habe die hübscheste Frau der Stadt seit dem zwanzigsten Abi-Jubiläum nicht mehr gesehen«, sagte Klavenes. »Kommen Sie, gehen wir hoch in mein Büro, hier hört ja jeder, was wir sagen.«

Er führte sie in den Aufzug, der sie in sein Büro in der zweitobersten Etage brachte, einen hundert Quadratmeter großen Raum aus Glas und Beton mit großen Gemälden an den Wänden und Panoramablick über den Lysakerfjord. Aus verborgenen Lautsprechern strömten Oldies.

Nichts deutete darauf hin, dass die NPDG dabei war, in den Ruin zu schlittern.

Klavenes bot ihnen einen Drink an, obwohl es erst zwölf Uhr war. *Wie unnorwegisch*, dachte Mariken. Klavenes setzte sich an den ornamentierten Schreibtisch aus Tropenholz.

»Ist das Tom Jones?«, fragte Danielsen.

»Nein, Tony Christie. Sheffields Ältester.«

Danielsen nickte anerkennend. »Der mit ›Is This the Way to Amarillo‹?«

Mariken bedachte ihren Kollegen mit einem vorwurfsvollen Blick.

»Stimmt«, sagte Klavenes. »Ich finde ihn besser als Tom Jones und Engelbert Humperdinck. ›Amarillo‹ ist ein zeitloser Klassiker. Keiner macht mehr solche Popmusik.«

Er zwinkerte Danielsen zu, dann drehte er sich zu Mariken und sagte:

»Also, worum geht es?«

»Um einen Leichenfund bei Rolfstangen.«

Keine sichtbare Reaktion bei Klavenes. Er nickte nachdenklich.

»Ich habe in der *Budstikka* davon gelesen. Was hat das mit uns zu tun?«

»Wir haben Grund anzunehmen, dass der Mann ermordet wurde und dass er Gastarbeiter war. Ihr habt mehrere Bauprojekte in Fornebu, nicht wahr?«

»Stimmt«, sagte Klavenes wieder, legte die Hände in den Nacken und rutschte tief in den Stuhl. »Mord also? Im unbefleckten Bærum?«

»Habt ihr Angestellte mit den Namen Piotr Fabianski oder Robert Kowalski?«

Klavenes grinste überheblich und stieß ein abstoßendes

Lachen aus. Er sah Mariken an, als wäre sie ein kleines Mädchen.

»Glaubt ihr, ich kenne jeden Bauarbeiter beim Namen? Das sind Hunderte. Außerdem haben wir mit der Anstellung nichts zu tun. Das erledigen unsere Vertragspartner. Wir kaufen nur ihre Dienste.«

Terje Klavenes schauspielerte, was er selbst nicht bemerkte, weil er die Rolle zu sehr gewohnt war.

»Aber die NPDG ist für das Projekt verantwortlich?«, fragte Mariken.

»Ja, ich bin der Chef da draußen«, sagte Klavenes. »Solange es das Projekt noch gibt.«

Er machte eine Kunstpause.

»Wie viele weibliche Wachtmeister gibt es eigentlich bei der Polizei von Asker und Bærum?«

»Ich bin keine Wachtmeisterin, ich bin Hauptkommissarin, und ungefähr ein Drittel meiner Kollegen sind Frauen.«

»Jesus, so viele?« Klavenes schien ehrlich überrascht.

»Du weißt ja, was der Meister sagte: ›Das Gemüt einer Frau ist unsicherer Baugrund‹.«

»Wer hat das gesagt?«

»Henrik Ibsen.«

»Das hat Ibsen nicht gesagt.«

»Doch, hat er.«

»Nein. Eine Figur in einem seiner Dramen sagt das. Das bedeutet nicht, dass Ibsen der gleichen Meinung war.«

Klavenes sah Mariken verwundert an und stand auf.

»Entschuldigt mich kurz, ich muss mal auf die Toilette.«

Mariken und Danielsen wechselten eindeutige Blicke. Mariken nickte in Richtung des Klavenes-Porträts an der Wand und verdrehte die Augen. Tony Christie sang von einem Mädchen namens Maria, die irgendwo in Mexiko auf ihn wartete, und wenn er es nur über die Grenze schaffte, wäre alles gut.

Fünf Minuten später kam Klavenes zurück, entschuldigte sich, dass es so lange gedauert hatte, und fragte, ob sie noch mehr wissen wollten.

»Ja«, sagte Mariken. »Was ist das für weißes Pulver auf deiner Oberlippe?«

Klavenes wischte sich über die Oberlippe und betrachtete fasziniert den weißen Stoff, der an seinem Zeigefinger klebte.

»Ups, das muss wohl Kokain sein.«

Zehn Sekunden lang schaffte er es, sich zu beherrschen, dann brach er in albernes Gelächter aus.

»Sah fast so aus«, sagte Mariken und grinste. »Vorsicht mit dem Puder, Klavstad.«

»Jawohl, Frau Wachtmeister!« Klavenes salutierte.

»Hauptkommissarin«, sagte Mariken und stand auf.

»Wisst ihr, wen ich neulich auf dem Golfplatz getroffen habe?«, fragte Klavenes, als er sie hinausbegleitete.

»Nein«, sagte Mariken.

»Benny Borg. Ich habe es meinem jungen Kollegen erzählt – er ist 28 und hatte noch nie was von Benny Borg gehört!«

»Verblüffend«, sagte Mariken.

»Vielleicht interessiert er sich nicht für Tennis«, sagte Danielsen.

»Tennis?« Klavenes hob eine Augenbraue. »Ich meinte den *Sänger* Benny Borg, mein Junge.« Danielsen hatte noch nie etwas von Benny Borg gehört, und ihm fiel wieder ein, dass der legendäre schwedische Tennisspieler Björn hieß.

Mariken glaubte dem Gespenst aus ihrer Vergangenheit kein Wort. Der Kerl war noch immer genauso ein Poser und Schauspieler wie früher. Es schien fast, als *wollte* er, dass sie ihn verdächtigten, als wäre es eine unterhaltsame Herausforderung. Gleich sagt er *hasta la vista*, dachte Mariken, als sie sich unten am Empfang verabschiedeten.

»Hasta la vista«, sagte Terje Klavenes und stieg wieder in den Aufzug.

Draußen auf der Straße sagte Danielsen: »Den kenne ich irgendwoher. War der mal im Fernsehen?«

»Nicht dass ich wüsste«, antwortete Mariken.

»Ich glaube, der war mal bei ›Adam sucht Eva‹ dabei …«

20

Anwalt Swenssen von Stang & Horn hatte eine bisher unbekannte, dunkle Seite von sich offenbart, als er Leo erzählte, Krakau sei eine »Partystadt«. Dem Langlaufenthusiasten zufolge wimmelte es in Polens zweitgrößter Stadt von feierwütigen Studentinnen und Fabrikarbeiterinnen, die Sekt und ungeschützten Sex mit Ausländern liebten. Wenn er schon einmal hier war, sah Leo keinen Grund, den Abend im Hotelzimmer mit BBC World zu verbringen. Er wollte in die Stadt und feiern, dass er es bis hierher geschafft hatte.

Der wirtschaftliche und kulturelle Aufschwung war am Nachtclub »Hey Beautifulls!« um die Ecke vorbeigegangen. Der schmutzig gelbe Teppichboden war voller schwarzer Flecken, und die Sofas aus schwarzem Kunstleder sahen aus, als stünden sie seit Lech Walesas Zeiten dort. Die Bar war aus Glas und die Theke aus schwarzem Plastik. Auf einer kleinen Bühne in der Ecke stand eine siebenköpfige Band namens Charade in roten Anzügen mit Schlaghosen und spielte alte Schlager. Es war zehn Uhr und fast leer.

Leo hatte gesehen, dass es in der Innenstadt viele coole Lokale, Bars und Cafés gab, in denen interessante, kulturbeflissene Menschen mit seltsamen Kopfbedeckungen und

Retroklamotten saßen, genau wie in Berlin oder Kopenhagen, doch das »Hey Beautifulls!« sah aus, als wäre es für seine Zwecke wie geschaffen.

Auf dem Weg zur Bar rechnete er aus, dass er seit Mitte der Neunzigerjahre keine Nachtclubs oder Discos mehr besucht hatte.

In den letzten fünfzehn Jahren seines Lebens hatte Leo viele Dinge vermisst, aber Tanzen gehörte definitiv nicht dazu.

Weil er nichts Besseres zu tun hatte, setzte er sich an die Bar, blätterte die Getränkekarte durch und bestellte einen »Polish Surprise«. Er trommelte mit den Fingern auf die Theke, sah dem Barkeeper beim Mixen zu und fühlte sich wie der letzte Idiot. Als er endlich das Glas in der Hand hielt, wurde es etwas besser.

Ehe zehn Minuten vergangen waren, kam eine Blondine mit engem Vinyl-Minirock und Silikonbrüsten auf ihn zu und setzte sich neben ihn.

»You are not from here«, sagte sie.

»That's right, I'm from Norway«, sagte Leo mit norwegischem Akzent.

»Norway? That's very cold, right?«, sagte die Wasserstoffblondine und blinzelte ihn an.

»Yes«, sagte Leo. »Colder than hell.«

Sie schwiegen. Die Band spielte *We Don't Need Another Hero*, der Bassist sang. Leo rang nach Worten. Plötzlich fiel ihm ein, warum er so lange in keinem Nachtclub gewesen war.

»You want to dance?«, fragte das Mädchen mit dem gläsernen Blick, das sich Jutta nannte.

»Okay«, sagte Leo.

Sie trotteten auf die leere Tanzfläche. Der Boden bestand aus Spiegelglas, an der Decke hing eine Discokugel. Die Band brach den Tina-Turner-Song mitten im Refrain ab und ging zu *Walk of Life* von den Dire Straits über. Diesmal sang der Drummer.

Jutta bewegte sich äußerst unrhythmisch. Sie war groß, vielleicht 1,80 Meter. Mit ihrem langen Hals und den High Heels sah sie aus wie ein Kranich, der sich auf einen zugefrorenen See verirrt hatte. Leo wiegte sich zaghaft hin und her, wobei er sich Mark Knopfler mit seinem roten Stirnband auf der Bühne vorstellte. Er konnte sich nicht entscheiden, ob er sich zu jedem Takt oder nur zu jedem zweiten bewegen sollte. Bei jedem Takt sah es etwas zu hektisch aus, bei jedem zweiten zu träge. Er versuchte, sich nicht selbst von außen zu betrachten, doch es war sinnlos.

Ungefähr nach der Hälfte des Liedes gab er auf und ging zu einer Art ironischem Tanz über. Er imitierte einen Geschäftsmann, der einen Drink zu viel intus hatte, aber dann sah er, wie ernsthaft und hilflos Jutta ihn ansah, und bekam ein schlechtes Gewissen.

Leo streckte einen Arm aus und lud zum gemeinsamen Tanz ein. Beim Engtanzen stand nicht mehr der Tanz im Mittelpunkt, sondern die körperliche Nähe. Aber Jutta ging nicht darauf ein, sie schwenkte weiter die Arme hin und her und knickste mit den Knien.

Kurz bevor Leo die Panik ergriff, leitete die Band zu dem alten Foreigner-Hit *I want to Know What Love Is* über. Jutta griff nach Leos Hand und zog ihn dicht an sich heran. Sie wiegten sich hin und her wie zwei Zehntklässler auf einem Schulball, und bei jedem Refrain jaulte sie laut und falsch in Leos Ohr: *I wanna know what love is, I want you to show me!*

Nach dem dritten Refrain nuschelte Leo in ihr Ohr: »You want to come to my hotel room?«

Jutta lächelte und zwinkerte ihm zu. Leo war sicher, dass sie alles tun würde, um von der Tanzfläche, Charade und Foreigner wegzukommen.

Er hatte recht.

Leo bezahlte für beide, dann begaben sie sich auf direktem Weg ins Hotel.

Im Hotelzimmer tat Leo sein Bestes, davon abzulenken, dass er seit vier Jahren keinen Sex mehr gehabt hatte. Er spielte den Selbstbewussten, als würde er jeden zweiten Tag mit jemandem ins Bett gehen.

Der Sekt aus der Minibar brachte sie etwas in Schwung, aber der Alkohol konnte nicht alles betäuben. Er fragte sich, ob er das wirklich wollte und ob sie Bezahlung erwartete oder nicht.

Sie setzten sich aufs Bett, sie sah ihn an und lächelte mit halb offenen Augen.

»Do you like me?«, fragte sie.

»Pardon?«, fragte Leo.

Sie roch nach Alkohol, aber auch nach etwas Süßem, Gutem, als sie sich an ihn schmiegte. Leo blieb steif sitzen. Ihre Haare kitzelten ihn im Gesicht, er dachte an Robert Kowalski und wusste nicht, was er mit seinen Händen anfangen sollte. Sie sah ihn fragend an. Er lächelte und tat, als wäre alles in Ordnung. Kurz darauf spürte er ihre Hand im Schritt. Sie nestelte am Reißverschluss seiner Hose und knabberte an seinen Ohrläppchen.

»Can I ask you something?«, flüsterte sie, während sie in seiner Hose wühlte und routiniert sein Glied umfasste. »What is this called in Norwegian?«

Leo sagte: »Well, we usually call it *kuk*.«

»Cook? That's funny.«

Sie bewegte ihre Hand auf und ab, und für einen Moment vergaß Leo seine Angst. Er legte sich auf den Rücken, schloss die Augen und dachte an Mariken Varden.

Leo war überrascht, wie gut alles lief. Er genoss es sogar, und kurz darauf nickten sie nebeneinander ein. Nach einer Weile stand er vorsichtig auf, ging ins Bad, wusch sich gründlich und zog den weißen Bademantel an, der an der Tür hing. Er ging wieder ins Zimmer, betrachtete die Frau, die in seinem Bett lag, und tat, als würde sie schlafen, und sagte:

»I am sorry, I think you have to go.«

Jutta streckte sich und setzte sich auf. Leo nahm seine Brieftasche, zog 200 Zloty heraus und reichte ihr den Schein. Sie schlug seine Hand weg, sah ihn verächtlich an und fluchte laut auf Polnisch. Leo war froh, dass er sie nicht verstand. Sie strampelte die Decke weg, stand auf, sammelte ihre Kleider ein und zog sich hastig an. Dabei rief sie weitere Wörter, die keineswegs freundlicher klangen.

Leo ging ans Fenster, um etwas zu tun zu haben, und sah hinaus auf die geschäftige polnische Straße. Er grinste gequält und schüttelte den Kopf.

21

Freitag, 1. Juni

Es gab mehrere Gründe, warum Camilla Caspersen auf Terje Klavenes hereingefallen war: Er sah gut aus und war gut im Bett, war reich und stammte aus einer angesehenen Familie. Aber vor allem mochte er Kinder. Er liebte die kleinen Geschöpfe so sehr, dass er ihnen sein ganzes Berufsleben widmete.

Beim ersten Date in Aker Brygge hatte Klavenes erzählt, er habe einen Master of Business Administration von der London School of Economics, doch in erster Linie gehe es ihm um das Wohl der Kinder.

Klavenes' Werben war ein Frontalangriff mit Blumensträußen, Liebesbriefen, Abendessen in schweineteuren Restaurants und Ibsen-Zitaten. Camilla kapitulierte ohne nennenswerten Widerstand. Terje war ihr erster regelmäßiger Bettgenosse seit Langem – und ihre beste Erinnerung an die ersten Monate war der heftige und häufige Sex, denn neben der Betrügerei war geschlechtlicher Verkehr Terjes einzige Naturbegabung.

Darin lag er weit über dem norwegischen Durchschnittsliebhaber.

Aber wie die meisten Champions brauchte er Abwechslung, um in Form zu bleiben, und schon nach ein paar Wochen war ihm Camilla nicht mehr genug. Was sie für echte Leidenschaft hielt, war für ihn nichts anderes als eine Trainingsstunde im Fitnessstudio.

Die meisten Frauen, die ihren Ehemann zum fünften Mal mit einer anderen Frau erwischten, würden vermutlich die Flucht ergreifen und dafür sorgen, dass der Drecksack dafür büßt. Camilla Klavenes hingegen betrachtete es als eine Herausforderung, Terje Manieren beizubringen und ihn zu einem guten Ehemann zu erziehen.

Das war der größte Fehler ihres Lebens.

Als sie andeutete, dass es an der Zeit sei, an Kinder zu denken, verpasste er ihr eine Ohrfeige und schrie etwas von Koliken, vollgeschissenen Windeln, schlaflosen Nächten und physischem Verfall.

Als ein Bekannter ihn aufklärte, dass die Kindergartendeckung in ihrem Stadtteil weit unter fünfzig Prozent betrug, hatte er nicht mit der Wimper gezuckt, aber als er erfuhr, dass der Golfclub von Bærum die Beiträge erhöhen wollte, hatte er sich fast an einem Krebsschwanz verschluckt.

Die Nachbarn wunderten sich über die vielen philippinischen Au-pair-Mädchen, die in Klavenes' Haus aus und ein gingen. Zwar waren philippinische Au-pairs nichts Besonderes auf Snarøya – im Gegenteil, jede Familie hatte eins. Aber Terje und Camilla Klavenes hatten nicht einmal Kinder.

Terje sagte dazu nur, dass ihr Haus zu groß sei, als dass Camilla den Haushalt alleine führen könne. In Wirklichkeit waren die Mädchen, die oft selbst Kinder auf den Philippinen hatten, Terjes Dienerinnen und Sexsklavinnen. Die meisten hielten es nicht länger als ein paar Monate dort aus.

Camilla wusste genau, was vor sich ging, aber sie hatte Terje längst abgeschrieben und so weit wie möglich aus ihrem Leben verdrängt. Vier der Mädchen hatte sie die Flugtickets nach Hause bezahlt, weshalb ihr Gewissen rein war.

Sie hasste Terje von ganzem Herzen. Sie hasste, wie er ging, wie er aß, wie er sich kleidete, wie er sich über den Bauch streichelte, wenn er mit anderen redete. Sie hasste seine Trinkerei, seinen steigenden Drogenkonsum, seinen Tresor und seine erbärmliche Art, Ibsen zu zitieren. Ihre Überlebensstrategie bestand darin, möglichst viel Zeit mit Shopping und Freundinnen oder mit jüngeren Männern im Ausland zu verbringen. Sie wich auf die Ferienwohnung in Hemsedal oder die Hütte in Kragerø aus, und wenn sie einmal in Snarøya sein musste, betäubte sie sich mit Valium und Gin Tonic und schlief in der Dachbodenwohnung.

Erst vier Jahre nach ihrer Hochzeit hatte sie herausgefunden, dass Terje nicht mit dem Reeder Klavenes verwandt, sondern der Sohn eines Hausmeisters war und dass er keinen Magistergrad, sondern gerade so das Abitur geschafft hatte.

Camilla hasste den schleimigen Hochstapler, den sie geheiratet hatte, aus tiefster Seele, aber sein Geld ermöglichte ihr das Leben, von dem sie immer geträumt hatte. Ein Palast am Fjordufer. Alle Bekannten waren neidisch auf ihren Reichtum und den gut aussehenden Mann. Außerdem: Wenn sie ihn verließ, würde er mit Sicherheit dafür sorgen, dass sie ohne eine Øre dasaß.

Sie hatte sich für das kleinere Übel entschieden. Solange sie sich nicht einmischte, ging alles gut. Zum Beispiel jetzt, als er am helllichten Tag in seinem dunklen Büro saß und mit einer dürren, jeansgekleideten Gestalt anstieß, die sie an ihren Kunstlehrer in der Grundschule erinnerte.

»Sie sind zu mir ins Büro gekommen«, sagte Klavenes, »und haben mich über Piotr Fabianski ausgefragt. Was soll ich dazu sagen?«

»Woher soll ich das wissen«, sagte Nils Hætta. »Sag doch, was du willst.«

Nils hatte nicht kapiert, worum es ging, als Klavenes angerufen und ihn auf der Stelle zu sich beordert hatte. Noch am Tag zuvor wäre es undenkbar gewesen, dass Terje Klavenes einen Samen aus Rykkinn über seine Schwelle gelassen hätte.

»Warum zum Teufel musstet ihr ihn gleich umbringen?« Klavenes schien mehr fasziniert als verärgert.

»Er hat Widerstand geleistet«, sagte Nils.

»Ist dir klar, was das für mich bedeutet?«

»Aber du warst es doch nicht.«

»Ich habe euch den Auftrag gegeben.«

»Du hast nicht gesagt, dass wir ihn umbringen sollten.«

»Eben.«

»Dann hast du auch nichts zu befürchten.«

Klavenes schaute Nils durch die dunkle Sonnenbrille in die Augen, aber da war nichts zu holen.

»Warum haben die Polypen mich mit der Sache in Verbindung gebracht?«

»Haben sie nicht.«

»Sieht aber so aus …«

»Die haben keine Spur. Sie müssen mit allen reden, die da draußen beteiligt sind. Reine Routine.«

In seiner hellblauen Freizeithose, dem gelben Lammwollpullover ohne Unterhemd und Flipflops sah Klavenes nicht aus wie ein Norweger. Nils dachte, dass er als Kind bestimmt nie sein Zimmer aufräumen musste.

»Landgangen hat klein beigegeben. Was habt ihr mit ihm gemacht?«

»Wir haben ein paar Volt durch ihn durchgejagt.«

»Gute Idee. Kreative Arbeit. Das gefällt mir.«

Klavenes lehnte sich über den Schreibtisch und flüsterte: »Wir haben ein Vogelproblem.«

»Dieser beknackte Digerud?«, fragte Nils und war ganz Ohr.

»Ja. Er hört nicht auf. Hat uns einen Brief geschrieben.«

»Mit der *Post*?« Nils grinste, als wäre dies die dümmste Idee der Welt. In Wirklichkeit hatte er noch nie im Leben eine E-Mail verschickt.

»Jepp. Der Vogelmann ist old school.«

»Was hat er geschrieben?«

»Wenn wir nicht sofort die Bauvorhaben in der Schutzzone einstellen, geht er zur Polizei. Mit Fotobeweisen.«

»So ein gemeiner Kerl«, sagte Nils. Er fühlte sich unglaublich erfolgreich, wie er so in einem Palast auf Snarøya saß, mit einem reichen Geschäftsmann über die Arbeit redete und Tequila mit Eis trank.

»Ich will, dass du einen toten Vogel in Digeruds Briefkasten legst«, sagte Klavenes.

»Glaubst du immer noch an den Trick mit den Briefkästen? War nicht besonders gelungen letztes Mal.« Nils nippte an seinem Tequila.

»Dreht sich die Erde, so dreh'n wir uns mit.«

»Hä?«, fragte Nils.

»Das ist Ibsen.«

»Henrik Ibsen?«

»Nein, *Hannibal* Ibsen.«

»Nie gehört.« Klavenes' Zitate waren Perlen vor die Säue.

»Was für einen Vogel soll ich ihm in den Briefkasten legen?«

»Ist mir scheißegal. Einen großen.«

»Möwe? Ente? Kanadagans?«, fragte Nils mit Kennermiene.

»Er muss in den Briefkasten passen. Wie wär's mit einer Elster?«

»Gute Idee, die gibt's ja überall.« Nach einer kurzen Denkpause fragte Nils: »Wie zum Teufel fängt man eine Elster?«

»Du sollst sie nicht fangen, du sollst sie töten.«

»Und wie tötet man eine Elster?« Nils nahm die Brille ab und putzte die Gläser mit dem Hemdsärmel.

»Das ist dein Problem. Sorg einfach dafür, dass Digerud die Drohung bekommt.«

»Was soll ich draufschreiben?«

Nils setzte die Brille wieder auf, trank aus und fragte: »Wo steckt eigentlich Rino?«

»Er hat einen Überwachungsauftrag. Ein Anwalt war in der Containersiedlung und hat die Leute nach Fabianski ausgefragt.«

»Wer ist Fabianski?«

»Der Pole, den du umgebracht hast.«

»Ach so.« Nils schlug sich mit der flachen Hand vor die Stirn.

»Sorg dafür, dass Alfred Digerud den Drohbrief erhält.«

»Was soll ich reinschreiben?«

Klavenes stand auf und sah auf Nils herab.

»Lieber einen Vogel in der Hand als zehn auf dem Dach.«

Nils grinste verlegen. »Ist das auch Ibsen?«

»Nein, das ist ein altes Sprichwort.«

»Was hat das zu bedeuten?«

»Genau das wird sich der Empfänger auch fragen. Er wird sich vor Angst in die Hose scheißen.«

22

Der Rückflug von Krakau war drei Stunden verspätet. Leo Vangen saß in der provisorischen Flughafenkantine und aß Bigos aus einem Styroporbecher, als sein Handy klingelte. *Hoffentlich Mariken*, dachte er und zog es aus der Tasche.

»Ach, du bist es.«

»Stimmt was nicht?«, fragte eine Frauenstimme.

»Nein, alles in Ordnung.«

Es war Leos Exfrau Ragna, die wissen wollte, ob er zum sechzehnten Geburtstag seiner Tochter in zwei Tagen kommen würde. Leo hatte die ganze Zeit in Polen das vage Gefühl gehabt, dass er irgendetwas vergessen hatte. Nun wusste er, was es war.

Immer wenn Leo mit Ragna sprach, senkte er automatisch die Stimme. Seine Exfrau war ein wandelndes Mahnmal an seine Unbeholfenheit und Unentschlossenheit. Er redete sich ein, dass er all die Jahre nur aus Rücksicht auf die Kinder bei ihr geblieben war. Er glaubte, es sei besser für sie, mit Mutter und Vater in einem dysfunktionalen Heim zu leben, als dass die Eltern sich trennten.

Sein Vater und seine Mutter hatten bis zum bitteren Ende durchgehalten, obwohl sie einander nicht mehr riechen konnten. Trotz aller Sticheleien und Streitereien hatten sie stets herablassend über Leute geredet, die »aufgaben«, als wäre eine Scheidung gleichbedeutend mit dem Scheitern des Projektes, das sie »Leben« nannten.

Was Kinder wirklich brauchten, waren zufriedene Eltern.

Leo hatte den Kopf in den Sand gesteckt, er war ein miserabler Vater gewesen, besonders für Siri.

Er hatte von Anfang an gewusst, dass die Ehe mit Ragna zum Scheitern verurteilt war, aber eine Trennung kam ihm so kompliziert vor, dass er sie stets aufgeschoben hatte – bis morgen, bis nächste Woche, bis nächstes Jahr. Am Ende hatte sie ihn gebeten auszuziehen.

»Und wie geht es dir so?«, fragte Leo.

»Viel besser, als dir recht ist.«

»Schön für dich.«

»Es könnte das letzte Mal sein, dass sie Lust hat, mit Mutter und Vater zu feiern, vergiss das nicht«, sagte Ragna.

»Beruhig dich, ich komme ja«, sagte Leo. »Ich sitze gerade in einem Flughafen in Polen.«

»Was in aller Welt machst du in Polen?«

»Ich stelle Ermittlungen in einem Mordfall an und reiße hübsche Polinnen auf.«

»Was für ein spannendes Leben«, sagte Ragna.

Leo sagte nichts. Sie war schlagfertig, das musste er ihr lassen.

»Es kommen fünfzehn Gäste, und wir verkleiden uns. Allergy und ich gehen als Sonny & Cher, wir spielen ein selbst komponiertes Lied für Trommeln und Vokal. Was willst du beitragen?«

Wenn Ragna einlud, mussten alle Gäste etwas vortragen. Sie wollte nicht kapieren, dass das den meisten Leuten peinlich war.

»Ich spiele *House of the Rising Sun*«, sagte Leo.

»Schön«, sagte Ragna.

Nach zwanzig Jahren wusste sie noch immer nicht, wann er etwas ironisch meinte.

Als sie sich kennenlernten, studierte Ragna Sozialanthropologie in Oslo. Leo hatte sich gerade erst von den zwei Jahren mit Drogen und Denguefieber am Strand von Goa erholt und hatte viele spannende Geschichten über das entbehrungsreiche Leben in der Dritten Welt auf Lager. Er erklärte Ragna, dass man die Armen nicht nur als Opfer betrachten, sondern sie ernst nehmen sollte. Es seien Menschen wie sie und er, mit Träumen, Hoffnungen und Sehnsüchten, und deshalb seien sie nicht unglücklicher als die Menschen in der westlichen Welt.

Ragna war zutiefst beeindruckt.

Als sie ihn fragte, ob er am nächsten Abend mit ihr in ein indisches Restaurant gehen wolle, wusste Leo nicht recht, was er antworten sollte, aber er sagte Ja, um nicht erklären zu müssen, warum er vielleicht keine Lust hatte.

Zwei Wochen später zog Leo aus dem Keller bei Mutter und Vater in Stabekk in Ragnas WG im Stadtteil Jar um.

Zwei Monate später war sie schwanger.

Ragnas Vater, den er bis dahin nie getroffen hatte, war Immobilienmakler und unverschämt reich. Als er erfuhr, dass eine Art Jurist mit Rastalocken und latenten Tropenkrankheiten seine Tochter geschwängert hatte, raste er zuerst vor Wut, dann kaufte er den werdenden Eltern ein Endreihenhaus in Bestum mit Aussicht über die ganze Stadt.

Als ihr Sohn Willy fünf Monate alt war, bewarb sie sich um eine Stelle als Leiterin eines Entwicklungsprojektes in Ostafrika. Sie überzeugte Leo davon, dass sie nie wieder so eine Chance bekommen würde, und gewann den Konkurrenzkampf gegen sechs männliche Bewerber, die sich alle als Opfer der Frauenquote sahen.

Ragna liebte ihren Job, sie arbeitete zwölf Stunden am Tag. Ihre Entschuldigung lautete, dass sie es für die Kinder in Afrika tat. Dagegen kam kein Argument an, und Leo musste den Haushalt schultern. Im Grunde war es ihm recht, so musste er wenigstens keine Bewerbungen schreiben.

Zweieinhalb Jahre nach Willy kam Siri.

Ein paar Jahre lang lebten sie ein halbwegs normales Familienleben, aber Ragna arbeitete viel und war oft verreist.

Ihr Vater sorgte dafür, dass die Ökonomie der Familie kein Thema war, indem er pro Monat 20.000 Kronen auf das gemeinsame Konto der Eheleute überwies.

Als Willy und Siri beide im Kindergarten waren, verlor das Leben des alleinerziehenden Vaters langsam an Glanz. Die Kinder wurden zum Alltag, was Leo ärgerte.

Rastlosigkeit ergriff ihn.

Über einen Bekannten von Ragnas Vater bekam er schließlich eine Teilzeitstelle in einer Kanzlei in Lilleaker.

Ragna war eindeutig mehr damit beschäftigt, »ihr persönliches Potenzial zu verwirklichen«, wie sie es ausdrückte, als Kindern zu helfen, ob im eigenen Haus oder in einem kenianischen Dorf.

Nur um sie zu ärgern, begann Leo Golf zu spielen. Er wusste, dass Ragna diesen Zeitvertreib der Oberklasse hasste, obwohl sie selbst aus der Oberklasse kam.

Am Anfang hatte er gar kein Verhältnis zum Golfen und hielt es nicht einmal für Sport, doch bald stellte er zu seiner großen Überraschung fest, dass es das Lustigste war, was er je getan hatte.

Ragna war verzweifelt. Unaufhörlich hielt sie ihm vor, wie verwerflich es war, seine Zeit mit so etwas Sinnlosem, Egoistischem zu vergeuden. Woraufhin Leo immer mehr spielte. Er wollte ebenso viel Zeit mit Golfen verbringen wie Ragnar mit der Arbeit. In der härtesten Phase spielte er bis zu zehn Stunden am Tag. Gleich nachdem er die Kinder im Kindergarten abgeliefert hatte, begann er mit Abschlagstraining und spielte eine Runde alleine oder mit Rentnern aus dem Club. Am Nachmittag war die gesamte Bahn mit achtzehn Löchern an der Reihe. Schließlich weigerte er sich, die Kinder mehr als zwei- bis dreimal pro Woche abzuholen.

Eine Nebenwirkung seines kindlichen Trotzes war, dass er ein unverschämt guter Golfer wurde. Nach drei Jahren war sein Handicap schon auf 3,7 gesunken.

Ragna war wenig beeindruckt.

Ragnars Vater hingegen sehr.

Der Immobilienmakler Ragnar Smith Meyer, der bisher bei jeder Gelegenheit auf dem Nichtsnutz aus Bærum herumgehackt hatte, erwies Leo plötzlich grenzenlosen Respekt. Er spielte seit über dreißig Jahren im Golfclub von Bogstad und quälte sich noch immer mit einem hässlichen Slice und einem Handicap von 22,4.

Nach acht Jahren Streit und Ärger, die er nur noch mit Marihuana oder anderen Beruhigungsmitteln durchstand, nahm Leo endlich seinen Hut. Alle gemeinsamen Freunde, Ragnas Familie und sogar die eigene Familie verurteilten ihn für seine egoistische Vorliebe. Alle waren sich einig, dass Leo das Familienleben durch seine Golfbesessenheit an die Wand gefahren hatte. Und alle lobten Ragnars beruflichen Eifer. Sie waren beeindruckt, dass Ragna die Zeit mit den eigenen Kindern für die Kinder in der Dritten Welt opferte.

Einzig Ragnas Vater äußerte Verständnis für die Schwierigkeit, ein geliebtes Hobby mit familiären Pflichten unter einen Hut zu bringen.

Zum Glück gehörte Leos große Schwester Vera zu den wenigen, die ihn unterstützten. Als er mit dem Koffer in der Hand auf der Straße stand und nicht wusste, wohin, schlug Vera ihm vor, in das Haus auf Gåsøya zu ziehen.

Der Vorschlag gefiel Leo, zumal Norwegens exklusivster Golfclub, der Oustøen Country Club, auf der Nachbarinsel lag.

Mindestens einmal pro Woche schlich Leo sich dort in der Dämmerung an Land und spielte heimlich ein paar Bahnen auf dem schweineteuren Platz. Manchmal zog er eine karierte Hose, einen hellblauen Blazer und eine wollene Schildmütze an, vertäute das Boot am offiziellen Anleger des Clubs und stolzierte auf die Bahn, als wäre er Mitglied. Keiner fragte je nach, und Leo fühlte sich wie die Hauptfigur eines Hamsun-Romans – oder wie ein kleiner Junge beim Äpfelklauen. Es lagen Welten zwischen den Reedern und anderen Millionären und Leos Alltag, aber trotzdem fand er sie verlockend. Leo konnte sich nie entscheiden, ob es ein ironisches Projekt war oder ihn einfach die gepflegte Umgebung ansprach. Auf jeden Fall mochte er die Abgeschlossenheit der Insel.

Drei Wochen nachdem Leo ausgezogen war, hatte Ragna einen neuen Freund. Er hieß Allergy, war vierzehn Jahre jünger als sie, kam aus Gambia und leitete den Trommelkurs, den Ragna belegt hatte, um die aufgestauten Aggressionen abzulassen.

Die Kinder wussten nicht recht, was sie davon halten sollten. Es war zwar lustig, mit einem exotischen Jungen Kissenschlacht zu spielen, aber ein Vaterersatz war er nicht.

Ein paar Monate später kündigte Ragna ihren Job, begann ein Psychologiestudium, verkaufte das Reihenhaus und zog in eine Vierzimmerwohnung in Bærum.

»Vater hat nach dir gefragt. Er würde es sehr schätzen, wenn du kämst«, sagte Ragna.

»Wir sehen uns am Samstag, ich freue mich schon auf euer Lied«, sagte Leo und drückte den roten Knopf, ehe Ragna noch etwas sagen konnte. Dann schlang er den Rest Bigos hinunter und begab sich zum Gate.

23

Das Fernglas, das Rino gekauft hatte, war angeblich das billigste im ganzen Land. Dass es auch das schlechteste war, hatte der Verkäufer geflissentlich verschwiegen. Rino war das egal, aber ein Fernglas brauchte er, um den Mann auszuspionieren, der auf einer Insel wohnte.

Es war nicht leicht gewesen, den mysteriösen Anwalt zu finden, der sich für den Fall des armen Polen interessierte. Ein anderer armer Pole musste sich zuerst den Finger brechen, ehe er Rino verriet, dass der Anwalt mit dem Hardrockfan aus Nummer 16 gesprochen hatte, der bestimmt seinen Namen kannte.

Leonard Vangen.

Was für ein gestelzter Name, dachte Rino. Bestimmt nach Leonardo da Vinci benannt. Der Typ hatte ein Büro in Lilleaker und ein Haus auf einer Insel namens Gåsøya.

Er sollte herausfinden, ob dieser Vangen eine Gefahr darstellte. Was tat er? Wie viel wusste er? Warum interessierte sich ein lebendiger Norweger für einen toten Polen?

Rino brauchte ein Boot, um auf die blöde Insel zu gelangen.

An einem verregneten Dienstag fuhr er gegen Mitternacht zur Leangbucht nach Asker hinaus, kletterte über einen

Stacheldrahtzaun und schloss den 50-PS-Außenborder eines Bootes kurz, das er mit Müh und Not zwischen den Inseln hindurch bis Kalvøya und ein Stück den Sandvikselva hinauf manövrierte, wo er es im Gebüsch versteckte. Dann ging er zur E16 hinauf und streckte den Daumen aus. Ein paar lettische Maler nahmen ihn mit nach Skui.

Im Morgengrauen war er wieder dort, schob das Boot ins Wasser und tuckerte Richtung Fornebu und Lysaker Brygge. Das war der einzige Ort am Fjord, den er kannte.

Dort hatte er früher mit seinem Sohn geangelt.

Rino hatte Bærum noch nie vom Boot aus gesehen. Obwohl die oberen Ortsteile nur zehn Minuten entfernt lagen, orientierte sich dort niemand in Richtung Fjord. Ein einziges Mal in seiner Jugend hatte Rino sich beim Kalvøya-Festival eingeschlichen, um Iggy Pop zu sehen.

Vom Wasser aus sahen die Häuser und Gärten viel größer aus, man sah kaum Autos, und alles schien seltsam gepflegt und harmonisch.

In Lysaker Brygge legte Rino an und kaufte einen 500-Gramm-Pilker sowie eine Seekarte des Oslofjords. Er studierte sie und nahm Kurs auf Gåsøya.

Zur gleichen Zeit, nur einen knappen Kilometer entfernt, schritten zwei Männer mit Anzug, Schlips und gelben Bauhelmen über das Areal, das einmal zur umweltfreundlichen Eigentümergemeinschaft Fornebu Gardens werden sollte.

»Landgangen hat mir gestern geschrieben. Sieht aus, als wäre er zur Vernunft gekommen«, sagte Andreas Poulsson.

»Der Wichser wird sein Maul halten«, sagte Terje Klavenes und grinste.

Poulsson verkniff sich eine Frage und fügte hinzu: »Aber es gibt noch mehr von der Sorte. Gestern haben gleich drei angerufen. Sie sind stinksauer. Wir müssen ihnen ein konkretes Angebot machen.«

»Irgendwelche Vorschläge?« Klavenes bückte sich und hob einen toten, ausgetrockneten Vogel auf. Er roch an ihm und warf ihn in die Luft, kickte ihn in die aufgegrabene Schutzzone und wischte sich die Hände an der Hose ab.

»Wenn wir ihnen 85 Prozent des Kaufbetrags von 2001 bieten, werden sie es schlucken. Sonst müssten sie Anwälte für viele Hunderttausend bezahlen, um *ein bisschen* mehr zu bekommen.« Poulsson war stolz auf seinen Plan.

»Mit anderen Worten: Wir kaufen die Wohnungen für 20.000 Kronen pro Quadratmeter zurück und verkaufen sie nächstes Frühjahr für 75.000, wenn der Bau beginnt? Genial. Wir müssen nur dafür sorgen, die Kosten niedrig zu halten.«

»Wenn sie das Angebot akzeptieren, müssen sie unterschreiben, dass sie nicht vor Gericht gehen.«

»Niemand geht vor Gericht«, sagte Klavenes.

»Sie behaupten noch immer, die Risikobeschreibung von damals sei irreführend und ungenau gewesen.«

»Das war sie auch. Aber keiner geht vor Gericht.«

»Sie verlangen den ursprünglichen Preis der Anteile zurück plus Zinsen. Ich vermute aber, dass die meisten einfach nur aus dem Projekt aussteigen wollen.«

»Einfach genial«, sagte Klavenes und lehnte sich an einen Stapel Paletten. »Das sind Pi mal Daumen 400 Millionen für 426 Wohnungen. Eine Goldgrube.«

»Ja, es gibt Licht am Ende des Tunnels«, sagte Poulsson.

»Gut. Ruf die Anteilseigner zusammen, dann machen wir ihnen das Angebot.«

»Okay.«

»Dann wäre nur noch dieses eine Problemchen …« Terje

Klavenes zeigte auf das Gelände. »Eigentlich läuft es wie geschmiert, wenn nur dieser psychotische Vogelmann nicht wäre.«

»Alfred Digerud?«

»Der gute alte Alfred.«

»Was machen wir mit ihm?«

»Ich glaube, wir sollten ihn ernst nehmen«, sagte Klavenes.

Sie schwiegen, stemmten die Hände in die Seiten und schauten über die Schutzzone zwischen ihnen und dem Vogelreservat, die bereits aufgegraben war.

»Was hat die Polizei gestern gewollt?«, fragte Poulsson schließlich.

»Ach, die wollten nur über eine Leiche reden, die bei Rolfstangen im Fjord gefunden wurde.«

»Ich habe davon gelesen. Haben sie den Toten identifiziert?« Poulsson musterte seinen Chef und bürstete mit der Hand imaginären Dreck von seinem Ärmel.

»Wahrscheinlich irgendein Pole. Die Betonsteine an seinen Füßen deuten auf Mord hin.« Klavenes deutete ein Grinsen an. Er wollte seinen Projektleiter testen.

»Jesses«, sagte Poulsson und wich dem Blick seines Chefs aus.

»Er hieß Fabianski. Klingt wie der Name eines Zirkusclowns.«

Poulsson stutzte. Irgendwie kam ihm der Name bekannt vor. Plötzlich fiel ihm der Pole wieder ein, der sich ständig beschwert hatte. Deshalb hatte er also nichts mehr von ihm gehört! Poulsson verkniff sich die Frage.

»Wie der Keeper von Arsenal. Vielleicht ein Verwandter?« Poulsson spielte cool, obwohl er am liebsten davongerannt wäre.

»Doch Arbeit will der Tag, nicht leichten Sinn«, sagte Klavenes.

»Wie bitte?«

»Henrik Ibsen.«

Poulsson rollte mit den Augen. »Hätte ich mir denken können.«

»Absolut.«

Klavenes starrte einem Flugzeug am Himmel hinterher.

»Weißt du was? Mein Vater war ein moralischer Mann. Ein guter Mensch in jeder Hinsicht, er tat immer das Richtige. Er war Hausmeister an der Schule in Østerås, hat sich fünfzig Jahre lang den Arsch aufgerissen, ging jeden Sonntag in die Kirche und bezahlte immer brav seine Steuern. Als er den Löffel abgab, hatte er keine Øre übrig. Nicht einmal sein Haus gehörte ihm. In diese Falle wollte ich nie tappen.«

»Das verstehe ich gut … Baumeister Klavenes«, sagte Poulsson, zufrieden über seinen Einfall.

Klavenes sah ihn vorwurfsvoll an. »Machst du dich über mich lustig? Warum zum Teufel nennst du mich Baumeister?«

Poulsson öffnete den Mund, als wolle er etwas sagen, verkniff es sich aber. Der Ibsen-Fetischist hatte offenbar noch nie etwas von Baumeister Solness gehört.

24

Als Rino an Rolfstangen vorbeifuhr, war es unmöglich, nicht an das zu denken, was sich vor wenigen Wochen dort abgespielt hatte.

Sie hatten einen Menschen getötet.

Zwar war es Nils, der mit dem Stein zugeschlagen hatte, aber Rino hatte nichts getan, um ihn aufzuhalten, und er hatte geholfen, die Leiche zu versenken. Das fürchterliche Geräusch von Stein auf Schädelknochen, das Blut, das ihm aus Nase, Mund und Ohren lief, der ausgerastete Nils mit weit aufgerissenen Augen und der Pole, der Nils anflehte, er solle aufhören, bis er verstummte.

Er hatte es geschehen lassen.

Er hatte keinen Finger gerührt, um Nils aufzuhalten.

Als er begriff, dass der Pole tot war, ging Rino hinter einen Busch und kotzte. Er hoffte nur, dass Nils es nicht bemerkte. Das war nicht geplant gewesen. Sie sollten den Typen nur einschüchtern, wie sie schon Hunderte vor ihm eingeschüchtert hatten. Plötzlich, ohne Vorwarnung, hatte Nils mit einem Stein auf den Mann eingeprügelt, als hätte er nur auf diese Chance gewartet.

Im Grunde war es reiner Zufall, dass Nils bisher noch niemanden umgebracht hatte, zum Beispiel das dreizehnjährige pakistanische Mädchen, das er bei zwanzig Grad minus in den Isielva geworfen hatte, oder als er sein Samenmesser an einem neunzigjährigen Veteranen ausprobierte, der sich eingemischt hatte, als sie den Kiosk an der Bushaltestelle in Sandvika ausgeraubt hatten. Beide hatten durch Zufall überlebt.

Rino hatte im Lauf der Jahre vieles erlebt, auf das er wenig stolz war. Er war kein Musterkind, das gab er gerne zu, aber einen Menschen töten? Das gehörte nicht zum Auftrag. Mit Ausnahme einer Kreuzotter, ein paar Möwen und jungen Katzen hatte Rino nie ein Lebewesen getötet.

Sie hatten die Grenze überschritten.

Er konnte es nicht mehr als dummes Unglück abtun. Wer mit einem Stein auf den Schädel eines Menschen eindrischt, muss damit rechnen, dass dieser Mensch draufgeht. Auch dass sein Partner ausgerastet war, zählte nicht als Entschuldigung. Nils hatte seine wahre Natur offenbart. Bestimmt hätte er auch Landgangen umgebracht, wenn Rino ihn nicht überwältigt und ihm den Elektroschocker abgenommen hätte.

Nils hatte Blut geleckt.

Als Zwischenlösung wollte er ihm aus dem Weg gehen. Er hatte Klavenes überzeugt, dass der Überwachungsauftrag nur einen Mann benötigte. Zu zweit würden sie nur schneller entdeckt werden. Von der Notwendigkeit einer Lohnerhöhung hingegen hatte er ihn nicht überzeugen können, da war der Geizkragen stur geblieben.

Nils gegenüber hatte er angedeutet, dass es wohl an der Zeit sei, die Zusammenarbeit mit Klavenes zu beenden. Der Direktor war auf dem absteigenden Ast, und noch konnten sie den Kopf aus der Schlinge ziehen. Die Arbeit für den Drecksack machte sie sowieso nicht reich.

Rino stieß auf taube Ohren.

Das Geld schien Nils wenig zu bedeuten. Dafür aber die Gelegenheit, andere Menschen zu misshandeln oder gar zu töten.

Rino wollte aussteigen. Fort von Klavenes, fort von dem verrückten Nils, fort von dem ganzen Dreck. Er wollte aufhören, Leute zu quälen, sie zu verprügeln und in ihren Briefkasten zu scheißen. Vor allem wollte er niemanden töten.

Leider sah er momentan keinen Ausweg. Nils und Klavenes würden ihn nicht gehen lassen, sie würden ihn verfolgen. Außerdem war er pleite. Das Fischerboot, von dem er träumte, konnte er sich nicht leisten. Natürlich konnte er immer eins klauen, aber so würde er nie der kriminellen Spirale entkommen. Sobald er genug Geld zusammengekratzt hatte – vielleicht eine halbe Million –, würde er sich ins Auto setzen und nach Norden fahren, in Brønnøysund ein Boot kaufen, in das verlassene Storbørja fahren und das feinste Haus des Dorfes beziehen. Er würde es mit einfachen Mitteln von Grund auf renovieren und mit Landwirtschaft, Jagd und Fischerei ein ehrbares Leben führen.

Es war noch nicht zu spät.

Aber sein Sohn war ein Problem. In letzter Zeit hatte er immer wieder an seinen Sohn denken müssen.

Rino Gulliksen hatte einen sechzehnjährigen Sohn mit einer Bankangestellten. Er war das Resultat eines Quickies auf dem Parkplatz hinter der Disco. Die Bankangestellte feierte den Junggesellinnenabschied einer Freundin und hatte sich einen Dildo an die Stirn gebunden. Sie hatte irgendwelche Drogen genommen, die sie definitiv nicht hätte nehmen sollen. Als Rino ihr vorschlug, hinter das Gebäude zu gehen, sagte sie, seine Glatze würde sie nicht stören, weil sein Kopf so schön geformt sei. Hinterher hatte sie sich oft gefragt, warum in aller Welt sie in jener Februarnacht mit dem pickeligen, tätowierten Bodybuilder mitgegangen war. Vielleicht hatte sie es sattgehabt, sich immer korrekt zu verhalten? Vielleicht aus Protest gegen die dominante Mutter? Vielleicht nur, weil die Nacht so mild gewesen war?

Aus religiösen Gründen wollte sie keine Abtreibung, und obwohl sie alles an Rino Gulliksen verachtete und ihr Leben so weit wie nur möglich von seinem entfernt war, fand sie, ihr Sohn habe das Recht zu wissen, wer sein Vater war. Auch sollte er eine gewisse Zeit mit ihm verbringen, aber nicht zu viel. Keine Übernachtung, nur ein paar Treffen und alle vierzehn Tage ein kurzes Telefongespräch.

Rino war das nur recht. Trotzdem war ihm der Junge ein wenig ans Herz gewachsen. Er mochte alte Münzen, Computerspiele und Bücher über Dinosaurier. Rino war froh, dass ihm Elternabende und Konfirmationsreden erspart blieben.

Die Treffen von Vater und Sohn bestanden hauptsächlich aus Angeln auf Lysaker Brygge. Rino war kein ausgeprägter Naturmensch, hatte aber immer gern geangelt, und dort konnte er mit dem Auto bis zum Angelplatz fahren. Meistens standen sie direkt vor dem Anglerladen und fischten mit Kunstködern. Tom-Arne, den Rino nur Tommy nannte, obwohl sonst keiner dies tat, hatte eigentlich kein besonderes Interesse am Angeln, aber Rino fand, es sei die perfekte Vater-Sohn-Aktivität und ein wichtiges männliches Element im frauendominierten Leben seines Sohnes.

Sie fingen nie etwas, darum ging es auch nicht, aber eines Tages hatte Tommy eine fette Meerforelle am Haken. Der

Kampf zwischen dem kleinen Jungen und dem Fisch erregte große Aufmerksamkeit. Als der Junge das Biest mithilfe seines Vaters an Land zog, liefen die Leute zusammen, um die Beute zu begutachten. Das silbern glänzende Wesen mit den spitzen Flossen wog fast drei Kilo. Svein-Atle aus dem Anglerladen meinte, das läge nur etwa 600 Gramm unter dem aktuellen Norwegen-Rekord. Rino hüpfte auf und ab, fluchte begeistert und fotografierte den Fisch mit dem Handy. Er klopfte seinem Sohn auf den Rücken, aber Tommy war unbeeindruckt. Er zuckte nur mit den Schultern, lächelte nicht einmal. In diesem Moment begriff Rino, dass der Junge nie Fischer werden würde. Er begriff, dass er nie etwas werden würde.

Inzwischen wog er 110 Kilo und war Experte für Online-Spiele. Aber er war immer noch sein Sohn und Rinos einziger konkreter Beitrag zu dieser Welt. Er wollte etwas mit ihm unternehmen, ihn vom Computer losreißen und auf andere Bahnen lenken.

Aber wie sollte er seinen Sohn verändern, wenn er nicht mit gutem Beispiel vorausging?

Bald war sein Sohn alt genug, um selbst zu entscheiden, mit wem er leben wollte.

Aber an einem verlassenen Fjord würde er sich sicher langweilen.

Vorläufig hatte er keine andere Wahl, als die Zähne zusammenzubeißen und das Beste aus seiner Lage zu machen. Wenn er geduldig war, würde sich früher oder später eine Chance ergeben. Zum Beispiel bräuchte er nur eine von Klavenes' unzähligen Millionen, um seinen Traum zu verwirklichen. Aber vorläufig musste er sich mit etwas Detektivarbeit begnügen, obwohl die zweitausend Kronen am Tag kaum die Kosten für Valium, Essen und Bier deckten. In letzter Zeit zog er das Valium dem Speed vor. Beruhigung tat besser, als sich aufzuputschen.

Rino folgte der Seekarte, bis er Gåsøya erreichte. Er beschloss, die Insel erst einmal in gebührendem Abstand zu umrunden. Die Strandvillen in Snarøya hatten ihm die Augen geöffnet, aber Gåsøya war eine Offenbarung.

So viele Reiche auf so einem kleinen Vogelschiss Land! Hier wohnten die privilegierten Oberklassensprosse von Bærums Sonnenseite, die den Ruf der Stadt im ganzen Land verdarben.

Auf der Nordseite der Insel fand er eine einsame Bucht, wo er anlegen konnte. Er sprang aus dem Boot und zog es sicherheitshalber ganz an Land.

25

Dienstag, 3. Juni

Leo Vangen stand von seinem Platz hinter der Furnierplatte auf, schritt im Büro auf und ab und begab sich in die Küche, um einen Kaffee zu holen. Anwalt Svenssen, Italien-Liebhaber mit gelbem Radtrikot und stolzen 2 Stunden und 58 Minuten beim Oslo-Marathon, war so verliebt in seine Nespresso-Maschine, dass er ein Poster an die Wand gehängt hatte, auf dem alle erhältlichen Kaffeesorten beschrieben waren. Leo mochte die gelbe Variante am liebsten:

»Eine extrem ausgewogene, milde Mischung mit fruchtigen Geschmacksnoten, die von der leichten Fülle der verwendeten Bohnen herrühren. Ein Hauch Säure und eine Prise Sehnsucht unterstreichen ihr Aroma.«

Leo trug die Tasse in sein Büro, setzte sich und schaute aus dem Fenster zu dem Kindergarten auf der anderen Straßenseite. Auf dem Außengelände tobten die Kleinen herum, sie lachten, schrien und freuten sich über das schöne Wetter. Leo kam es vor, als wäre es tausend Jahre her, dass seine Kinder klein gewesen waren. Er dachte an Robert Kowalski und dessen warmen Händedruck, an Jutta, Babyfläschchen und Kindersterben in Afrika.

Er musste Mariken anrufen.

Aber das konnte auch bis morgen warten.

Er war sauer auf sie, weil sie so wenig Interesse an seinen Ermittlungsergebnissen zeigte, die er ihr auf dem Silbertablett serviert hatte.

Sie hatte es nicht einmal für nötig befunden zurückzurufen.

Er wollte auf keinen Fall aufdringlich wirken, außerdem schämte er sich wegen der Nummer mit Jutta in Krakau. Er war Mariken untreu gewesen – oder besser gesagt seinen Gefühlen zu ihr.

Er griff zum Telefon, wählte Marikens Nummer und klemmte den Hörer zwischen Ohr und Schulter.

»Ich war in Polen«, sagte er, nachdem sie einander begrüßt hatten.

»Du warst in Polen? Wow, das nenne ich Engagement.«

»Ich habe Robert Kowalski gefunden. War gar nicht so schwer.«

»Hat er etwas Interessantes gesagt?«

»Sie haben zusammen in Fornebu gearbeitet. Er sagt, Fabianski wäre spurlos verschwunden. Er hatte sich über die elenden Wohn- und Arbeitsbedingungen beschwert, über den Hungerlohn und die Missachtung der Auflagen. Kowalski meinte, Fabianski habe dem Arbeitgeber gedroht, zur Polizei oder zur Presse zu gehen.«

»Für wen haben sie gearbeitet?«

»Rykkinn Container, und die arbeiten im Auftrag der Norwegian Property Development Group.«

»Rykkinn Container? Was für ein Name.« Mariken lachte. »Gut gemacht, Leo. Das nenne ich Initiative!«

»Irgendjemand muss das ja anpacken.«

»Ich bin beeindruckt.«

»Treffen wir uns? Vielleicht zum Mittag- oder Abendessen in Lysaker Brygge? La Donna dei tuffi?«, fragte Leo.

»Jetzt? Heute?«

»Ja. Ich arbeite doch um die Ecke.«

»Ich weiß nicht, ob ich …«

»Sagen wir um drei? Ich freu mich.« Leo drückte Mariken weg, ehe sie reagieren konnte.

Leo fühlte sich vital und tatkräftig. Er suchte die Telefonnummer der Rykkinn Container und wählte. Dieselbe Frau, mit der er vor der Abreise nach Polen geredet hatte, nahm den Anruf an.

»Hallo, mein Name ist Andres Melsom vom Polizeirevier Asker und Bærum. Ich würde gern mit dem Personalchef sprechen.«

»Einen Augenblick, bitte.«

Zwei Minuten Orgelmusik, bis ein Mann »Hallo« grunzte.

»Guten Tag, mein Name ist Andres Melsom vom Polizeirevier Asker und Bærum. Vermitteln Sie polnische Arbeiter an Wohnungsbauprojekte in Fornebu?«

»Warum?«

»Wir ermitteln in einem Mordfall.«

Denkpause am anderen Ende, dann die Antwort:

»Ja, das tun wir.«

»Für wen arbeiten Sie da draußen?«

»Für viele.«

»Wer ist der größte Auftraggeber?«

»Norwegian Property Development Group – NPDG.«

»Wer macht die Verträge mit Ihnen?«

»Ein Herr namens Poulsson, ein junger Mann aus Sunnmøre.«

Ein Räuspern am anderen Ende.
»Ist das der Chef?«
»Nein. Der große, weiße Vater ist der Boss.«
»Der große, weiße Vater?«
»So nennen wir ihn.«
»Wen?«
»Den Direktor, Terje Klavenes.«

26

Rino Gulliksen schlich durch ein Wäldchen und kletterte über einen Zaun. Er ging an einem Haus mit geschlossenen Fensterläden vorbei und gelangte auf einen Schotterweg zu einem Steinanleger, neben dem ein gelbes Badehaus stand. Davor saß eine ältere Dame im Liegestuhl und sonnte sich, einzig bekleidet mit einer türkisfarbenen, genoppten Bademütze. Rino hatte in seinem Leben schon viel gesehen und ließ sich von der offenherzigen Dame im ausgeleierten Evakostüm nicht aus der Ruhe bringen.

»Entschuldigung, wissen Sie, wo Leonard Vangen wohnt?«, fragte er aus sicherem Abstand über den Zaun hinweg.

Die leicht bekleidete Rentnerin machte keine Anstalten, ihre Blöße zu bedecken. Sie stand auf und schritt wie ein Model auf dem Catwalk zum Zaun, stemmte die Hände in die Hüften und fragte kokett: »Und wer möchte das wissen?«

»Bjarne Håkan Hanssen«, sagte Rino. In der Eile war ihm kein besserer Name als der des früheren Landwirtschaftsministers eingefallen.

»Klingt irgendwie bekannt«, sagte die Rentnerin und zwinkerte ihm zu. »Schöne Tätowierung.«

»Danke«, sagte Rino und wusste nicht, wohin mit seinem Blick.

»Leo Vangen wohnt in der großen, weißen Bruchbude am Ende des Schotterwegs.« Sie zeigte in die Richtung. »Aber sein Boot ist nicht da, er ist bestimmt nicht zuhause.«

»Danke«, sagte Rino.

»Wenn er nicht da ist, kannst du zurückkommen und mir den Rücken einreiben.« Die alte Dame zwinkerte ihn erneut an.

»Versprochen«, sagte Rino und schlenderte davon.

Als er die Bruchbude gefunden hatte, drehte er eine Runde ums Haus, um sich zu versichern, dass niemand daheim war. Dann bückte er sich und zog den Schlüssel unter dem Blumentopf hervor. Wie kreativ die Leute doch beim Schlüsselverstecken sind, dachte er und schloss die Haustür auf.

Rino hatte seit dem Frühstück nichts gegessen. Als Erstes ging er zum Kühlschrank und nahm gierig die Überreste eines undefinierbaren Eintopfs aus dem oberen Fach. Er musste nur tief genug graben, um unter dem grünflaumigen Pelz Essbares zutage zu fördern.

Er spülte die Portion mit lauwarmer Milch hinunter, die neben dem Herd stand, und ging ins spärlich möblierte Wohnzimmer. Eine Wand war komplett von einem Bücherregal bedeckt. In den Ecken standen zwei Lautsprecher und in der Mitte des Zimmers ein Ohrensessel, der furchtbar bequem aussah. Das ganze Zimmer war um die Stereoanlage herum eingerichtet.

Leonard Vangen schien ein Musikliebhaber zu sein.

Rino ging zum Plattenspieler, hob den Tonarm an und drehte den Plattenteller mit dem Zeigefinger. So etwas hatte er seit einer Ewigkeit nicht mehr bedient. Der alte Plattenspieler, den er so geliebt hatte, war 1986 zusammen mit seinem Vater, der nicht sein Vater war, im Keller verschwunden.

Irgendetwas fehlte hier.

Wo waren der CD-Spieler und die CDs? Er fand nur eine magere Sammlung Vinylplatten mit obskuren Interpreten aus den Achtzigern und frühen Neunzigern. Er erkannte ein paar Lokalmatadoren und fast vergessene Namen wie Joy Division, New Order, Pixies, Sugar, The Posies und Smashing Pumpkins.

Das war nicht die Sammlung eines Mannes, der auf der Retrowelle ritt, sondern die eines Mannes, der nie einen CD-Spieler besessen und seit den Neunzigern keine Platte mehr gekauft hatte.

Er konnte auch nirgendwo einen iPod, Computer oder Flachbildschirm entdecken – es gab überhaupt keine Bildschirme, nicht einmal einen Fernseher.

Was für ein schräger Typ, dachte Rino.

Das veralgte, fischlose Aquarium sah aus wie eine beleuchtete Jauchegrube. Keine Familien- oder Hochzeitsbilder, massenweise fremdsprachige Bücher von Autoren, deren Namen Rino nie gehört hatte, eine Golftasche voller Schläger neben der Terrassentür, kein Barschrank und verdammt hohe Decken.

Auf dem Tisch stand ein großes Fernglas. Rino nahm das bleischwere Gerät in die Hand und schaute über den Fjord zur Halbinsel Nesodden hinüber. In diesem Moment wurde ihm klar, dass der Verkäufer bei Europreis ihn reingelegt hatte.

Ein weißes Segelboot glitt ins Sichtfeld, in dem ein junges Paar eng umschlungen saß. Der Junge hielt das Steuer mit einer Hand, eine norwegische Flagge wehte im Wind.

Rino verstellte die Brennweite, bis er scharf sah.

Sie lachten und küssten einander, sahen verdammt glücklich aus.

Rino legte das Fernglas wieder hin und stapfte die Treppe hinauf. Die meisten Zimmer im Obergeschoss waren unbenutzt, nur das große Schlafzimmer, Bad und Garderobe waren bewohnt. Überall lagen Kleider auf dem Boden, das Bett war nicht gemacht. Er ging ins Bad.

Die Zahnbürste war blau. Mit Stabæk-Logo.

Nachdem er das Haus durchkämmt hatte, ging er über die Terrasse zu der rot gestrichenen Blockhütte am Waldrand. Er schaute durchs Fenster und duckte sich, als er eine Gestalt erblickte, die mitten im Zimmer stand. Sie wandte ihm den Rücken zu und stand starr wie eine Statue. Rino schirmte das Licht mit den Händen ab und presste die Nase ans Fenster.

Es *war* eine Statue.

Die Tür war unverschlossen. Rino ging hinein. Es war eine Steinfigur in Lebensgröße, naturgetreu bis auf das Gesicht, das nicht fertig war.

Er schlenderte zum Anleger zurück, in der Hoffnung, der alten Dame den Rücken eincremen zu dürfen, aber sie war gemeinsam mit der Sonne verschwunden.

Rino versteckte sich im Wald, setzte sich auf einen Baumstumpf und wartete.

27

Es war ein perfekter Frühsommertag, wie geschaffen für ein gutes Gespräch am Fjordufer. Das Thermometer näherte sich sommerlichen zwanzig Grad. Als Leo den Lilleakerveien hinabschlenderte, ging ihm durch den Sinn, dass er Mariken seit dem Abitreffen 1995 nicht mehr gesehen hatte, und das war über fünfzehn Jahre her. Aber in letzter Zeit hatten sie so viel miteinander telefoniert, dass sie ihm gewissermaßen ganz vertraut geworden war. Natürlich nur gewissermaßen. Er ging am Lysakerelva entlang unter der E18 durch und freute sich, dass es wieder Lachse in dem Fluss gab, der die Grenze zwischen Oslo und Bærum markierte.

Auf Lysaker Brygge mischte sich der Teergeruch der alten Planken mit dem Duft von Meerwasser und Tang. Die Fähre nach Nesodden legte gerade an. Interessant, dass alles so viel intensiver duftete, wenn es wärmer wurde.

Schon aus hundert Metern Entfernung erkannte er sie. Sein Herz begann zu pochen. Sie saß auf einem weißen Plastikstuhl am Eingang des Restaurants, trug ein blau-weißes Sommerkleid und blätterte in einer Zeitung.

Sie sah gut aus.

Leo war fast bei ihr, als sie aufschaute und ihn erkannte.

Mariken legte die Zeitung weg und stand auf. Sie musterten einander.

Mariken sah fantastisch aus, fand Leo, nicht nur wegen der teuren Sonnenbrille, die sie trug. Sie sah überhaupt nicht alt aus, die paar Falten standen ihr gut. Das schwarze Haar war im Nacken hochgesteckt. Sie war größer, als er sie in Erinnerung hatte.

»Herr Vangen, nehme ich an?«, fragte sie.

Leo bekam kein Wort heraus. Sie sahen sich weiter an und lächelten.

»Du siehst toll aus«, sagte Leo schließlich. Er wusste nicht, ob er sie umarmen oder ihr die Hand geben sollte. Warum hatte er nicht auch seine Sonnenbrille aufgesetzt?

»Du siehst auch nicht übel aus«, sagte Mariken, ging einen Schritt auf ihn zu und umarmte ihn herzlich.

Sie roch ganz anders als Jutta.

Sie suchten sich einen Tisch am Wasser. Leo zog den Stuhl für sie hervor und kam sich furchtbar altmodisch vor. Der türkische Kellner kam und gab ihnen zwei Speisekarten.

»Ich bin nach Polen gereist, weil ich fand, dass irgendjemand das tun sollte«, sagte Leo und tat, als würde er die Speisekarte studieren.

»Ich kenne niemanden außer dir, der das getan hätte«, sagte Mariken und lächelte.

Leo sah ihr in die Augen, unschlüssig, ob ihre Bemerkung positiv oder negativ gemeint war.

»Warum hast du dich nicht mehr bei mir gemeldet?«, fragte er schließlich.

»Darf ich ehrlich sein?« Mariken lehnte sich zurück und verschränkte die Arme. »Ich hatte ein schlechtes Gewissen, weil ich dich in die Sache hineingezogen habe.«

»Machst du Witze? Das ist das Sinnvollste, was ich seit Jahren getan habe.«

Das Geständnis war ihm peinlich. Er starrte über den Fjord und fragte sich, warum er so offen zu ihr war – wie eine Auster in kochendem Wasser.

»Wie hast du seinen Freund gefunden?«

Mariken schob die Sonnenbrille auf den Kopf. Blaue Augen, gepflegte Augenbrauen, ein Lächeln. Leos Selbstbewusstsein kehrte zurück.

»Ich hatte die Adresse von dem Typen in der Containersiedlung. Ich musste mich nur ins Taxi setzen.«

»Rykkinn Container? NPDG?«

»Kowalski ist der festen Überzeugung, dass Fabianski von seinen Arbeitgebern aus dem Weg geräumt wurde.«

»Noch haben wir die Leiche nicht hundertprozentig identifiziert.«

Die Hauptkommissarin in Mariken kam durch.

»Aber alles deutet darauf hin. Kowalski war sich seiner Sache sicher.«

»Wirkte er glaubwürdig?«

»Absolut. Er hat mich an den jungen Thor Heyerdal erinnert.«

»Dann gibt es wohl keinen Grund, an seiner Glaubwürdigkeit zu zweifeln«, sagte Mariken, ohne eine Miene zu verziehen.

Dann lächelte sie, und Leo lächelte mit.

Der Kellner kam zurück. Leo bestellte eine Bruschetta mit Hähnchenbrust, Pesto, Rucola und Parmesan. Mariken bestellte ein einfaches Pastagericht. Beide tranken Mineralwasser.

Alle anderen Gäste tranken Alkohol, größtenteils Rentner,

wahrscheinlich Leute, die hier wohnten. Sie hatten die langweiligen Stunden des Tages hinter sich gebracht und genossen es nun, sich unters Volk zu mischen.

»Haben die Jungs vom Kriminalamt Fabianskis Frau gefunden?«

»Ja. Sie warten immer noch, dass die polnische Polizei endlich Piotrs Zahnarzt ausfindig macht.«

»Was ist mit der DNA?«

»Wenn das mit den Zähnen nicht klappt, wird ein DNA-Test durchgeführt. Es ist nur eine Frage der Zeit, bis die Identität des Toten feststeht. Wenn sie es herausfinden, ist das im Grunde dein Verdienst.«

Leo schüttelte den Kopf und lächelte. »Hast du meinen Namen genannt?«

»Natürlich nicht. Ich habe gesagt, wir hätten einen anonymen Hinweis bekommen.«

Leo nickte nachdenklich. Ihre freundlichen blauen Augen behielten den sanften Ausdruck, egal, was sie sagte.

»Ich habe bei Rykkinn Container angerufen.«

»Jesses. Was haben die gesagt?«

»Der Mann, mit dem ich gesprochen habe, nannte mir ein hohes Tier bei der NPDG, er heißt wie der Reeder ... Klaveness. Angeblich hält er die Fäden in der Hand. Sie nennen ihn den ›großen, weißen Vater‹. Ich habe nachgegoogelt. Im Moment geht es der NPDG nicht sonderlich gut. Fast alle Projekte in Fornebu sind auf unbestimmte Zeit auf Eis gelegt, die Aktien fallen in den Keller und die Anteileigner drohen mit einer Klage.«

»Erinnerst du dich an Terje Klavstad?«

Leo kratzte sich am Kopf. »Terje ›Gigolo‹ Klavstad? Aus der d-Klasse in Stabekk.«

»Keine Ahnung, in welche Klasse er ging.«

»Ich erinnere mich gut an ihn. Er wohnte ein Stück entfernt. Sein Vater war Hausmeister an irgendeiner Schule. Seltsamer Typ, aber ein unglaublicher Frauenheld, vor dem keine sicher war. Wir haben uns drei Jahre lang misstrauisch beäugt.«

»Er hat seinen Namen geändert … in Klavenes. Terje Klavenes ist Terje Klavstad.«

Leo zog die Augenbrauen hoch. »Ist das dein Ernst? Terje Klavstad ist der ›große, weiße Vater‹?«

»Ziemlich steile Karriere«, sagte Mariken.

»Soweit ich mich erinnere, war er ziemlich hilflos in der Schule.«

»Ich habe mit ihm gesprochen, während du in Polen warst. Er trug drinnen eine Sonnenbrille, ich habe ihn erst wiedererkannt, als er sie abnahm.«

»Und, wie sah er aus? Bauch? Glatze?«, fragte Leo.

»Er hat sich kaum verändert. Hält sich ziemlich gut.«

»Welche Stellung hat er in der NPDG?«

»So 'ne Art Chef. Auf jeden Fall trägt er die Verantwortung für die zwei größten Bauprojekte in Fornebu. Und es geht wirklich den Bach runter mit ihnen. Sie bleiben auf der Verantwortung sitzen.«

»Klavstad hat sich vermutlich an die Spitze gekämpft. Aber glaubst du, er wäre im Stande, jemanden zu töten?«

»Er schien es fast drauf anzulegen, dass ich ihn verdächtige, der Drahtzieher zu sein, als wäre das Ganze ein Spiel.«

»Vielleicht langweilt er sich?«

»Deshalb muss man nicht gleich jemanden umbringen.«

Mariken nickte einem grauhaarigen Herrn zu, der mit einem Schoßhündchen an der Leine vorbeispazierte.

»Wenn es nach mir ginge, würde ich jeden Stein auf Fornebu umdrehen lassen, aber wir haben indirekte Anweisungen bekommen, nicht zu viel Zeit und zu viele Ressourcen auf den Fall zu verwenden«, fuhr sie fort. »Einerseits scheint in Bærum jeder zu wissen, was dort vorgeht, andererseits will man Aufsehen vermeiden.«

»Willst du damit sagen, dass die Politiker sich in die Arbeit der Polizei einmischen?«

»Indirekt, ja.«

Der Kellner brachte das Essen, Leo bestellte ein Corona und fragte Mariken, ob sie auch eins wollte.

»Ja, gerne«, sagte sie.

Leo kämpfte mit der Bruschetta, wusste nicht, ob er Messer und Gabel benutzen oder mit den Händen essen sollte. Er nahm das Besteck, und die Hähnchenbrust flutschte ihm in den Schoß. Danach kleckerte er einen halben Deziliter Pesto übers Kinn.

»Meine Tischmanieren sind auch nicht mehr das, was sie mal waren«, sagte er. »Bestimmt, weil ich schon zu lange alleine auf einer Insel wohne.«

»In meinen Augen kommst du ganz gut zurecht«, sagte Mariken und lächelte.

Es gefiel ihm, wie genussvoll sie das mexikanische Bier trank.

»Und was tun wir jetzt?«, fragte Leo.

»Jetzt warten wir erst einmal auf die Bestätigung, dass es wirklich Fabianski war.«

Mariken machte eine Pause und schaute über den Fjord.

»Terje Klavenes hat mich sexuell belästigt. Auf dem Klassentreffen 2005.«

»So richtig?«

»Er ist auf der Damentoilette handgreiflich geworden. Wer weiß, was geschehen wäre, wenn Christine Svane nicht gerade reingekommen wäre.«

»Da habe ich wohl was verpasst.«

»Warum warst du nicht da?«

»Um nicht mit Typen wie Klavenes reden zu müssen.«

»Du hättest mit mir reden können.«

»Ist nicht so gut gelaufen, als ich es das letzte Mal versucht habe.«

Pause. Ein Schwarm Möwen stürzte sich schreiend auf die Eingeweide, die ein erfolgreicher Angler ins Wasser geworfen hatte.

»Sag mal«, begann Mariken, lehnte sich vor und sah ihm tief in die Augen. »Warum hast du angeboten, dich in Klein Krakau umzuhören, und warum bist du nach Polen geflogen?«

»Darf ich ehrlich sein?«

»Natürlich.«

»Um dir zu imponieren.« Leo lächelte melancholisch, winkte dem Kellner und bestellte zwei weitere Corona. »Nichts weiter.«

Sie sahen einander schweigend an, bis Mariken sagte: »Wollen wir auf einen Drink zu mir hochgehen?«

Er hörte die Worte klar und deutlich. Sie hatte es wirklich gesagt.

»Aber du bist doch verheiratet. Wo ist dein Marinekapitän?«

»Wir sind geschieden. Frag mich nicht, warum ich dich angelogen habe.«

Die Wohnung war nur einen Steinwurf entfernt. Glas, Stahl und Marmor überall. Das Wohnzimmer verriet nicht, wer dort wohnte. Die Wände waren kahl, Ikea-Regale ohne Bücher, eine halbtote Birkenfeige, eine Yuccapalme, alle Sitzmöbel hellbraun bezogen. Es sah aus, als könnte sie innerhalb von zehn Minuten ihre Sachen packen und ausziehen.

»Du bist seit sechs Jahren geschieden. Hattest du keinen Freund seitdem?«, fragte Leo.

Mariken stand in der offenen Küche und mixte Drinks.

»Ich war kurz mit einem Typen zusammen, der behauptete, er würde für a-ha Keyboard spielen, wenn sie auf Tournee waren«, antwortete Mariken. »Ein tiefsinniger Typ, der sich mit den großen Fragen des Lebens beschäftigt. Alles Bluff, wie sich herausstellte.«

Sie kam mit zwei Gläsern Mojito hinter der Theke vor und gab ihm eins.

»Hat er nicht bei a-ha gespielt?«, fragte Leo und schnupperte an dem Drink.

»Doch, aber nicht Keyboard, sondern Bass.«

Mariken führte Leo auf die Terrasse. Bei diesem Wetter musste man draußen sitzen, auch wenn die Sonne längst untergegangen war. Leo ließ sich in einen Rattanstuhl mit beigen Polstern fallen und schaute über den Fjord, wo gerade die Fähre nach Kopenhagen ausfuhr, beladen mit feierlustigen Passagieren. Er trank einen Schluck und spürte, wie die Wärme sich in seinem Körper ausbreitete. »Gut gemixt!«, rief er Mariken zu, die wieder in der Küche stand.

Sie kam mit Röllchen aus Räucherlachs, Frischkäse und dünnem Fladenbrot wieder. »Vorspeise«, sagte sie und verschwand wieder.

»Wir haben doch gerade gegessen, was machst du da drinnen?«, rief er.

»Dich verwöhnen«, antwortete sie.

Mariken kam zurück, setzte sich und sagte, dass Leo sie ein bisschen an den tiefsinnigen Bassisten erinnerte.

»Mit dem Unterschied, dass er todernst über unwichtige Dinge geredet hat. Du hingegen redest ganz normal über wichtige Dinge. Du bist so herrlich uneitel.«

»Hast du keine schöneren Komplimente auf Lager?«

»Du bist ganz schön zynisch, aber auf eine freundliche Art. Dir geht es eher um die Wahrheit.«

Mariken ging wieder hinein. Leo hörte ein monotones Brummen von der Schnellstraße.

»Möchtest du Musik hören?«, rief Mariken. »Ich habe jede Menge Jazz und Fusion – Jazzsoul, Jazzrock, Jazzfunk und so weiter.«

»Nein danke, ich höre lieber dich.«

Sie kam wieder heraus und sagte: »Erzähl mir von dir, Leo Vangen, wie ist es dir so ergangen?«

Sie wartete geduldig, aber als keine Antwort kam, fügte sie lächelnd hinzu: »Ich verspreche dir, dass deine Geheimnisse bei mir in Sicherheit sind.«

Da begann er zu erzählen – die lange Version:

»Ich habe den falschen Weg eingeschlagen, eins folgt aufs andere, du denkst nicht groß nach, und irgendwann sitzt du da, allein auf einer Insel.«

Mariken saß neben ihm und hörte zu. Sie nickte oder schüttelte den Kopf, ließ ihn sich alles von der Seele reden.

»Vielleicht war ich einfach in meiner Jugend zu gut und dachte als Erwachsener, dass ich was anderes ausprobieren muss.«

Dann sagte er: »Bist du bereit?«

Sie sagte: »Ja, ich bin bereit.«

Sie küssten sich wie vor viel zu vielen Jahren, anfangs

zögernd, dann immer leidenschaftlicher, bis keiner mehr aufhören wollte.

»Das war schön«, sagte Leo, als sich ihre Lippen schließlich voneinander lösten.

»Bitte sag das nicht, wenn du es nicht meinst.«

»Ich meine es!«

Sie nahm ihn an der Hand und führte ihn ins Schlafzimmer. Mit Mariken war er völlig entspannt. Sie zeigte ihm den Weg, und er folgte ihr. Sie berührte ihn, und ihre Körper erinnerten sich. Leo war verschwitzt und linkisch, aber das machte nichts. Hinterher lag er auf dem Rücken, starrte an die Decke und sagte: »Als ich begriff, dass aus mir nichts Großes wird, habe ich in den Überlebensmodus umgeschaltet.«

»Du pathetischer Spinner«, sagte Mariken.

»Du hast vollkommen recht«, antwortete Leo.

Er lag noch lange wach, nachdem Mariken schon eingeschlafen war. Es störte ihn nicht, dass ihr Exmann ihn mit Kommandeurblick aus einem Fotorahmen auf dem Nachttisch anstarrte. Leo hatte sich seit dem Sommer 1988 nicht mehr so gut gefühlt.

28

Nach sieben Stunden im Gebüsch zwischen Zecken und Ameisen hatte Rino die Schnauze voll. Er stieg ins Boot, fuhr zurück zum Festland und versteckte das Boot wieder am Flussufer. Diesmal nahm ihn niemand mit, und er musste die fünf Kilometer an der E16 entlanglaufen. Seit dem Bau der Umgehungsstraße war dies fast ein Naturerlebnis.

Das Heulen aus dem Keller war lauter geworden. Heute war es so schlimm, dass Rino Green Days' *American Idiot* voll aufdrehen musste, um den Klagegesang zu übertönen, der aus der feuchten Dunkelheit zu ihm hinaufdrang.

Nach einer unruhigen Nacht – kurz vorm Aufwachen hatte er geträumt, dass er dem dankbar lächelnden Terje Klavenes einen Korkenzieher in den Schädel schraubte, während Nils nackt daneben stand und applaudierte – verließ er das Haus.

Zurück nach Gåsøya. Rino sprang ins Boot, stakte mit dem Bootshaken den Fluss hinab, fuhr rüber zur Insel und begab sich in sein Versteck. Nach einer knappen Stunde auf dem Baumstumpf erblickte er ein Boot, das Kurs auf den Anleger nahm. Rino duckte sich und hielt die Luft an, als Leo Vangen kurz darauf pfeifend höchstens zehn Meter von ihm entfernt den Schotterweg hinauf ging.

Sobald Leo außer Sichtweite war, lief Rino zu seinem Boot. Es war zu riskant, auf einer so kleinen Insel vom Land aus zu spionieren. Selbst wenn der Anwalt ihn nicht sah, irgendjemand würde ihn sicher entdecken. Es war klüger, ein wenig umherzurudern und ihn durch das gute Fernglas zu beobachten, das er aus Leos Haus mitgenommen hatte. Er fand eine geeignete Stelle etwa zweihundert Meter von Leos Haus entfernt, hängte den Pilker ins Wasser und bewegte ihn mit der rechten Hand mechanisch auf und ab, während er mit der linken das Fernglas vor die Augen hielt. Der Anwalt saß mit einem orangen Laken zugedeckt auf der Terrasse und unterhielt sich mit einem mageren Kerl mit langen, lockigen Haaren.

Inzwischen war der 4. Juni. Der Sommer hatte endlich Einzug gehalten. Es waren 22 Grad im Schatten, die Sonne schien, kein Wölkchen war am Himmel. Der Fjord war voller glücklicher Menschen in Booten aller Art. Schon nach zwei Tagen Schönwetter nahmen die Leute den Sommer als eine Selbstverständlichkeit.

Leo saß gedankenverloren auf dem grünen Plastikstuhl für sechzig Kronen und betrachtete den Schrott im Garten. Es war mal wieder Zeit für den Frühjahrsputz – vielleicht morgen.

Kjartan kam mit einem gestreiften Klappstuhl und einer Kühltasche aus der Hütte. Er stellte den Stuhl umständlich auf, wobei er genau auf den richtigen Winkel zur Sonne achtete. Dann öffnete er die Kühltasche und zog zwei Flaschen Tuborg heraus. Leo hatte ihn nicht gesehen, seit er nach Polen geflogen war.

»Herrliche Temperatur«, sagte der Bildhauer.

»Schweinewarm. Aber nicht so warm wie in Krakau.«

»Es ist ungerecht, Bærum mit Krakau zu vergleichen.« Kjartan sank in den Klappstuhl.

»Ja, da kann man nur den Kürzeren ziehen.« Leo grinste.

»Hast du in Polen was Interessantes gefunden?«, fragte Kjartan.

»Ja, eine zwei Meter große Frau und eine Superband namens Charade.«

»Jesses. Polen ist nicht gerade für gute Rockbands bekannt.«

»Da solltest du mal Charade hören ...« Die Ironie perlte an Kjartan ab.

Kjartan zog sein T-Shirt aus und entblößte einen leichenblassen Oberkörper ohne ein einziges Haar und eine Unze Fett.

»Danke«, sagte Leo.

»Wofür?«

»Dass du mich an meine Wampe erinnerst. Wenigstens bist du genauso blass wie ich.«

»Keine Ursache. Gib mir ein paar Tage, dann bin ich braun wie David Hasselhoff.«

Sie genossen ihr kühles Bier und schwiegen eine Weile.

»Krakau ist eine super Stadt. Erinnert an Berlin«, sagte Leo.

»Ich hasse Berlin«, meinte Kjartan. »Zu viele Poser in Retroklamotten.«

»Retroklamotten? Schau doch mal in den Spiegel. Du siehst aus wie ein waschechter Bærumfreak anno 1983.«

»Was bitte ist ein Bærumfreak?«

»Ein Typ aus einer reichen Familie, der wie ein Penner aussehen will. Lange Haare, barfuß, Ohrringe, löchrige Jeans, von Muttern geflickt, buntes Schlabberhemd, Halstuch und Weste aus Peru. Vielleicht eine Wollmütze. Die sahen alle gleich aus.«

»Hast du auch mal so ausgesehen?«

»Ich habe die englische Blässe vorgezogen.«

Kjartan summte vor sich hin. »Hast du was über das Opfer rausgefunden?«

»Es deutet einiges darauf hin, dass Piotr Fabianski ermordet wurde, weil er die Eier hatte, öffentlich über den Hungerlohn und die elenden Arbeitsverhältnisse zu reden.«

»Solche Dinge geschehen in der Coca-Cola-Fabrik von Guatemala, nicht in Bærum.«

Kjartan stand auf, ging in die Knie und legte sich mit geschlossenen Augen auf den Bauch. Leo beneidete ihn um seinen muskulösen Rücken.

»Was machst du da?«, fragte er.

»Ich muss den Rücken bräunen.«

Leo nickte nachdenklich und schaute übers Wasser.

»Faszinierender Duft«, murmelte Kjartan liegend.

»Was denn?«, fragte Leo.

»Schimmel. Steck mal die Nase zwischen die Dielen.«

»Mein Vater hat diese Terrasse eigenhändig gezimmert. Wahrscheinlich das Einzige, das er je selbst gebaut hat. Er war unglaublich stolz darauf, hat sie viermal im Jahr abgeschliffen und geölt. Das war damals wahrscheinlich Norwegens gepflegteste Terrasse.«

»Jesses«, murmelte Kjartan und döste in der Sonne ein. Fünf Minuten später fragte er plötzlich:

»Wo warst du heute Nacht?«

»Wieso?«

»Ich habe mir Sorgen gemacht. Es ist fünf Jahre her, dass du das letzte Mal woanders geschlafen hast.«

»Ich war bei meiner Freundin von der Polizei, Mariken.«

Kjartan öffnete ein Auge und verzog den Mundwinkel. »Ich habe immer gewusst, dass du es in dir hast.«

»Jetzt klingst du wie mein Vater.« Leo leerte das erste Bier.

»Der Trinker?«

»Vater war kein Trinker. Er war ein ehrenhafter Mann«, protestierte Leo.

Pause. Leo beobachtete einen Helikopter, der tief über der Hauptstadt kreiste.

»Meine Eltern waren gute Menschen. Vollblutakademiker, beide Soziologen. Im Sommer saßen sie immer hier draußen, tranken italienischen Rotwein, aßen Oliven und diskutierten wichtige Dinge mit ihren Künstler- und Akademikerfreunden. Ich fand es klasse, unter dem Tisch zu sitzen und zuzuhören. Bis sie sich stritten. Was stets damit endete, dass Mutter weinte.«

»Weil dein Vater gemein zu ihr war?«

»Weil sie eine zarte Seele war.«

Kjartan setzte sich auf, ging in den Schneidersitz und sah Leo an. »Hattest du je Angst, ihre Erwartungen nicht zu erfüllen?«

»Sie haben mich trotzdem unterstützt. Der einzige Anspruch, den sie hatten, war, dass ich glücklich sein sollte.«

»Okay«, sagte Kjartan und nickte nachdenklich.

»Manchmal dachte ich, dass sie enttäuscht von mir sind, weil ich nicht besonders glücklich war.«

»Meinst du?«

»Ja, weil meine Probleme keine *echten* Probleme waren, sondern selbst verschuldete Luxusprobleme. Mit echten Problemen meine ich so was wie Heroin, Armut oder Krebs. Ich hingegen hatte kein Recht, deprimiert zu sein. Ich wuchs in der sichersten Familie am sichersten Ort im sichersten Land der Welt auf.«

Kjartan legte sich wieder auf den Bauch und machte ein paar Liegestützen, während Leo weitererzählte: »Ich schämte mich, weil ich so schlecht mit diesem Glück zurechtkam, und habe mich zurückgezogen.«

»Du hast ein schlechtes Gewissen gehabt, weil du nicht zufrieden warst?«

»So ungefähr.«

Der Bildhauer beendete seine Übungen, rollte herum und sah Leo mit seinen sanften Augen an.

»Wenn es dunkel ist, ist es dunkel«, sagte er.

Leo nickte und setzte die leere Flasche an.

»Warum haben wir noch nie darüber gesprochen?«, fragte Kjartan.

»Du hast mich nie gefragt«, antwortete Leo und stand auf. »Wie machst du das, Kjartan? Du bist fast vierzig, arbeitest als Nachtwache in einem Hospiz, nennst dich Künstler und hast in deinem ganzen Leben noch kein einziges Kunstwerk verkauft. Trotzdem wirkst du total zufrieden.«

Kjartan grinste. »Es hat seine Vorteile, aus Rjukan zu kommen. Mein bescheidenes Ziel ist die Freiheit. Mutter und Vater sind riesig stolz auf mich.«

Leo sah ihn mit abwesendem Blick an. »Ich weiß nicht. Dieser Anspruch, dass alles, was man tut, genial sein soll. Und wenn es nicht genial ist, lässt man es sein. Das ist doch Quatsch. Manche nennen das Bescheidenheit, aber in Wirklichkeit ist es Arroganz. Einfach nur anmaßend.«

Ehe Kjartan antworten konnte, klingelte Leos Handy. Er fischte es aus der Hosentasche, meldete sich und verzog sich in die Wohnung.

Es war Mariken.

Sie fingen von vorne an, redeten über das Wetter. Leo sagte, wie schön es sei, Mariken fand es zu warm. Als Norwegerin dürfe sie nicht über Hitze klagen, meinte Leo, worauf Mariken antwortete, dass sie den Winter und Langlauf liebte. Dann erst sagte sie:

»Danke für gestern. Das hab ich gebraucht.«

»Tut mir leid, wenn ich deine Erwartungen nicht erfüllt habe. Ich bin etwas aus der Übung«, antwortete Leo.

»Du hast mich nicht enttäuscht«, sagte Mariken.

»Du mich auch nicht«, erwiderte Leo.

»Danke. Ich habe ein bisschen weiter über unseren alten Freund Terje geforscht. Er hat seinen Namen 1986 geändert. Klavenes mit einem s. Nicht wie der Reeder, der schreibt sich mit zwei.«

»Trotzdem hat er den Namen nur gewechselt, damit die Leute glauben, er sei mit dem Reeder verwandt. Wie krank. Hast du noch mehr herausgefunden?«

»Einen Haufen Anzeigen: Konkursschwindel und Versicherungsbetrug in Zusammenhang mit Konkursen und Bränden in mehreren Kindergärten in den Neunzigern. Verdacht auf Steuerhinterziehung 1998. Und sein eigener Bruder hat ihn wegen Betruges angezeigt.«

»Ich wusste nicht, dass er einen Bruder hat.«

»Ich auch nicht. 2001 hat ihn auch noch seine Frau wegen Misshandlung angezeigt, aber sie hat die Anzeige später zurückgezogen. 2004 Verdacht auf Freiheitsberaubung eines Au-pairs, aus Mangel an Beweisen eingestellt. 2005 bei einer Razzia in einem illegalen Spielclub festgenommen, 7.000 Kronen Bußgeld. Die letzte Anzeige ist von 2008, da soll er den Bernhardiner des Nachbarn angezündet haben.«

»Pfui Teufel.«

»Ja. Aber in keinem der Fälle kam es zu einer Verurteilung.«

Eine kurze Pause.

»Warum erzählst du mir das alles?«, fragte Leo.

»Weil es so krank ist. Ich muss es mit jemandem teilen. Dieser Klavstad-Klavenes ist ein harter Brocken.«

»Wir bleiben in Kontakt«, sagte Leo.

»Ja, das tun wir. *Hasta la vista*«, sagte Mariken und legte auf.

Leo holte zwei Bier aus dem Kühlschrank und ging zu Kjartan hinaus, der sich wieder auf dem Bauch ausgestreckt hatte.

»Ein alter Bekannter von mir ist der Hauptverdächtige im Fornebu-Mord«, sagte Leo und plumpste auf den Stuhl.

»Ein alter Freund von dir?«

»Ihn einen Freund zu nennen wäre übertrieben. Ich kannte ihn.«

»War die Frau von der Polizei nicht auch in deiner Klasse?«

»In der Parallelkasse.«

»Wow. Drei alte Klassenkameraden aus Norwegens reichster Stadt in Mordfall verwickelt. Hört sich an wie ein schlechter norwegischer Film.«

»Warum schlecht?«

»Weil es so unwahrscheinlich klingt.«

»Es ist ein bisschen speziell, ja.«

»Was macht die Polizei?«

»Die sind total hilflos.«

»Interessant, dass du das sagst.«

Leo lächelte, um kundzutun, dass er den Seitenhieb verstanden hatte.

»Sie können erst ermitteln, wenn sie hundert Prozent sicher sind, dass die Überreste in dem Plastiksack tatsächlich einmal zu Piotr Fabianski gehörten. Vielleicht haben sie auch das Interesse verloren, seit sie wissen, dass es ein Pole war.«

»Deine alte Freundin?«

»Meine alte Freundin.«

»Sag das nochmal«, sagte Kjartan.

»Meine alte Freundin.«

»Vergiss nie, dass du so was hast.«

29

Sonntag, 8. Juni

»Der Vogelmann muss weg«, konstatierte Terje Klavenes trocken.

Der Direktor und sein neuer bester Freund, Nils Hætta, saßen in der Höhle – wie Klavenes sein abgedunkeltes Büro nannte – und tranken zwölf Jahre alten Single Malt. Nils saß auf dem eiförmigen Designerstuhl, Klavenes hinter dem Schreibtisch. Es war das dritte Mal in dieser Woche, dass Nils den Direktor besuchte.

»Sieht so aus, als ließe sich keiner mehr von speziellen Grüßen im Briefkasten erschrecken«, sagte Nils.

»Heute Morgen hat er meine Privatnummer angerufen und über mich hergezogen. Ich hätte einen guten Freund von ihm getötet – eine Ente.«

»Lästiger Typ«, sagte Nils.

»Es war also eine Ente?« Klavenes grinste.

»Das war am einfachsten.«

»Wo hast du sie gefangen?«

»Im Frognerpark.«

»Du hast mitten im Frognerpark eine Ente abgemurkst?«

»Jepp«, sagte Nils.

»Wie hast du das angestellt?«

»Ich hab sie mit Brot angelockt und ihr eins über den Schädel gezogen. Sie war sofort tot.«

Klavenes schüttelte den Kopf. »In der Nacht?«

»Nein, tagsüber. Ein paar Japsetouris sind schier ausgerastet, als ich sie in die Plastiktüte gestopft habe.«

»Ein Leisetreter bist du nicht gerade.« Klavenes lehnte sich zurück und hob sein Glas. Nils grinste, nahm es als Kompliment. »Ich würde es vorziehen, wenn du mit dem Vogelfreak einen Tick diskreter vorgehen würdest.«

Nils' lange, dünne Finger fischten ein Päckchen Zigaretten und ein Einwegfeuerzeug aus der Brusttasche.

»In Ordnung«, sagte Nils. »Wann soll ich ihn erledigen?«

»Behalte ihn erst mal im Auge, sieh dir seine Gewohnheiten an, mach einen Plan.«

»Bin schon dabei.«

»Pass auf, dass du keine Aufmerksamkeit erregst.«

»Keine Angst.« Nils zündete die Zigarette an und zog den silbernen Aschenbecher auf seine Seite.

»Und versteck die Leiche besser als letztes Mal.« Pause.

»Und mach die Zigarette aus. Rauchen ist tödlich.«

Widerwillig drückte Nils die Zigarette aus, wobei er Klavenes grinsend ansah.

»Das war Rinos Schuld. Der Fettsack hat Panik geschoben und wollte so schnell wie möglich weg.«

»Laut dem gewissenhaften Skinhead hast du den Typen regelrecht hingerichtet.«

»Er hat Widerstand geleistet, es war Notwehr, ich hatte keine Wahl«, sagte Nils.

Jetzt grinste auch Klavenes. »Hab ich mir doch gedacht.

Man wird sich ja wohl noch wehren dürfen, wenn man von einem rabiaten Polen angegriffen wird.«

Klavenes beugte sich über den Schreibtisch, öffnete eine Schachtel kubanische Zigarren, die ihm die Stadtverwaltung zu Weihnachten geschenkt hatte, und bot dem verwirrten Nils eine an.

»Ich dachte, ich soll nicht rauchen?«

»Das sind kubanische Zigarren, die zählen nicht.«

»Von Kommunisten gerollt.«

»Jesus. Interessierst du dich für Politik, Nils?«

Nils schüttelte den Kopf.

»Dieser Rino könnte zum Problem werden«, sagte Klavenes.

»Wie meinst du das?« Nils rutschte auf dem Designerstuhl hin und her.

»Er gehört nicht zur Elite, ist nicht in der Lage zu tun, was zu tun ist.«

Nils versuchte vergeblich, die Zigarre mit dem Einwegfeuerzeug anzuzünden. Er nickte. »Ja, er war in letzter Zeit ein bisschen daneben.«

»Den Vogelmann erledigst du alleine, okay?«

»Neulich habe ich ihm ein paar Witze erzählt, und er hat nicht mal gelächelt.«

»Der Vogelmann?«

»Nein, Rino.«

»Also übernimmst du den Vogelmann alleine?«

»Kein Problem.«

»Denk dran: Der stärkste Mann der Welt ist der, der ganz allein steht.«

»Stimmt«, sagte Nils.

»Das ist Ibsen.«

»Henrik Ibsen?«

»Jepp.«

»Kluger Mann«, sagte Nils.

Er schaute sich in Klavenes' Büro um. Bücherregale bis zur Decke und an den freien Wänden Bilder, die er nicht verstand. »Du liest wohl gern?«, fragte er.

»Nein, aber ich mag es, wenn die Leute das denken«, antwortete Klavenes. »In Wirklichkeit habe ich in meinem ganzen Leben nur ein einziges Buch gelesen.«

»Welches?«

»Das große Zitatenbuch.«

»Ist das gut?«

»Ein Klassiker. Wenn du es auswendig lernst, brauchst du nichts anderes mehr zu lesen. *Man schlinge Wissen nicht wie Grütze, man nehme nur, was einem nütze.*«

Nils runzelte die Stirn. Er hörte nicht mehr zu, zog an der Zigarre und ließ den Blick durchs Zimmer schweifen.

»Schöne Bude. Was hat die gekostet?«

»Mehr, als du dir vorstellen kannst.«

»Zwanzig Millionen? Dreißig? Wie viel bist du wert?«

»Wo ich herkomme, gilt es als unhöflich, so etwas zu fragen«, sagte Klavenes.

Er stand auf, schnappte sein Glas, stolzierte an Nils vorbei und blieb vor einem abstrakten Gemälde stehen. Dabei streichelte er sich unaufhörlich den Bauch.

»Sag schon, wie viel?«, insistierte Nils.

»Komm her, ich zeige dir was.«

Nils stand auf und kam mit der Zigarre in der Hand näher. Klavenes hängte das unverständliche Gemälde ab, hinter dem ein Safe zum Vorschein kam. Klavenes drehte am Schloss, bis es klickte.

»Ein Jöli-Safe. Echte norwegische Qualität. Hundert Prozent feuerfest. Nicht so ein ausländischer Schrott.«

Der Schrank war groß und tief, eine regelrechte Höhle in der Wand. In seiner Mitte stapelten sich Banknoten.

»Wie findest du das?«, fragte Klavenes stolz. »Fünf Millionen in bar.«

Nils machte große Augen. Er strahlte wie ein kleiner Junge im Süßwarenladen.

»Ich will sie nicht auf die Bank tun«, sagte Klavenes. »Die Leute werden so schnell misstrauisch.«

»Hast du schon mal überlegt, sie in deine Matratze einzunähen?«, fragte Nils und zog gierig an der Zigarre.

»Gute Idee«, sagte Terje. »Hast du noch andere?«

»Gehen dir da nicht jede Menge Zinsen verloren?«, fragte Nils.

»Längst nicht so viel, wie ich an den Staat verlieren würde. Haben wir eine Abmachung?«, fragte Klavenes.

»Haben wir«, sagte Nils.

»Zwanzigtausend bar auf die Kralle, wenn du den Vogelfreak in die ewigen Feuchtgebiete expedierst.«

»Klingt gut«, sagte Nils, ging zum Schreibtisch und drückte die Zigarre aus.

»Noch ein Letztes«, sagte Klavenes, der den Safe geschlossen und das Bild wieder aufgehängt hatte. »Zigarren raucht man nicht auf Lunge.«

30

Am selben Tag saß Rino wieder im Boot vor Gåsøya. Er tat weiterhin, als würde er fischen, bewegte den schweren Pilker mit der rechten und hielt das Fernglas in der linken Hand. Es war noch immer heiß, jedenfalls in der Sonne, wo Rino sich befand. Seine exponierten Körperteile waren rot wie ein Schwede in Hurghada. Am schlimmsten war es auf seinem blanken Schädel. Er bereute, dass er die gelbe Lidl-Kappe daheim gelassen hatte. Irgendwann brannte es so sehr, dass er keine andere Wahl hatte, als den Kopf mit einem schmutzigen Lappen zu bedecken, der am Boden des Bootes im Wasser schwamm. Das tat gut. Der Nachteil war bloß, dass der rosa Stofffetzen auf seinem Kopf nach sehr totem Fisch und Benzin stank.

Leonard saß schon wieder in das orange Laken gehüllt auf der verdammten Terrasse. Er trank Bier und schwätzte mit dem langhaarigen Kerl, der diesem Irren ähnlich sah, der die schwangere Frau dieses Filmregisseurs massakriert hatte. Rino hatte vor Kurzem eine Doku über Charles Manson auf Discovery gesehen.

Hörten die denn nie auf zu schwätzen? Er hätte einen Tageslohn darum gegeben zu erfahren, *worüber* die beiden redeten.

»Ah, an solchen Tagen weiß man, wieso wir hier wohnen«, sagte Kjartan und lächelte zufrieden.

»Jepp. Nur schade, dass es so lächerlich wenige davon gibt.«

»Mensch, Leo, dein Glas ist immer halb leer«, sagte Kjartan. »Halt die Klappe und genieß die Sonne.«

Leo sah ein, dass der Bildhauer recht hatte.

»Wie geht es mit deiner Statue voran?«

»Nichts mehr gehört. Bis auf das Gesicht ist alles fertig.«

»Wer wird es denn, wenn sie nicht bezahlen?«

»Keine Ahnung. Nansen oder Amundsen.«

»Nimm lieber Nansen, der war ein Held. Amundsen war ein skrupelloser Drecksack. Für Nansen kriegst du bestimmt mehr Geld.«

»Ja, da magst du recht haben.«

Leo erblickte eine rote Waldameise, die mit einem toten Insekt zwischen den kräftigen Kieferzangen über die Terrasse krabbelte. Er bückte sich, hob sie vorsichtig auf und hielt sie gegen den Himmel.

»Weißt du was, Kjartan?«

»Nein, was denn?«

»Wenn man die Natur von Weitem betrachtet, wirkt sie großartig und friedlich, nicht wahr? Aber unter den Blättern und Zweigen, unsichtbar für uns Menschen, findet ein ewiges und grausames Massaker statt. Für jedes Tier gibt es ein Raubtier, das es jagt, tötet und auffrisst. Tod und Leid, die ganze Zeit.«

»Na und?«

»Schopenhauer hat gesagt: ›Wer die Behauptung, dass in der Welt der Genuss den Schmerz überwiegt oder wenigstens sie einander die Waage halten, in der Kürze prüfen will, vergleiche die Empfindung des Tieres, welches ein anderes frisst, mit der dieses anderen‹.«

»Danke für die Philosophiestunde«, sagte Kjartan. »Aber wie soll das gehen?«

»Was?«, fragte Leo.

»Wie vergleicht man die Gefühle zweier Tiere?«

»Keine Ahnung«, sagte Leo.

Kjartan stand auf, ging ins Haus und kam mit zwei frischen Bier zurück.

»Warum hast du eigentlich keinen Fernseher?«, fragte er, als er wieder saß.

»Die zeigen zu viel Mist.«

»Ja, aber auch jede Menge gute Sachen.«

»Ich hatte mal einen. Damals bin ich immer davor hängengeblieben und habe McGyver oder Full House geglotzt.«

»Und Internet? Fehlt dir das überhaupt nicht?«

»Kjartan! Darüber haben wir schon oft geredet.«

»Der Surfstick von Telenor ist viel besser geworden. Funktioniert bestens hier draußen.«

»Nicht noch mal, bitte.«

»Oder ein iPhone? Das wäre doch praktisch. Und Facebook, warum bist du nicht auf Facebook?«

»Ich habe kein Bedürfnis, der Welt zu zeigen, wie toll ich bin.«

»Findest du dich denn toll?«

Leo stand auf, holte ein Neuner-Eisen aus der Golftasche neben der Terrassentür und schwang den Schläger ruhig vor und zurück.

»Das wäre viel zu viel Theater.«

»Was meinst du mit Theater?«

»Ich mag es, *nicht* immer erreichbar zu sein.«

»Dich ruft doch sowieso keiner an.«

Pause.

»Und SMS sind dir auch zu blöde?« Kjartan ließ nicht locker.

»Zumindest grenzwertig.« Leo stützte sich auf den Schläger und schaute über den Fjord. »Siehst du das weiße Boot da draußen?« Er zeigte dorthin.

Kjartan reckte den Hals.

»Der pilkert in sechs Metern Tiefe!«

»Mit einem rosa Handtuch auf dem Kopf.«

»Vielleicht ein integrationseifriger neuer Landsmann, der ein norwegisches Hobby ausprobiert?«

»Wie viele deiner Freunde sind Einwanderer?«, fragte Kjartan.

Leo kratzte sich mit dem Schläger am Rücken und sagte zögerlich:

»Ich kenne viele Einwanderer.«

»Ja, aber wie viele davon würdest du als Freunde bezeichnen?«

»Nicht viele«, sagte Leo.

»Überhaupt einen?«

»Nein. Aber ich habe ja auch keine norwegischen Freunde«, sagte Leo, warf den Golfschläger auf die Dielen und verschwand im Haus.

Kjartan konnte nicht verhehlen, dass die Antwort ihn enttäuschte.

31

Vom Boot aus hatte Rino nicht nur Aussicht auf die zwei Taugenichtse auf der Terrasse, sondern auch auf die alte Dame vor dem gelben Haus. Er ertappte sich mehrmals dabei, wie er das Fernglas auf sie richtete. Sie sonnte sich wieder splitternackt. Die runzlige Haut verriet, dass sie einmal erheblich dicker als heute gewesen sein musste.

Als er vom Festland her Kirchenglocken hörte, fiel ihm ein, dass Sonntag war und er ganz woanders sein sollte. Eigentlich stahl er um diese Zeit immer Möbel.

Eine wichtige saisonale Einnahmequelle für Nils und Rino war das Einsammeln von Gartenmöbeln. Aus irgendeinem Grund ließen die Leute in Bærum teure Gartenmöbel zur kostenlosen Abholung auf der Terrasse stehen, wenn sie an Wochenenden oder in den Sommerferien auf ihre Hütten fuhren. Von Anfang Juni bis Ende August fuhren Nils und er jedes Wochenende mit einem geliehenen Kastenwagen durch Bærums Villenviertel und beluden ihn mit Teakmöbeln und Weber-Grills. Die verkauften sie auf dem Campingplatz in Bogstad an Osteuropäer, die sie demontierten und außer Landes schafften. Sie mussten viel schleppen, aber es lohnte sich. Im Sommer war es definitiv ihre lukrativste Einnahmequelle. Aber dieses Jahr hatte der Zwischenfall mit dem Polen alles kaputtgemacht. Die Monotonie wurde unterbrochen, als Leonard zum Anleger lief und in sein altes Dingi sprang. Rino kam kaum hinterher, denn Leo kannte den kürzesten Weg zwischen Holmen und Schären hindurch bis zum Segelverein Vestfjord auf dem Festland. Rino hatte keinen Plan für den Fall, dass Leo in ein Auto umstieg, aber zum Glück ging er zu Fuß weiter. Rino band das Boot an einen Pfahl und folgte ihm in gebührendem Abstand in Richtung Fornebu. Als sie einen Haufen blau gekleideter Hooligans passierten und die Telenor-Arena in Sicht kam, ging Rino auf, was Leo vorhatte.

Natürlich war der Anwalt Stabæk-Fan.

In der Menschenmenge vor dem Stadion wurde es schwieriger, ihm zu folgen. Leo traf einen jungen Mann und umarmte ihn – wahrscheinlich ein Sohn oder Neffe. Gemeinsam gingen sie zum Eingang für Dauerkartenbesitzer. Rino musste zur Kasse und hoffte, er würde sie drinnen wiederfinden.

Zum dritten Mal in dieser Spielsaison musste Rino anstehen, um von seinem eigenen Geld eine Eintrittskarte für Stabæk zu kaufen. Er hatte Klavenes gebeten, ihm das Geld für die ersten zwei Spiele zurückzuzahlen, hatte ihm sogar die Quittungen gegeben, aber bis jetzt hatte er noch keine Krone bekommen.

Er entschied sich für einen der billigsten Plätze in der Kurve, neben ein paar halbgaren Stabæk-Fans, die keine Vereinsfarben trugen. Erst drinnen sah er ein, dass es völlig sinnlos war, in dieser Riesenarena nach Leonard und seinem Sohn zu suchen. Und was hätte ihm das auch gebracht? Er war diesem Klavenes einen Dreck schuldig. Leonard war ein stinknormaler Mensch, der mit seinem Sohn Fußball gucken wollte.

Für einen leidenschaftlichen Vålerenga-Fan wie Rino Gulliksen war es eine Tortur, Stabæk in ihrem Heimatstadion zuzuschauen. Stabæk stand für alles, was Rino hasste. Sie taten, als würden sie ganz Bærum repräsentieren, dabei standen sie nur für den stinkfeinen Osten, der Bærum seinen schlechten Ruf gab.

Die siebzig orange gekleideten Aalesund-Fans, die von weit aus dem Norden angereist waren, machten mehr Lärm als alle Stabæk-Anhänger zusammen.

Aber keiner der beiden Fanblocks konnte sich mit dem Clan messen.

Verdammt, wie er den Clan vermisste. Die Jungs aus der Arbeiterklasse, die alles für ihren Verein tun würden. Viele Jahre lang waren sie seine Familie gewesen, bis zu jenem Unglückstag, an dem er sich für die Tätowierung gerächt hatte. Der Typ hatte es verdient, schließlich war er es gewesen, der ihm das Logo der Bauernpartei in die Wange gestochen hatte. Aber Rino war auf Speed und schlug ein bisschen zu fest mit dem Schürhaken zu. Das Blut spritzte, und der Typ ging zu Boden. Die Überwachungskameras hatten die Szene eingefangen, und Rino bekam Stadionverbot auf Lebenszeit. Zwar war es kein Problem, sich mit falscher Identität in Ullevål einzuschleichen, aber er konnte nie wieder mit den Jungs zusammenstehen. Manchmal saß er ganz oben in der Kurve mit Nils, der behauptete, Alta-Fan zu sein, aber sich in Wirklichkeit gar nicht für Fußball interessierte.

Verdammt, wie er den Clan vermisste.

Die Liebe zu Vålerenga stammte aus der Zeit, als Nils und er versucht hatten, im Osloer Schlägermilieu Fuß zu fassen. Wie sich bald herausstellte, stammte ein Großteil des Clans gar nicht aus Oslo, und sie waren nicht die Einzigen, die kapiert hatten, dass der Clan die effektivste Methode war, sich eine Oslo-Identität zu verschaffen. Rino war mit Leib und Seele dabei, sich einen Namen in Norwegens berüchtigtstem Fanclub zu machen, als die unselige Sache mit dem Schürhaken geschah.

Nach dem Spiel sah er nichts mehr von Leonard und seinem Sohn, es war unmöglich, in der Menschenmenge, die von den Rängen strömte, einzelne Personen auszumachen.

Stabæk hatte 1:2 verloren, vor dem Stadion herrschte Totenstille.

Zwischen stummen Stabæk-Fans trottete Rino zum Boot zurück. Er fühlte sich einsam und verlassen und dachte, dass Leonard bestimmt ein netter Kerl war. Ein Mann, der seinen Sohn auf den Fußballplatz mitnahm.

Auf dem Weg zum Liegeplatz oberhalb der Flussmündung rief er seinen Arbeitgeber an und erzählte, wo er gewesen war.

»Ich war auch da und habe dich nicht gesehen«, sagte Klavenes.

»Ich wollte nicht auffallen. Bin zwischen ein paar stillen Fans untergetaucht.«

»Dein Interesse an Stabæk scheint nachzulassen. Nächstes Jahr gibt's eine Dauerkarte«, drohte Klavenes.

»Ich musste ja hin. Leonard Vangen ist Stabæk-Fan.«

»Wie hast du den Kerl gerade genannt?«

»Leonard Vangen.«

Am anderen Ende wurde es still. Eiswürfel klirrten in einem Glas.

»Leo Vangen?«

»Leonard.«

»Wie sieht er aus?«

»Ungefähr 1,80, kurze dunkle Haare, kräftig gebaut, ganz gut in Form und für sein Alter ziemlich jugendlich gekleidet.«

»Wie alt ist er?«

»Etwas älter als ich. Vierzig plus.«

Rino hörte, dass Klavenes einen großen Schluck trank.

»Verdammte Scheiße.«

»Kennst du ihn?«, fragte Rino.

»Kann man so sagen. Vor langer Zeit. Was hast du noch über ihn herausgefunden?«

»Ich glaube, der ist nur ein harmloser Spinner.«

»Schätze den Hund nicht nach den Haaren, sondern nach den Zähnen.«

»Er hat keinen Hund«, sagte Rino.

Klavenes schwieg.

»Er sitzt den ganzen Tag auf seiner Terrasse, trinkt Bier und schwätzt mit einem Hippie.«

»Worüber reden sie?«

»Keine Ahnung. So nahe komme ich nicht.«

»Welche Farbe hat seine Zahnbürste?«

»Blau. Mit Stabæk-Logo.«

32

Klavenes saß auf dem Ei in seinem Büro und verdaute die aufregende Neuigkeit mit einer Prise Kokain, als es an der Tür klingelte. Das neue Au-pair-Mädchen, Rosa oder wie sie hieß, öffnete. Sie war ein süßes, kleines Ding, etwas verklemmt, aber fügsam. Jetzt kam sie die Treppe hinauf und klopfte an die offene Tür.

»Herein«, sagte Klavenes.

»Visitor for you«, sagte Rosa, die drei Kinder daheim in Manila hatte.

Terje Klavenes stand auf, schleppte sich die Treppe hinab und grinste breit, als er sah, wer gekommen war.

»Was für eine Überraschung an einem Sonntag! Danke für das nette Gespräch neulich.«

»Nichts zu danken«, sagte Mariken Varden. »Nette Bude hast du hier. Von außen sieht es aus wie das königliche Schloss.«

»Danke. Was verschafft mir die Ehre deines Besuches?«

»Sieht aus, als ginge es dir ziemlich gut.«

»Ich kann nicht klagen. Ich habe auf jeden Fall mehr Erfolg als Leo Vangen.«

Mariken sah ihn verwundert an.

»Leo Vangen? Was hat der damit zu tun?«

»Keine Ahnung. Ich habe gehofft, du könntest mir das sagen.«

Mariken lehnte sich an den Türrahmen, verschränkte die Arme und sagte: »Ich habe nachgedacht nach unserem letzten Gespräch.«

»Ich auch.«

»So? Und worüber hast du nachgedacht?«, fragte Mariken.

»Die Ehe aber ist ein Ozean von Forderungen, die mit dem schönen Wahn der Liebe wenig mehr zu schaffen haben.«

Mariken sah ihn mit gerunzelter Stirn an. »Was war das nun schon wieder?«

Klavenes steckte die Hand unter den Pullover und streichelte sich den Bauch.

»Henrik Ibsen, natürlich.«

»Glaubst du, du könntest mir mit deinen Ibsen-Zitaten imponieren?«, sagte Mariken.

»Ich hoffe doch.«

»Weißt du, worüber *ich* nachgedacht habe?«

Klavenes schüttelte den Kopf und lächelte.

»Ich glaube, du hast etwas mit Fabianskis Verschwinden zu tun.«

Klavenes hob beide Augenbrauen. Sein Lächeln war nicht mehr nur selbstzufrieden, sondern überheblich. Er tat nichts, um zu signalisieren, dass Mariken sich irrte.

»Warum in aller Welt hältst du mich für so grausam?«

»Weibliche Intuition. Ich wollte dir eine direkte Frage stellen.«

»Leg los.«

»Hast du etwas mit dem Mord an Piotr Fabianski zu tun?«

Klavenes sah sie an und schüttelte langsam den Kopf wie

ein enttäuschter Vater. Er setzte sich auf die Treppe und rollte die Ärmel seines weißen Bademantels hoch, um Zeit zu schinden. Dabei musterte er Mariken von oben bis unten. Sie sah gut aus, hübsch und gepflegt, bestimmt duftete sie am ganzen Körper. Das musste man manchen älteren Frauen lassen, sie boten sicheren, tröstlichen Sex, was eine schöne Abwechslung sein konnte. Terje lächelte sie aufrichtig an. Mariken wusste nicht, wie sie das deuten sollte. »Bist du als Privatperson oder als Ermittlerin hier?«, fragte er.

»Das darfst du dir aussuchen.«

»Eigentlich wollte ich dich auf einen Tequila Sunrise einladen, aber ich glaube, ich hab's mir anders überlegt.«

»Könntest du meine Frage beantworten?«

»Weißt du, an wen du mich erinnerst?«

»Nein.«

»An diese norwegische Grand-Prix-Kandidatin …«

»Hast du Piotr Fabianski ermordet?«, unterbrach ihn Mariken.

»Weißt du, was ich denke?«

»Nein.«

Klavenes machte eine Kunstpause und sah sie mit Hundeblick an.

»Dass ich dich am liebsten ans Bett fesseln und durchficken würde.«

Er verzog keine Miene. Als er zu grinsen begann, konterte Mariken:

»Soll das ein Kompliment sein?«

»Natürlich. Ich ficke nicht jede«, sagte Klavenes zögernd, weil er merkte, dass er zu weit gegangen war.

»Wenn ich dich so ansehe, bezweifle ich sehr, dass du überhaupt irgendwas ficken kannst.«

»Wieso das?«

»Ich habe mal einen Mann getroffen, der genau dasselbe zu mir gesagt hat.«

»Was für einen Mann?«

»Ein Psychopath, der seine Tochter seit ihrem fünften Lebensjahr systematisch misshandelt hatte.«

»Auweia.« Klavenes zog eine Grimasse.

»Wir hatten einen Hinweis von den Nachbarn bekommen. Ich habe bei ihm geklingelt, und nach ein paar Höflichkeitsfloskeln sagte er: ›Ich hätte Lust, dich ans Bett zu fesseln und durchzuficken.‹ Als ich ablehnte, holte er ein dreißig Zentimeter langes Messer aus der Küche und ging auf mich los. Ich zog meine Waffe und schoss drei Mal.«

Klavenes tat beeindruckt. »Wow, ich hätte nicht gedacht, dass die norwegische Polizei Waffen trägt.«

»Doch. In potenziellen Gefahrensituationen immer.«

»Hast du ihn erschossen?«

»Ich habe auf die Beine gezielt. Eine Kugel traf ihn in die Eier. Er überlebte, ist aber für den Rest seines Lebens an den Rollstuhl gefesselt.«

»Ich habe nichts mit dem Mord an Piotr Fabianski zu tun«, sagte Klavenes und grinste, als wolle er sagen: *Natürlich stecke ich dahinter, aber das kannst du nie beweisen.*

»Ich glaube dir nicht«, sagte Mariken. »Hasta la vista.«

»Ciao«, sagte Terje Klavenes.

33

Dienstag, 10. Juni

Siris Geburtstagsfeier war peinlich wie immer. Leo hatte sich als Ku-Klux-Klan-Großmeister verkleidet. Das Kostüm hatte er in einem Sexshop in Krakau gefunden. Auch sein Geschenk für Siri war wie immer ironisch, ein batteriebetriebenes Epiliergerät. Zuerst hatte sie zaghaft gelacht, aber dann schimpfte sie ihn aus, weil er so gefühllos und sarkastisch war. »Ein Schild gegen die Welt, eine Rüstung gegen das wirkliche Leben«, wie sie es ausdrückte. Leo in der weißen Vermummung mit der spitzen Haube meinte, nur dass eben jeder seine eigene Überlebensstrategie hätte und er Ironie und Sarkasmus nicht schlimmer als anderes fände. Er würde ja gern damit aufhören, schaffe es aber nicht.

Im nächsten Moment schrie ihn der Gambier auf Mandinka an, und Ragna schloss sich an. Er hätte keinen Kontakt zu seinen Gefühlen und nicht den Mumm, für irgendwas einzustehen. Ehe er sichs versah, hackten drei Personen in zwei verschiedenen Sprachen auf ihm herum, und erst als sein Sohn Willy auf einen Stuhl stieg und aus vollem Hals »Haltet die Schnauze!« brüllte, beruhigte sich das Trio.

Natürlich liebte Leo seine Tochter, aber das war nicht

so leicht, da sie ihm die Schuld dafür gab, dass ihr Leben momentan ziemlich chaotisch war und ihre Mutter hinter zugezogenen Gardinen Portwein trank.

In gewisser Weise hatte sie ja recht.

Und was sollte er mit einer Sechzehnjährigen reden, an deren Wand ein Bild des Umwelt- und Entwicklungshilfeministers hing?

Als er die Wohnung in Østerås verließ, sah er, dass der ältliche Skinhead mit dem Schlangentattoo am Hals wieder auf ihn wartete. Er saß in einem frisch lackierten Geländewagen auf der anderen Straßenseite. Der Clown spionierte ihm seit mehreren Tagen hinterher, wahrscheinlich schon, seit er aus Polen zurück war.

Als er ihn zum ersten Mal bemerkt hatte, hatte Leo ihn für einen überarbeiteten, unterbezahlten Polen gehalten, der ein Haus auf der Insel renovierte. Im Stadion hatte er deutlich fehlplatziert zwischen den Stabæk-Fans gesessen. Bestimmt war er es auch gewesen, der bei ihm eingebrochen war. Er hatte nichts von Wert gestohlen, aber den Kühlschrank leer gefressen und das Leica-Fernglas mitgenommen, das einen gewissen emotionalen Wert hatte. Der Mann hatte kein Diebesgut gesucht. Er war dort gewesen, um zu schnüffeln. Er war sogar so liebenswürdig gewesen, die Tür hinter sich zuzumachen und den Schlüssel wieder unter den Blumentopf zu legen.

Kein Zweifel, der Typ spionierte ihn aus.

Er würde herausfinden, warum.

Leo zog das Handy aus der Jackentasche, rief Mariken an und fragte, ob er vorbeikommen könnte.

»Natürlich«, sagte Mariken. »Ich dachte schon, du würdest nie anrufen.«

»Ich werde von einem Riesen mit einer Schlange um den Hals verfolgt«, sagte Leo außer Atem, nachdem er die vier Stockwerke hinaufgerannt war, Mariken auf die Wange geküsst und sich aufs Sofa hatte fallen lassen. »Er sitzt da draußen in dem roten Geländewagen. Weißt du, wer das ist?«

»Klingt ganz nach Rino Gulliksen, wenn er keinen Doppelgänger hat. Der ›Ochse aus Skui‹. Ein alter Bekannter von uns, könnte man sagen.«

Mariken stand in der Küche und schenkte chilenischen Rotwein in zwei große Gläser.

»Was könnte der von mir wollen?«

»Fragst du mich, dann frag ich dich.«

»Ist er gefährlich?«

»Kaum. Er ist Schuldeneintreiber. Ein Handlanger und Kleindealer auf der untersten Stufe, der noch nie im Leben einen anständigen Job gehabt hat.«

Mariken kam mit den Gläsern und setzte sich neben ihn.

»Danke«, sagte Leo. »Hat er irgendeine Verbindung zu Klavenes?«

»Nicht dass ich wüsste. Ich prüfe das morgen nach.«

Mariken stand auf und ging zum Fenster. Sie zögerte kurz, dann sagte sie: »Vor zwei Tagen war ich bei Klavenes. Er wohnt in einem Schloss draußen auf Snarøya. Weißt du, was er zu mir gesagt hat?«

Leo bekam den Mund nicht zu. »Du warst zu Hause bei Klavstad?«

»Jepp.«

»Alleine? Sonntags?«

Mariken nickte.

»Warum hast du nichts gesagt?«

»Ab und zu brauche ich meine kleinen Geheimnisse.«

»Ob das so klug war?«

»Ich verliere langsam die Geduld. Er soll wissen, dass wir ihm auf der Spur sind. Ich habe ihn direkt gefragt, ob er Fabianski umgebracht hat.«

»Jesus. Was hat er geantwortet?«

Mariken setzte sich wieder neben Leo. »Er hat gesagt, dass er mich am liebsten ans Bett fesseln und durchficken würde.«

Leo zog eine Grimasse. *»Durchficken?* Hat er das wirklich so gesagt?« Er trank einen Schluck Wein.

»Ja, er provoziert gern, ohne dabei eine Miene zu verziehen. Dann grinst er, um zu zeigen, dass es ein Scherz war. Die Leute sollen denken, dass er etwas exzentrisch ist. Sie sollen nicht erkennen, was er wirklich meint.«

»Was hältst du von ihm?«

»Dann kommt er ständig mit abgedroschenen Redewendungen und pathetischen Ibsen-Zitaten. Ein echter Idiot.«

»Hat er Fabianski umgebracht?«

»Ich hatte das gleiche Gefühl wie letztes Mal. Er tat nicht einmal so, als wäre er entsetzt über den Verdacht, und hat in keiner Weise versucht, mich vom Gegenteil zu überzeugen. Irgendwie steckt er da mit drin, und er tut nichts, um es zu verbergen. Es scheint ihm sogar Spaß zu machen.«

»Was tun wir jetzt?«

»Viel können wir nicht tun. Es gibt noch immer keinen zahnärztlichen Befund. Vielleicht war Fabianski nie beim Zahnarzt? Sein Gebiss sah ganz danach aus.«

»Und er ist immer noch attraktiv?«

»Wer? Klavenes?«

Leo nickte.

»Wieso fragst du?«

»Reine Neugier.«

»Er ist braun gebrannt und sieht aus wie ein Tennislehrer. Auf Facebook gibt er damit an, dass er täglich dreißig Kilometer läuft.«

»Facebook? Bist du auf Facebook? Zählt er zu deinen Freunden?«

»Einen Tag nachdem wir bei ihm waren, kam seine Anfrage. Ich habe sie akzeptiert.«

»Was für eine Anfrage?«

»Ob wir Freunde auf Facebook werden wollten.«

»Ich bin nicht auf Facebook.«

»Du solltest es mal versuchen. Perfekt für dich. Du kannst Hunderte von Freunden haben, ohne dass du sie je treffen musst.«

»Warum bist du seine Freundin geworden?«

»Damit ich sehe, was er so treibt.«

»Aber warum hat er ausgerechnet dich gefragt?«

»Er verarscht die Leute gern.«

Leo stellte das Weinglas ab und nahm das Buch in die Hand, das auf dem Sofatisch lag.

»Harry Potter und der Orden des Phönix. Magst du Kinderbücher?«

»Ich liebe Kinderbücher. Sie haben eine besondere Stimmung.«

»Wie meinst du das?«

»Kinderbücher befassen sich mit den großen Themen – der Kampf zwischen Gut und Böse, die große Liebe, solche Dinge. Und am Ende siegt immer das Gute. Das ist sehr befriedigend.«

Leo blätterte in dem Buch, ohne zu lesen. »Ist das nicht zu vorhersehbar und banal?«

»Nein, es ist schön zu sehen, dass die Menschenwürde siegt und böse Taten bestraft werden. Ich liebe Bücher mit einer pädagogischen Botschaft. Ich habe keine Lust mehr, von betrunkenen Vätern, Schuldgefühlen, Heuchelei, sozialer Ungerechtigkeit, zerbrochenen Illusionen, Tod und Sex zu lesen.«

»Aber so ist das Leben nun mal«, versuchte es Leo.

»Ich weiß«, sagte Mariken. »Aber mir sind sprechende Tiere lieber.«

Sie stand auf und ging ins Bad. Leo hörte, dass sie die Dusche anstellte. Als sie zurückkam, saß er mit dem Weinglas in der Hand auf dem Sofa und genoss die Aussicht über Bygdøy und Nesodden. Es dauerte ein paar Sekunden, bis er registrierte, dass sie nur ein weißes Handtuch trug, das sie um den Kopf gewickelt hatte.

Sie sah ihn voller Wärme an. »Geht's dir gut?«, fragte sie und sank neben ihm aufs Sofa.

»Absolut super«, antwortete Leo. »Ist dir klar, dass du nichts anhast?«

Mariken rollte mit den Augen. »Verflixt. Wie konnte das nur passieren?«

34

Mittwoch, 11. Juni

Dreimal pro Woche stand Alfred Digerud um Viertel nach fünf auf, um am Storøykilen oder in der Koksabukta Vögel zu beobachten. Er sagte gern, dass er »mit den Vögeln aufstand«.

Als in Fornebu noch der Flughafen war, musste er sich damit begnügen, die Vögel aus großer Entfernung zu beobachten. Seltsamerweise schien ihnen der Fluglärm nichts auszumachen, im Gegenteil, sie fühlten sich wohl in der Einflugschneise. Erst als die Flugzeuge verschwanden, bekamen die Vögel ein Problem. Jetzt konnte er seinen geflügelten Freunden zwar ganz nahe kommen, aber da war er leider nicht der Einzige.

Seit sein Vater ihm zum fünften Geburtstag ein Wellensittichpärchen geschenkt hatte, liebte Alfred Vögel und verabscheute Menschen. Digerud schob freiwillig »Vogelpatrouille«, seit die Kommune auf Storøya einen Badestrand mit Volleyballfeldern, Eiskiosk und anderen Einrichtungen gebaut hatte. Er verjagte alle Liebespaare und Familien mit Kindern, die sich zu dicht an der Grenze des Reservats niederließen.

Digerud fand die Schutzzone zwischen den Badegästen und dem Vogelreservat viel zu schmal. Alle Untersuchungen zeigten, dass jedweder Ausbau negative Einflüsse auf das Reservat haben würde, und er sah es als seine Aufgabe an, die Menschen darüber aufzuklären.

Ein Leben lang hatte Alfred Digerud für die Rechte der Vögel gekämpft. Er war Vorsitzender des Norwegischen Ornithologenverbands, einer Splittergruppe des Norwegischen Ornithologischen Vereins, den Digerud aus Protest gegen die passive Grundeinstellung des Vereins gegründet hatte. Gewaltfreiheit war schön, aber bei Umweltsündern hörte es auf!

Er schrieb regelmäßig Leserbriefe an die *Budstikka*, in denen er sich über die Grausamkeit der Menschen gegenüber den Vögeln der Welt ausließ. Zwar hatte die Kommune rund um die Reservate Schutzzonen etabliert, aber was half das, wenn die Baugesellschaften sich nicht darum scherten und die Badestrände von watenden Fliegenfischern und Hundehaltern überschwemmt wurden, die die Grenze nicht respektierten. Wenn die Baugesellschaften sich nur zehn bis zwanzig Meter in die Schutzzone hineinschummelten, konnte das schon katastrophale Folgen für seine Lieblingsspezies haben.

Digerud hatte bereits zehn Briefe an die Stadtverwaltung geschrieben, aber sie unternahmen nichts. Hundert Mal hatte er die Schurken der Norwegian Property Development Group angerufen, fünfzig Nachrichten auf ihrem Anrufbeantworter hinterlassen und einen Brief an den Direktor persönlich geschrieben, ein aalglatter Typ namens Terje Klavenes. Einmal hatte er sogar persönlich im Büro der NPDG vorgesprochen.

Als er den toten Vogel in seinem Briefkasten fand – ausgerechnet eine Schnatterente, *anas strepera*, die auf der roten Liste stand –, rief er die Polizei an. Sie wimmelten ihn ab. Das sei nur ein dummer Jungenstreich, sagten sie.

»Aber dumme Jungen schreiben nicht ›Lieber ein Vogel in der Hand als zehn auf dem Dach‹ auf einen Zettel und binden ihn mit Stahldraht an den Hals der Ente«, insistierte Digerud.

»Jungen stellen viele seltsame Dinge an«, sagte der Polizist.

Digerud parkte auf Oksenøya und schlenderte mit einem seligen Lächeln um den Mund zum Wasser. Um diese Uhrzeit war kein Mensch dort, es gab nur ihn und die Vögel. Mit Grauen dachte er daran, wie es hier aussähe, wenn die Bauprojekte abgeschlossen waren. Achttausend Wohnungen, zwanzigtausend Anwohner, vierzigtausend Arbeitsplätze. Nicht mehr wiederzuerkennen.

Die Sonne stieg über den neu gepflanzten Laubbäumen auf, Morgentau funkelte im frisch gesäten Gras, die Vögel sangen aus vollem Hals. Ein melancholischer Laubsänger, eine kraftvolle schmetternde Feldlerche, ein eintöniger Regenpfeifer, etliche Braunkehlchen, ein Teichrohrsänger und mindestens ein Teichhuhn formten einen gemischten Chor. Die meisten Arten nisteten schon, und sie taten ihr Bestes, um einen Sexualpartner zu finden.

Digerud liebte es, Vögel bei der Kopulation zu beobachten. Sie gingen direkt zur Sache, kein umständliches Vorspiel, kein Genuss um des Genusses willen. Sie taten, was sie mussten, und erreichten ihr Ziel. Alfred Digerud hatte versucht, dieses Prinzip auf sein eigenes Sexualleben zu übertragen. Das Aufplustern und die Lockgesänge fielen ihm schwer, aber wenn er einmal dabei war, kam er blitzschnell.

Das Resultat war ein einsames Leben. Aber Digerud beklagte sich nicht. Ihm waren Vögel sowieso lieber.

Alfred Digerud zog sein bestes Stück aus der Tasche, ein Swarowski-Fernglas für dreißigtausend Kronen, und suchte das Gebüsch am Ufer der Koksabukta ab.

Digerud spürte nichts. Im einen Augenblick frönte er seinem Lieblingshobby, im nächsten war er tot, erwürgt mit dem Riemen seines Fernglases. Nur eine Stunde später lag er in sechs Teilen im hohen Schilf, mitten in dem Vogelreservat, für das er so hart gekämpft hatte.

Gleich nachdem Nils Hætta vom Tatort verschwunden war, fand ein glücklicher Schwarm Stockenten die Leichenteile. Im Frühsommer waren Stockenten nicht besonders wählerisch, was das Futter anging. Während sie hackten und rissen, schlossen sich ein Schwarm Lachmöwen und eine Bande von Fluss-Seeschwalben dem Gelage an. Kein Passant reagierte auf den Radau im Schilf. Wenn jemand Alfred Digerud gesagt hätte, dass er als Vogelfutter enden würde, wäre er wahrscheinlich begeistert gewesen.

Nur fünfzig Meter von der Stelle entfernt, wo der sechsgeteilte Digerud verrottete, stand eine mobile öffentliche Toilette, weshalb niemand auf den süßlichen Verwesungsgestank reagierte, der über den Badestrand zog, wenn der Wind nach Osten drehte.

35

Donnerstag, 12. Juni

Als Terje Klavenes von dem Mord an dem Polen hörte, war ihm übel geworden. Nicht, weil der Pole ihm leidtat oder weil er meinte, dass sie etwas Schlimmes getan hatten. Nein, es war einzig und allein die Furcht, geschnappt zu werden und alles zu verlieren, was er in seinem langen, unredlichen Leben an sich gerafft hatte.

Einen Menschen zu töten war natürlich etwas anderes, als die Kommune oder blauäugige Wohnungskäufer hereinzulegen, aber es hatte auch etwas Aufregendes. Während Tage und Wochen vergingen und es immer wahrscheinlicher wurde, dass sie ungestraft davonkamen, schien die grausame Zufallstat geradezu gelungen.

Es war die effektivste Art und Weise, ein Problem zu lösen. Man schaffte es einfach aus der Welt, für immer.

Der Vogelfetischist hatte nicht aufgegeben, nicht einmal nach der toten Ente im Briefkasten. Da lag es doch nahe, ihn auf die gleiche Weise zu eleminieren und aus dem Weg zu schaffen. Wenn der Vogelmann einen Prozess wegen Verletzung der Schutzzone auf Storøya vom Zaun brach, wären sowohl Klavenes als auch die NPDG am Ende. Selbst bestochene Beamten und Politiker könnten die Angelegenheit dann nicht mehr ignorieren.

Zuerst hatte er nur mit dem Gedanken gespielt, aber je mehr er darüber nachdachte, desto praktischer schien ihm die Lösung. Und als Alfred Digeruds Brief bei ihm ankam, war es entschieden.

Was zum Teufel bildete dieser Idiot sich ein? Glaubte er wirklich, er könne drohen, Terje Klavenes' Lebenswerk zu zerstören, und ungeschoren davonkommen?

Beim letzten Mal war es ein Unfall gewesen. Diesmal war es vorsätzlicher Mord. Sie hatten ihn »beseitigt«, wie es in den Fernsehkrimis hieß.

Wie im Fernsehen. Klavenes gefiel der Gedanke. Er hatte gewissermaßen eine höhere Ebene erreicht. So fühlte es sich an, der Boss zu sein. Gott, Richter und Büttel. Egal was man tat, man musste sich immer steigern. Das war eine der wichtigsten Voraussetzungen zum Glücklichsein, wenn man einem Artikel im Wochenendmagazin der *Aftenposten* glaubte. »Am besten ist gut, aber besser ist am besten.« Diesen Satz wollte er sich merken.

Extreme Zeiten erforderten extreme Taten. Er konnte nicht zusehen, wie alles, was er aufgebaut hatte, zusammenstürzte.

Eine Weile überlegte er, den Job selbst zu übernehmen. Er besaß die perfekte Waffe, einen Baseballschläger aus Hickory, dem härtesten Holz der Welt. Es durchrieselte ihn wohlig bei der Vorstellung, Alfred Digeruds Schädel mit einem wohlgezielten Schlag zu zertrümmern – wie Robert de Niro alias Al Capone in *The Untouchables*. Doch in Wirklichkeit war Terje Klavenes nicht in der Lage, mit seinen eigenen Händen zu töten. Nils Hætta war die bessere Wahl. Er war billig, effektiv und nahezu risikofrei. Wenn er es alleine durchführte. Rino Gulliksen entwickelte sich zu einem Risikofaktor. Er war ein Gefühlsmensch, der unter Gewissensbissen litt. Auf Gefühlsmenschen war kein Verlass, das wusste jeder.

Nils hingegen hatte mit kindlicher Begeisterung reagiert. Natürlich würde er den Vogelnerd erledigen. Die Bezahlung schien ihm nicht so wichtig. Die zwei Riesen waren als Verhandlungsbasis gedacht, aber Nils hatte ohne Mucken eingeschlagen. Der Irre schien einfach nur dankbar für die Lizenz zum Töten.

36

Seit die anderen Jungen aus der siebten Klasse ihn in der Dusche festgehalten und mit einem Zirkel Same auf die Stirn geritzt hatten, spürte Nils Hætta den starken Drang, jemanden zu töten. Das hatte er nie laut gesagt. Ein paar Mal war er dicht dran gewesen, zum Beispiel, als er das pakistanische Mädchen in den Isielva geworfen oder dem Schwulen hinter der Disco einen Schraubenzieher in den Bauch gerammt hatte, aber es wurde nie etwas daraus – bis zu der Sache mit dem Polen.

Die Gelegenheit wurde ihm auf einem Silbertablett serviert. Wer vermisste schon einen armseligen Osteuropäer, der Hunderte Kilometer von daheim entfernt war. Die norwegischen Behörden wussten höchstwahrscheinlich nicht einmal, dass er im Land war. Der Pole hatte ja fast selbst darum gebettelt.

Der gefühlsduselige Rino war natürlich anderer Meinung. Er hatte hinter einen Stein gekotzt, als Nils den Polen totprügelte.

Rino war einfach zu gutmütig.

Er war sehr nützlich, wenn man Muskeln brauchte. Mit ihm musste man keine Schlägerei fürchten, aber tief im Inneren war er immer ein Weichei gewesen. Er hatte zu viele

Skrupel, um an die Spitze zu gelangen. Er war einfach zu empathisch, aber damit kam man nicht weit.

Nach dem Mord an dem Polen wusste Nils, warum er es in der Unterwelt nicht weit gebracht hatte, warum er noch immer in Bærum festsaß und für zweitausend Kronen am Tag in Briefkästen schiss: Er hatte sich mit dem falschen Mann zusammengetan.

Die Liquidierung des Vogelmannes war wie geschmiert gelaufen. Nachdem er herausgefunden hatte, dass Digerud in aller Herrgottsfrühe allein in Fornebu herumspazierte, ergab sich alles von selbst. Eigentlich wollte er ihn mit dem Samenmesser abstechen, aber als er den Riemen am Fernglas sah, improvisierte er. Das Sami-Messer kam trotzdem noch zum Einsatz, denn er wollte mit dem Lärm der Akkusäge keine Aufmerksamkeit erregen. Deshalb versenkte er auch nur sechs anstatt der ursprünglich geplanten zehn oder mehr Teile im Schilf, zu dem der Zutritt verboten war.

Die Arme ließen sich leicht abtrennen, aber die Beine waren ganz schön schwer. Alfred Digerud war ein schwerer Brocken mit dicken Oberschenkeln, und nachdem er ziemlich lange vergeblich an den Leisten herumgesäbelt hatte, begnügte er sich mit den Unterschenkeln. Am Ende schnitt er den Kopf ab und staunte, wie leicht das ging. Schließlich zerschnitt er noch das Gesicht bis zur Unkenntlichkeit, falls doch jemand den Idioten fand.

Als die Untat vollendet war, konnte er sich nicht beherrschen und rief Rino an. »Wozu tut man etwas Spektakuläres, wenn niemand anderes davon erfährt«, sagte er zu sich selbst. Von Rino kam kein Wort des Lobes. Er war schockiert wie erwartet. Das bestätigte nur, das Rino auf diesem Niveau kein passender Partner mehr war.

37

Als Leo am Donnerstagmorgen ins Büro kam, rief er als Erstes Mariken an. Sie erzählte ihm, dass die Polizei von Asker und Bærum gemeinsam mit dem Kriminalamt in Klein Krakau vierzig Polen verhört hatten. Keiner von ihnen hatte je etwas von einem Piotr Fabianski oder Robert Kowalski gehört, und keiner hatte ein schlechtes Wort über seinen Arbeitgeber verloren.

»Weißt du, was ich morgen mache?«, fragte Mariken.

Leo erschrak, ihr Ton gefiel ihm nicht. »Nein, was denn?«

»Ich werde meine Eltern in Tønsberg besuchen.«

Leo lächelte erleichtert.

»Wie lange bleibst du?«

»Ein paar Tage. Ich habe sie seit Weihnachten nicht mehr gesehen. Ich helfe ihnen beim Umzug.«

»Aber du kommst zurück?«

»Natürlich komme ich zurück.«

Nach dem Gespräch schaltete er den Computer ein und googelte »Terje Klavenes«. Er fand ein paar schlechte Bilder des irritierend attraktiven Typs, der zu den wenigen Menschen gehörte, denen das Alter stand. Ein paar Zeitungsartikel berichteten über optimistische Zukunftsvisionen und unzufriedene Käufer in Fornebu sowie interne Angelegenheiten der NPDG. Auf den ersten Blick konnte er nichts Faules erkennen. Dann fand er einige ältere Artikel über den Fornebu-Ausbau in der Lokalzeitung und ein ziemlich aktuelles Interview zur Frage, ob die damaligen Anteilskäufer vor Gericht ziehen würden.

Am Ende der zweiten Seite erschien ein Link, der zu den Ergebnissen der Clubmeisterschaft 2009 im Haga-Golfclub führte.

Terje Klavenes spielte also Golf. Natürlich.

Nach zwei Runden mit jeweils 78 und 79 Schlägen vom White Tee hatte Terje einen ehrenhaften dritten Platz ergattert. Leo war beeindruckt. Auf dem Gymnasium war Klavstad nicht gerade für seine athletischen Fähigkeiten bekannt.

Ein Plan formte sich in Leos Kopf, während er las. Er wollte mit Klavenes Golf spielen. Viereinhalb Stunden mit ihm verbringen. Das war eine einzigartige Chance, den zwielichtigen Projektdirektor besser kennenzulernen.

Vielleicht könnte er ihn sogar so weit provozieren, dass er das ein oder andere ausplauderte.

Leo hatte keine Ahnung, wie gut er in Form war. Er hatte seit letztem Herbst nicht mehr gespielt. Klavenes war offenbar gut, wenn er die Runden im Siebzigerbereich spielte. Leos Herz schlug rascher bei dem Gedanken. Das Zittern in Armen und Beinen, an das er seit Tagen nicht mehr gedacht hatte, kehrte zurück. Seit Jahren hatte er keine Partie mehr unter Druck gespielt. Alleine auf einer menschenleeren Bahn in Oustøya zu spielen war etwas anderes als ein Wettbewerb von Mann gegen Mann.

Golf war ein Spiel für psychisch starke Menschen. Streng genommen müsste er sich einen anderen Sport suchen.

Leo rief im Haga-Golfclub an und fragte, wann Klavenes die nächste Abschlagszeit gebucht hatte.

Am Freitag um vierzehn Uhr.

Am Nachmittag und Abend blieb er im Büro sitzen, in der Hoffnung, dass Mariken anrief, aber das Telefon blieb stumm. Er versuchte, sich ihre Eltern vorzustellen: nette, bodenständige Leute, die ihre Tochter über das Leben in der »Großstadt« ausfragten.

Der Donnerstag verlief ruhig.

Der Freitag hingegen war eine ganz andere Geschichte.

38

Freitag, 13. Juni

Fünfzehn Jahre lang hatte Terje Klavenes alles in seiner Macht Stehende getan, um Mitglied im Bogstad-Golfclub zu werden, vergeblich. Die Wartezeit betrug dreißig Jahre, und die Clubleitung war unbestechlich. Sie führten sich auf, als wären sie der *Royal and Ancient Golf Club* in St. Andrews, obwohl ihr Clubhaus eher einer Militärbaracke glich. Die Fairways waren seit der letzten Renovierung ausgezeichnet, aber die Gebäude waren weiterhin ein Witz, der Pro Shop eine Bretterbude und das Klavier im Clubhaus ungestimmt. Der Bogstad-Golfclub war Oslo West mit Ketchupflecken auf dem Hemd.

Alle, die in Klavenes' Welt etwas bedeuteten, waren dort Mitglied, aber er musste sich mit Haga begnügen. Immer noch besser als der Club von Bærum tief im Lommedalen.

Klavenes spielte am liebsten zu zweit und am allerliebsten mit Birger Magnussen, der in der Geschäftsführung der NPDG saß und so schlecht spielte, dass er keine Konkurrenz für ihn darstellte. Er sorgte immer dafür, vier Spieler anzumelden, um nicht vier Stunden mit irgendwelchen Unbekannten verbringen zu müssen. Die Angestellten hatten diese Taktik längst durchschaut, ließen ihn aber gewähren.

Diesen Freitag hatte Magnussen kurzfristig abgesagt, und Terje freute sich auf die Zeit mit sich allein und dem Flachmann in der Golftasche. Seine Überraschung war deshalb groß, als ein ungepflegter, ungefähr vierzigjähriger Typ zum Abschlag geschlendert kam, als er gerade den Schläger schwang.

»Hallo, ich spiele heute mit dir«, sagte der Mann, der Jeans, eine Sonnenbrille und eine Schildmütze trug.

»Sind Sie sicher?«, fragte Terje Klavenes.

»Ja, ganz sicher«, sagte der Mann, nahm die Brille ab und streckte die Hand aus. »Leo Vangen. Erinnerst du dich an mich?«

Rino Gulliksen stand in der zweiten Etage der Driving Range, aß einen Hot Dog und beobachtete die zwei Kontrahenten durch Leos Fernglas.

Der exzentrische Anwalt hatte Mut. Jeder, der freiwillig über vier Stunden mit Terje Klavenes verbrachte, musste Eier wie Medizinbälle haben. Plötzlich verspürte Rino eine Welle der Sympathie für den verrückten Juristen, gekoppelt mit tiefer Verachtung für seinen Arbeitgeber, diesen eitlen, selbstgefälligen Geizkragen mit dem altmodischen Halstuch und der gestreiften Golfhose.

»Natürlich erinnere ich mich an dich«, sagte Terje Klavenes und lächelte. »Leo Vangen, der König vom Stabekk-Gymnasium.«

Leo erwiderte das Lächeln. »Ich habe dich gar nicht als Sportsmann in Erinnerung, Terje.«

»Golf ist kein Sport, es ist ein Spiel.«

»So?«

»Golf ist sechzig Prozent Psyche, dreißig Prozent Training und zehn Prozent Talent.«

»Wer hat dir das erzählt?« Leo bückte sich und kramte in der Außentasche nach Bällen und Tees.

»Das habe ich selbst herausgefunden«, sagte Klavenes.

Leo richtete sich auf, zog zwei Schläger aus der Tasche und schwang sie langsam vor und zurück, um die Rückenmuskulatur aufzuwärmen.

»Ich würde sagen, dass es ungefähr fifty-fifty Talent und Training ist. Und natürlich die mentale Seite, wie in allen Sportarten.«

»Talent ist trotzdem nicht das Wichtigste«, meinte Klavenes.

»Spielst du viel?«

»Dreimal pro Woche.«

»Also vier oder fünf. Das ist viel.«

»Aber nicht genug«, sagte Klavenes. »Sollen wir es ein wenig interessanter machen? Match Lochspiel, tausend Kronen pro Loch?«

»In Ordnung«, sagte Leo.

In Wirklichkeit war es keineswegs in Ordnung. Er konnte es sich nicht leisten, Tausende von Kronen zu verlieren. Er brauchte definitiv nicht noch mehr Stress. Noch ehe sie begonnen hatten, zitterte Leo wie ein Parkinsonpatient. Er bereute, dass er keine Pillen in der Golftasche hatte.

Klavenes fragte ihn nicht nach seinem Handicap. Er steckte ein langes Tee in die Erde und legte den Ball darauf. Nach dem längsten Vorschlagsritual, das Leo je gesehen hatte, setzte er zum Drive an, und genau in diesem Moment räusperte Leo sich und fragte:

»Entschuldigung, wie hoch ist eigentlich dein Handicap?«

Klavenes brach den Schlag ab, streckte den Rücken und sah Leo über die Schulter an, der fortfuhr:

»Ich denke, ich habe die Ehre des Abschlages, außer deines ist besser als vier.«

Leo nahm den alten Driver mit dem kleinen Kopf, zog ein gelbes Tee und einen Ball aus der Hosentasche, bereitete alles vor und schlug ohne großes Getue mit elegantem Durchschwung ab. Der Ball flog mit einem leichten Fade und landete seidenweich 120 Meter weiter mitten auf dem Fairway.

Klavenes sagte kein Wort, er gab nicht zu erkennen, wie beeindruckt er war. Er legte den Ball zurecht und slicte ihn mit einem aggressiven Schwung out-of-bounds in den Garten des Bauern, der den Familienhof an den Teufel verkauft hatte. »Das war wohl nichts«, sagte Leo.

Terje holte einen neuen Ball aus der Tasche.

»Wärst du so liebenswürdig, still zu stehen, wenn ich schlage?«, fragte der Direktor. »Ich spiele einen Mulligan.«

Er stellte sich mit seiner riesigen Bratpfanne von einem Driver auf, atmete tief ein und holte aus. Ein kurzer, aggressiver Rückschwung, maschinengleich. Es war der Schwung eines mittelmäßigen Balltalents, das zu viel Golf gespielt hatte. Der Ball flog tief, überraschend weit und gerade und landete nur wenige Meter hinter Leos Ball.

»Geht doch«, sagte Leo.

»So mache ich das normalerweise«, sagte Klavenes verbissen.

»Schade, dass es der dritte Schlag war.«

»Ich habe einen Mulligan gespielt.«

Leo grinste überheblich. »Wie du willst.«

Klavenes stieg in sein Golfcart und fuhr den Fairway hinab. Leo schulterte die Golftasche und trottete hinterher.

Das schöne Wetter hatte die Bahn getrocknet, das Fairway war knallgrün, aber hart, und die Bälle rollten weit.

»Warum hast du deinen Namen geändert?«, fragte Leo, als Klavenes zum zweiten Schlag ansetzte.

»Woher weißt du, dass ich meinen Namen geändert habe?« Klavenes stützte sich auf den Schläger.

»Im Pro Shop haben sie gesagt, ich sollte mit einem Terje Klavenes spielen. Ich dachte schon, das sei der Sohn des bekannten Reeders.«

Klavenes holte aus und landete einen butterweichen Schlag.

»Also, warum hast du deinen Namen geändert?«

»Das habe ich getan, nachdem mein Vater gestorben war.«

»Warum?«

»Zu Ehren des alten Mannes. Ich habe den Namen sozusagen pensioniert. Wie Diego Maradonas Trikot mit der Nummer 10, seit er nicht mehr in der argentinischen Mannschaft spielt. Hat gutgetan, von vorn anzufangen, solltest du auch mal probieren.« Klavenes zwinkerte Leo zu.

Leo kannte viele Reiche und mochte nicht einen von ihnen. Keiner von ihnen war auf natürliche Weise nett, alle wollten sie etwas beweisen. Entweder sie versuchten, krampfhaft zu zeigen, wie normal und bodenständig sie waren, oder sie markierten ihre Überlegenheit. Obwohl er auf einer Insel der Reichen wohnte, tat er sein Bestes, um Menschen mit viel Geld aus dem Weg zu gehen. Terje Klavstad war ein typischer Neureicher, das hatte er gleich erkannt. Solariumbräune, Selbstüberzeugung, Neureichenfrisur. Aber seine Haare waren fettig und sein Hemdkragen zerknittert.

Beide Spieler trafen das Grün mit dem zweiten Schlag. Leo kam etwas näher an die Fahne heran als sein Konkurrent. Klavenes puttete zuerst. Er fand eine gerade Linie aus sieben Metern Abstand, aber der Ball blieb wenige Zentimeter vor dem Loch liegen.

»Bitte schön«, sagte Leo großzügig.

Klavenes hob den Ball auf, zufrieden mit dem Par.

Leo hatte die Chance auf ein Birdie, aber sein rechtes Bein zitterte. Er wollte den Putt so schnell wie möglich ausführen, damit Klavenes nichts bemerkte, weshalb er viel zu fest schlug. Der Ball segelte einen halben Meter nach rechts und drei Meter am Loch vorbei.

»Es ist nie zu spät«, sagte Klavenes, ohne eine Miene zu verziehen.

Leo ging in die Hocke, um die Neigung des Grüns zu schätzen. Als er zum Schlag ansetzte, sagte Klavenes: »Deine Hand zittert.«

»Danke für die Info«, sagte Leo.

Der zweite Putt blieb vor dem Loch liegen.

Bogey.

Eins auf für Klavenes.

Auf der nächsten Bahn, ein kurzes Par-3-Loch, traf Klavenes das Grün, zirka zehn Meter rechts von der Flagge. Leo traf das Wasser auf der linken Seite und erkämpfte sich einen Double Bogey nach einem guten zweiten Putt.

Zwei auf für Klavenes nach zwei gespielten Löchern.

»Warum bist du nicht bei der Arbeit?«, fragte Leo kurz vor dem Abschlag auf Loch vier.

»Herrgott, etwas Gescheiteres kann einer doch nicht treiben in dieser schönen Welt als spielen«, sagte Klavenes.

Leo heuchelte höfliches Interesse. »Wer hat das gesagt?«

»Henrik Ibsen.«

»Ich bezweifle, dass der Golf gespielt hat«, sagte Leo.

»Gab es damals noch nicht in Norwegen«, sagte Klavenes. »Was machst du eigentlich? Wie kannst du dir an einem gewöhnlichen Freitag freinehmen?«

»Ich arbeite als Anwalt.«

»Ein Advokat hat ein so unsicheres Brot, besonders wenn er sich nur mit feinen und anständigen Geschäften befassen will.«

Leo zog die Schildmütze ab und kratzte sich im Nacken. »Und wer hat das gesagt?«

»Henrik Ibsen.«

»Du magst Ibsen wohl sehr?«

»Hast du was gegen Ibsen?«

»Nein, überhaupt nicht.«

»Ich dachte, du bist nur Rechtsreferendar?«, sagte Klavenes.

Leo starrte ihn an. »Woher weißt du das?«

»Ein Vögelchen hat es mir ins Ohr geflüstert.«

»Ein Vogel mit einem Kleeblatt auf der Wange?«

»Ja, ist er nicht süß?« Klavenes räusperte sich und spuckte auf den Boden. »Wann hast du es eigentlich verbockt, Leo? Du warst doch der Kaiser von Bærum. Du hättest alles werden können. Hast du dem Erwartungsdruck nicht standgehalten?«

Leo starrte auf den Boden und machte ein paar Probeschwünge. Klavenes fuhr fort:

»Weißt du, was dein Problem ist?«

»Nein«, sagte Leo und hob den Blick. »Ich wüsste nicht, dass ich ein Problem hätte.«

»Du kümmerst dich viel zu sehr darum, was andere Menschen von dir denken.«

»Wie meinst du das?«

»Der Grund, warum ich erfolgreich bin und du nicht, ist *nicht*, dass ich mehr Talent habe. Im Gegenteil.«

»Worauf willst du hinaus?«

»Dieses Match ist ein gutes Beispiel. Du bist sicher viel besser als ich, aber du spielst beschissen, weil du nervös bist. Und nervös bist du, weil du dich fragst, was ich von dir halte.«

»Das Geheimnis lautet also, nur an sich selbst zu denken und auf alle anderen zu scheißen?«

»Genau. Du hast es erfasst.«

»Dann bin ich lieber ein bisschen neurotisch«, sagte Leo und zog eine Wasserflasche aus der Golftasche.

»Aber muss man deshalb sein Leben ruinieren? Wenn ich etwas haben will, nehme ich es mir.«

»Dir ist es also scheißegal, was andere Menschen denken und fühlen?«

Klavenes ignorierte die Frage und sah ihn schräg von der Seite an.

»Vielleicht solltest du woanders hinziehen? Wie ich das sehe, bist du zu gefühlsduselig für Bærum.«

Leo spielte weiter unter seinen Fähigkeiten, sein Schwung war steif und kantig, tausend Gedanken bedrängten ihn, Adrenalin floss durch seinen Körper. Klavenes hatte recht, er hatte sich selbst überschätzt. In letzter Zeit war alles so reibungslos gelaufen, dass er seine Probleme verdrängt hatte. In Wirklichkeit aber war er der alte Patient.

Klavenes hingegen zog sein Spiel durch. Nicht besonders originell, aber zielgerichtet wie eine Maschine. Meistens spielte er Par, manchmal Bogey, niemals Double Bogey.

Auf Loch sechs, sieben und acht hatte Leo Glück und spielte ebenfalls Par. Auf Loch neun slicte er den Ball beim Abschlag tief in die Wälder Bærums.

Drei auf für Klavenes nach der Hälfte der Runde.

Auf Loch zehn spielte Leo plötzlich Par mit einen Zehn-Meter-Putt. In neun von zehn Fällen hätte er den Putt vermasselt, aber dieser saß. Klavenes hatte Pech und landete in einem Fairwaybunker. Er brauchte zwei weitere Schläge bis aufs Grün, wo er einen Fünf-Meter-Putt knapp verschlug.

Leo hatte sein erstes Loch gewonnen. Reines Glück.

Als Klavenes auf Loch elf abschlagen wollte, sagte Leo:

»Hast du von dem Forellenfischer gehört, der bei Rolfstangen eine Leiche am Haken hatte?«

Klavenes brach sein Ritual ab, legte den Driver quer über beide Schultern und die Hände über den Schaft. Dann drehte er sich zu Leo um.

»Soll das ein Witz werden?«

»Piotr Fabianski hatte drei kleine Töchter daheim in Polen. Fünf, sieben und zehn Jahre alt.«

»Wer zum Teufel ist Piotr Fabianski?« Klavenes bereitete sich wieder zum Abschlag und holte weit aus. Der Ball landete am rechten Rand des Fairway und rollte ins hohe Gras.

»Das ist ja wie verhext«, sagte Leo, der plötzlich Hoffnung schöpfte.

»So ein Pech.«

»Glaubst du an Glück und Pech im Golf?«, fragte Leo.

»Eigentlich nicht«, sagte Klavenes. »Die heben sich gegenseitig auf.«

»Sie haben ihn ganz in der Nähe eurer Baustelle gefunden, nicht wahr?«

»Ja, hässliche Sache«, sagte Klavenes. Er sah Leo an, hustete und fragte: »Woher weißt du, wo ich arbeite?«

Leo wartete kurz, ehe er antwortete: »Das habe ich in der *Budstikka* gelesen.«

Klavenes lachte. »So ein Todesfall ist immer tragisch. Aber dass so etwas in Bærum geschehen kann …«

Es wurde still. Klavenes' Falschheit füllte die Stille, wie ein unangenehmer Geruch einen Aufzug füllt.

Wie sich herausstellte, lag Klavenes' Ball tief im hohen Gras. Nachdem er ihn wieder auf den Fairway befördert hatte, brauchte er drei Schläge bis ins Loch, ein Bogey. Leo verfehlte zunächst das Grün, chippte sich aber mit dem nächsten Schlag bis fünf Meter vors Loch und spielte Par.

Er hatte das zweite Loch in Folge gewonnen.

Noch immer eins auf für Klavenes. Aber Leo hatte Blut geleckt.

Als der Direktor auf Loch dreizehn sein Abschlagsritual zelebrierte, sagte Leo: »Findest du dein Leben erfolgreich und gelungen, Klavstad?«

Klavenes setzte sein Ritual fort und antwortete: »Die meisten würden wohl sagen, dass es der Hausmeistersohn zu etwas gebracht hat. Ich denke, ich habe die Erwartungen sogar übertroffen.«

»Ja, wer hätte gedacht, dass du einmal Reedersohn werden würdest.«

»Die Welt ist voller Überraschungen.«

»Und wer hätte gedacht, dass du einmal zum Mörder werden würdest?«

Klavenes brach sein Ritual ab. Er sah Leo an, steckte die rechte Hand unter den Pullover und streichelte sich den Bauch. Seine Mundwinkel gingen nach oben. »Du sparst nicht gerade mit Komplimenten.«

»Ich war in Krakau und habe mit Robert Kowalski geredet. Fabianskis Töchter wachsen ohne ihren Vater auf, und du stehst hier und streichelst dir den Bauch.«

»Tragisch«, sagte Klavenes. »Wie läuft es eigentlich mit Mariken Varden? Hast du sie schon gefickt?«

»Ich habe sie *durchgefickt.* Das ist mit Sicherheit mehr, als dir vergönnt war.«

»Ja, schade. Aber sie ist ohnehin zu alt für mich.«

In Klavenes' Golftasche klingelte es. Fluchend ging er zum Golfcart und zog ein Handy heraus. Während des Gespräches nickte er ab und zu und gab kurze Kommentare ab wie »In Ordnung«, »Gut« oder »Ja«. Als er zurückkam und sich zum Putten bereitmachte, sagte Leo:

»Du weißt, dass Handys auf dem Platz verboten sind?«

Klavenes brach den Schlag ab, trat einen Schritt zurück und atmete mehrmals tief ein. Dann stellte er sich wieder in Position und schlug. Aus zwei Metern Abstand verfehlte er das Loch um zehn Zentimeter. Er hob den Ball auf und sagte: »Aber du weißt wohl nicht, dass Jeans im Haga-Golfclub verboten sind. Deine Aufmachung stört mich.«

Gleich auf.

Noch drei Löcher.

Klavenes schwitzte und wirkte nervös. Er setzte die Sonnenbrille ab, kratzte sich am Hintern und in den Kniekehlen und setzte die Brille wieder auf.

Auf Loch sechzehn spielten beide Bogey. Als Leo auf Loch siebzehn mit einem Holz drei abschlug, stob der Ball in einem tiefen Linksbogen davon.

»Oh, ein kleiner Snap Hook«, sagte Klavenes verzückt.

»Den finde ich«, sagte Leo.

Er fand den Ball tatsächlich, schlug ihn aus 140 Metern aufs Grün und lochte mit zwei Putts zum Par. Klavenes spielte mit großer Mühe Bogey, nachdem der Ball beim Abschlag in einem Fairwaybunker gelandet war.

Eins auf für Leo und nur noch ein Loch zu spielen.

Bei Loch achtzehn mussten sie auf den Abschlag warten. Klavenes musterte Leo durch die Sonnenbrille mit Tigerstreifen und bernsteingelben Gläsern. »Du magst mich nicht, Leo, stimmt's?«

»Ich kenne dich nicht, Klavstad«, sagte Leo. »Ich habe dich nie gekannt.«

»Aber du weißt, dass mein Haus größer ist als deins und dass ich mehr Geld habe als du, und das reicht dir.«

»Ich weiß, dass du für die NPDG arbeitest und Wohnungen in Fornebu baust. Ich weiß, dass es gerade nicht so gut läuft und dass du illegale osteuropäische Arbeitskräfte ausnutzt. Ich weiß, dass du deine Frau quälst, dass du Kindergärten und Hunde in Brand gesteckt hast und dass du Steuern hinterziehst. Ich weiß, dass Piotr Fabianski auf dem Meeresgrund geendet ist und dass du irgendwie darin verwickelt bist. Und ich weiß, dass dein Hemd total lächerlich mit dieser Hose aussieht. Viel mehr weiß ich nicht.«

Was nicht ganz stimmte. Leo wusste auch, dass Klavenes in einem Palast am Ufer von Snarøya wohnte, dass er bereits ein flexibles Flugticket nach Nassau gebucht hatte und dass er einer der unerträglichsten Menschen war, die er je getroffen hatte.

Klavenes setzte sich in das Golfcart und putzte die Sonnenbrille mit einem Ledertuch, das er aus der Tasche der geschmacklosen Hose gezogen hatte.

»Willst du wissen, was ich über dich weiß?«

»Gerne«, sagte Leo.

»Ich weiß, dass du seit den Neunzigern auf der Stelle trittst und dass du viele Menschen enttäuscht hast. Ich weiß, dass du in einer Bruchbude auf Gåsøya wohnst, dass du nur

Vinylplatten aus den Achtzigern besitzt, dass deine Zahnbürste aus dem Stabæk-Fanshop ist, dass du eine sechzehnjährige Tochter hast, die unseren Umweltminister mag, dass du nur *Rechtsreferendar* bist, dass du beim Putten zitterst und dass du besser die Haustür abschließen solltest, wenn du schlafen gehst.«

»Sieht aus, als wüssten wir ziemlich viel voneinander«, sagte Leo.

»Genug geredet. Dein Abschlag«, sagte Klavenes.

Leo schlug den Ball mitten auf das Fairway. Nach einem weiteren, besonders schönen Schlag mit dem Neunereisen aus 125 Metern lag der Ball auf dem Grün zum Einlochen bereit.

Klavenes beförderte den Ball ins Rough und hackte sich von dort in einen Fairwaybunker. Beim dritten Schlag landete der Ball im Bach. Klavenes droppte und schlug den Ball in den Wald auf der rechten Seite des Grüns. Er warf das Wedge in den Bach, setzte sich in das Golfcart und fuhr zu Leo hinauf, der auf dem Grün vor dem Clubhaus wartete. Klavenes stieg aus, zog zwei zerknitterte Tausender aus der Hosentasche und beglich seine Spielschulden.

»Danke für das Spiel«, sagte Leo. »Es war äußerst lehrreich.«

»Ewig lebt dir nur Gestorbnes!«, sagte Klavenes. Er sah aus wie ein schmollender Junge, der beim Mensch ärgere dich nicht verloren hatte.

»Du musst mit diesem Ibsen-Tick aufhören.«

»Ja, vielleicht«, antwortete Klavenes.

»Früher oder später werden sie dich schnappen, das weißt du, oder?«

»Nein, das weiß ich nicht.«

»Weißt du was, Klavstad?«

»Klavenes.«

»Für mich wirst du immer Terje Klavstad bleiben, der Wichser aus der 3d. Du kannst so viel verdienen, wie du willst und ein Schloss auf Snarøya kaufen. Du kannst deinen Namen ändern, geschäftsführender Direktor werden und dich damit entschuldigen, dass dein Vater nur Hausmeister war. Es hilft nichts. Du warst immer ein Wichser und wirst immer ein Wichser sein.«

»Danke, dass du deine intimsten Gedanken mit mir teilst«, sagte Klavenes und setzte sich in das Cart und fuhr los. Neben Leo hielt er noch einmal an und sagte: »Jetzt kannst du dir endlich eine ganze Woche lang was zu essen leisten.«

Leo hatte nicht den geringsten Zweifel, dass Terje Klavenes dafür gesorgt hatte, dass der Pole am Meeresgrund gelandet war. Leider war er sich ebenso sicher, dass man ihm nichts nachweisen konnte, solange kein Zeuge gegen ihn aussagte.

39

Als Klavenes nach der schmählichen Niederlage heim in seinen Palast kam, stellte er sich unter die Dusche und wichste, bis es ihm besser ging. Dann zog er den weißen Bademantel an, den er aus dem Wellnesshotel in Kragerø hatte mitgehen lassen, und mixte sich einen Tequila Sunrise. Nicht, weil er Tequila besonders mochte oder weil sein Lieblingsfilm mit Kurt Russell wie der Cocktail hieß, sondern weil kein anderes Getränk ihm so rasch einen Kick gab.

Er trottete ins Wohnzimmer, ließ sich aufs Sofa fallen und blickte übers Meer. Die hinter dem Kolsås untergehende Abendsonne strahlte die vielen weißen Segel an. Im Süden zogen granitfarbene Wolken auf. Ein wenig Regen würde helfen, all den Dreck abzuwaschen, der sich in letzter Zeit angehäuft hatte. Es hatte seit Mitte Mai nicht mehr geregnet.

Jedes seiner Häuser hatte Meerblick. Nicht, weil er das Meer besonders mochte, sondern weil es sich für einen Mann seines Standes gehörte, am Wasser zu wohnen.

Er begab sich in seine Höhle, nahm ein Tütchen Kokain aus dem Kästchen auf dem Schreibtisch und leerte das Pulver auf den kleinen Spiegel, der dort bereitlag. Dann hackte er das Pulver mit der Kreditkarte klein, formte drei schmale

Streifen und schnüffelte sie mit einem zusammengerollten Tausender ein.

Er ging wieder ins Wohnzimmer, starrte weiter übers Meer und wartete, bis sein Selbstvertrauen zurückkam und er wieder klar denken konnte.

Leonard Vangen musste weg. Nicht nur, weil er ihn in aller Öffentlichkeit gedemütigt hatte – aus unerfindlichen Gründen schien der gescheiterte Akademikersohn fest entschlossen, ihn ans Messer zu liefern.

Und Rino Gulliksen wurde auch immer mehr zum Problem. Er musste beseitigt werden, bevor er zusammenbrach und zu den Polypen ging.

Wenn Nils sowohl den Anwalt als auch Rino erledigte, konnte nur noch er ihn mit den Untaten in Verbindung bringen. Es wäre kein Problem, einen Kosovoalbaner zu finden, der kurzen Prozess mit ihm machte, falls es notwendig werden sollte.

Mariken Varden und die Polizei von Asker und Bærum waren ihm auf den Fersen. Obwohl das im Grunde eine unterhaltsame Herausforderung war und sie ihm nichts nachweisen konnten, war er wahrscheinlich in der NPDG am Ende. So realistisch musste er sein.

Den Bonus konnte er wohl vergessen.

Aber das war keine Katastrophe.

Er hatte fünf Millionen im Safe, und das schuldenfreie Haus war ein Vermögen wert. Poulsson könnte es ohne Weiteres für ihn verkaufen. Er durfte bloß nicht vergessen, es vorher Camilla zu sagen. Sie würde bestimmt jammern, aber das machte nichts. Sie würde die Hütte in Kragerø bekommen.

In ein oder zwei Wochen würde er an seinem Privatstrand

auf den Bahamas liegen und mit Lionel Richie Cuba Libre trinken.

Der Pole, der Vogelmann, Vangen, Rino – vielleicht noch Nils. Langsam häufte es sich an. Das Ganze war ziemlich unnorwegisch. Internationales Niveau.

Durfte man sich eigentlich Massenmörder nennen, auch wenn man die Morde nicht eigenhändig beging?

Klavenes dachte nach. Stalin und Hitler wurden als Massenmörder bezeichnet, obwohl sie wahrscheinlich niemanden persönlich umgebracht hatten.

Eine Sekunde lang leuchtete ihm ein, wie krank sein Plan war. Wenn ihm vor einem Jahr jemand gesagt hätte, dass er vier Menschen töten würde, hätte er sich schiefgelacht, aber nun hatte er keine andere Wahl. Außerdem führte er nur eine uralte Tradition fort.

Während er so dasaß und grübelte, ging unten die Haustür auf. Freitagnachmittag, das musste Camilla sein. Er war angetrunken und etwas high, aber noch lag ein unendlicher Abend vor ihm. Wie sollte er ihn verbringen? Mehr trinken, die Stimmung mit mehr Koks heben, in die Stadt fahren? Freitags war es überall proppenvoll. Ein paar Drinks mit Papierschirmchen im Onkel Donald? Oder mit den Hell's Angels im Alnabru feiern? Dort konnten ihn viele nicht ausstehen, das war ihm klar, aber so lange er Schnaps und Dope spendierte, war er immer willkommen, selbst wenn keiner mit ihm tanzen, ficken oder Billard spielen wollte. Oder sollte er daheim bleiben, einen blöden Film gucken, zum Wasser runter spazieren und Seeluft atmen, vielleicht das neue Au-pair in der Garagenwohnung besuchen? Mal schauen, ob sie was taugte oder ob er ihr erklären musste, wo der Hammer hing.

Der Gedanke ließ sein Geschlechtsorgan leicht anschwellen, aber nicht so stark wie gewöhnlich.

Am besten war es immer beim allerersten Mal, beim »Einfahren«, wie er es nannte.

Camilla kam die Treppe herauf, lehnte sich an den Türrahmen und fragte: »Hast du ans Abendessen gedacht?«

»Haben wir nichts in der Kühltruhe?«, fragte Klavenes.

»Wir haben gar keine Kühltruhe«, seufzte Camilla.

Klavenes legte ein Bein aufs Sofa, zog den Bademantel zur Seite und entblößte sein großes rötliches Glied.

»Was sagst du dazu?«

Camilla zog eine Grimasse. »Was soll ich dazu sagen? Hast du schon wieder an dir selbst rumgespielt?«

Sie drehte sich um und ging. Er hörte, dass sie wieder zur Tür hinausging. Nach fünfzehn Jahren Ehe war der Abgrund zwischen ihnen noch immer groß und unergründlich.

Um neun Uhr setzte Terje Klavenes sich ins Auto und fuhr nach Oslo in die Go-go-Bar Blaze, wo er nach einer halben Stunde rausgeworfen wurde, weil er eine Stripperin begrapscht hatte.

Klavenes richtete sich auf und begab sich in seinen Touareg auf einen Cocktail aus Pulver, Pillen und Tom Collins, dann fuhr er weiter zur Kvadraturen, wo er eine übergewichtige Nigerianerin mit engen Jeans und traditionellen Brandmarken im Gesicht auflas. Er bezahlte ihr hundert Kronen, damit sie ihm einen blies, während er nach Sandvika in den illegalen Spielclub fuhr. *Multitasking*, dachte Terje zufrieden, als er am Steuer saß und in vollen Zügen afrikanische Kunst genoss. Er zog das Handy aus der Jackentasche, rief Nils an und befahl ihm, in einer halben Stunde in den Club zu kommen. Und als er mit seiner Spielgefährtin über den

Lysakerelva donnerte, der die Stadtgrenze bildete, kam der Direktor gewaltsam. Vielleicht fühlte er sich deshalb so euphorisch »heimzukommen«. In Oslo ging er in der Menge unter, in Bærum wusste man, wer er war. Hier war er König.

Er parkte auf einem Behindertenparkplatz, schob das Mädchen aus dem Auto und gab ihr zwanzig Kronen Trinkgeld für den gelungenen Job. Dann stieg er trällernd die Treppe zum Club hinauf, der ein Sammelbecken für Bærums Abschaum war. Hier hatte er Rino und Nils zum ersten Mal getroffen.

Er erblickte Nils an der provisorischen Theke. Hier gab es keinen Glanz, alles drehte sich um Spiel und Geld. Der fünfzig Quadratmeter große Raum war mit einem Roulettetisch, zwei Black-Jack-Tischen und zwei Pokertischen ausgestattet.

Die Polizei führte mehrmals im Jahr Razzien durch, aber immer, wenn sie den Club schlossen, war er wenige Wochen später wieder geöffnet.

Klavenes setzte sich neben Nils, der vor einem großen Bier und einem Gammel Dansk saß. Er bestellte ein Bier und kam sofort zur Sache:

»Du musst Leo Vangen *und* Rino aus dem Weg räumen.«

»In Ordnung«, sagte Nils.

Klavenes sah ihn beinahe bekümmert an.

»Kein Einspruch? Keinerlei Bedenken, deinen besten Freund zu töten?«

»Sollte ich die haben?«

»Nein.« Nils starrte begierig die zwei leeren Gläser an. Am Roulettetisch grölte ein betrunkener Fettsack.

»Dasselbe nochmal?«, fragte Klavenes.

Nils nickte eifrig.

»Wie willst du es anstellen?«

»Das lass mal meine Sorge sein. Du sorgst nur dafür, dass Rino mit auf die Insel kommt, wo der Anwalt wohnt, um den Rest kümmere ich mich schon. Da kann ich zwei Fliegen mit einer Klappe fangen.«

»Du meinst ›zwei Fliegen mit einer Klappe schlagen‹?«

»Wenn dir das besser gefällt, soll's mir recht sein«, sagte Nils und kippte den Gammel Dansk herunter.

40

Montag, 16. Juni

»Ich habe ihn gedemütigt.«

Leo saß mit dem Telefon im Büro und legte die Beine auf den Schreibtisch. Er sprach mit Mariken.

»Ich liebe Sportterminologie«, sagte Mariken. »Und, was hältst du von Klavenes?«

»Ich habe etwas schwach begonnen, weil ich nervös war, aber dann ist es super gelaufen.«

»Wie können wir ihn kriegen?«

»Auf Back Nine habe ich jedes Mal getroffen.«

»Ich muss zugeben, dass ich mich gerade mehr für Klavenes interessiere als für deine Golfform.«

»Er schien stolz darauf zu sein, den Polen getötet zu haben.«

»Du glaubst also, dass er die Finger im Spiel hat?«

»Ich *weiß* es. Er hat irgendjemanden beauftragt.«

»Bist du sicher?«

»Ganz sicher.«

»Und wie kriegen wir ihn dafür dran?«

»Keine Ahnung. Du bist die Kommissarin.«

»Wir brauchen Zeugen.«

»Jetzt klingst du wie ein Ermittler.«

»Ich *bin* Ermittlerin.«

»Auf Back Nine habe ich bei allen Drives das Fairway getroffen.«

»Das Kriminalamt hat endlich bestätigt, dass der Tote Piotr Fabianski ist.«

»Gut, aber das wissen wir schon lange.«

»Wir müssen eine Verbindung zwischen Fabianski und Klavenes finden. Technische Beweise können wir vergessen. Wir brauchen einen Zeugen. Einen, der für Klavenes gearbeitet hat und bereit ist, gegen ihn auszusagen.«

»Was ist mit Kowalski?«

»Was soll der sagen? Wir brauchen etwas Konkretes.«

»Lass den Glatzkopf verhören. Er arbeitet für Klavenes.«

»Woher weißt du das?«

»Klavstad hat es mir selbst gesagt.«

»Das ist einen Versuch wert.«

»Wie ist Tønsberg?«

»Ganz nett. Aber meine Alten liegen mir die ganze Zeit in den Ohren, ob ich in letzter Zeit irgendwelche interessanten Männer getroffen hätte. Als gäbe es nichts Wichtigeres im Leben.«

»Was hast du geantwortet?«

»Dass ich einen kennengelernt habe, aber dass er ein unverbesserlicher Wirrkopf ist und ich nicht weiß, ob ich mich auf ihn verlassen kann.«

»Ein Wirrkopf? Hört sich nicht gut an.«

»Übrigens hat mich Danielsen heute angerufen. Wir haben eine Vermisstenanzeige bekommen. Ein Vogelschützer namens Alfred Digerud. Seit letzten Mittwoch hat ihn keiner mehr gesehen. Wie sich herausstellte, hat er uns letzten

Montag angerufen und Anzeige erstattet, weil jemand eine tote Ente mit einem Drohbrief in seinen Briefkasten gelegt hatte. Danielsen war am Telefon, er hielt es für einen Jungenstreich. Und jetzt ist der Mann wie vom Erdboden verschluckt.«

»Was stand in dem Drohbrief?«

»Lieber ein Vogel in der Hand als zehn auf dem Dach.«

»Klingt nicht wie ein Jungenstreich.«

»Vögel waren seine Leidenschaft. Er hat für das Schutzgebiet in Fornebu gekämpft und sich mit den Bauherren angelegt – unter anderem mit der NPDG.«

»Das ist interessant.«

»Vielleicht eine Spur.«

»Weißt du, wen ich auf dem Golfplatz getroffen habe?«

»Alice Cooper? Irgendwann stand in der Zeitung, dass er in Haga spielen wollte.«

»Das war letztes Jahr.«

»Wen sonst?«

»Benny Borg.«

»Benny Borg?«

»Jepp. Benny fucking Borg. Er sieht viel besser aus als in den Siebzigerjahren. Und er spielt nicht schlecht.«

»Merkwürdig. Das hat mir neulich schon mal jemand erzählt …«

41

Mittwoch, 18. Juni

»Ihr müsst ihn beseitigen.«

Klavenes saß in einer Ecke des *Blaa* in Bekkestua und klammerte sich an einen halben Liter Bier. Nach der Niederlage auf dem Golfplatz war er nicht mehr der Alte. Die Schultern seines schwarzen zerknitterten Jacketts waren von Schuppen bedeckt, das Haar klebte fettig an seiner Kopfhaut, seine Augen waren blass und wässrig. Er hatte vorgeschlagen, sich in der offiziellen Fankneipe des SV Stabæk zu treffen, weil er wusste, dass es Rino auf die Palme bringen würde.

»Passt auf, dass ihr dieses Mal die Überreste besser entsorgt«, sagte Klavenes.

»Du willst, dass wir vorsätzlich jemanden töten?« Rino starrte Klavenes ungläubig an.

»*Vorsätzlich*«, äffte Klavenes ihn nach. »Du bist vielleicht pathetisch. Das hat die Menschheit von Anbeginn der Zeiten getan.«

»Sind wir jetzt Auftragskiller?«

»Hast du Angst, dich weiterzuentwickeln, Rino? Es wird Zeit für einen Aufstieg auf der Karriereleiter.«

»Ich habe nicht das Bedürfnis, jemanden umzubringen.«

»Deine Bedürfnisse sind mir egal. Ihr sollt den Kerl beseitigen!«, zischte Klavenes und knallte sein Glas auf den Tisch.

Rino lehnte sich zurück und schlug die linke Faust rhythmisch gegen die rechte Hand. »Ich habe gehört, dass Nils neulich ein anderes Unruhemonument aus dem Weg geräumt hat.«

Nils hatte ihn am Abend zuvor angerufen und damit angegeben, wie er die Leiche mit seinem Sami-Messer zerteilt hatte. Klavenes habe es ihm zwar streng verboten, aber dem besten Freund könne er doch nicht seinen ersten richtigen Mord vorenthalten. Rino war auf die Toilette gegangen und hatte gekotzt.

Dann hatte er Rino von dem Safe in Klavenes' Büro und den fünf Millionen darin erzählt.

Rino hatte viel an die fünf Millionen gedacht.

»Das heißt Unruhe*moment*, du Strohkopf. Hast du überhaupt einen Schulabschluss?« Der Direktor zog eine Grimasse und fuhr mit der Hand durch sein fettiges Haar.

»Nein«, sagte Rino. »Das hast du schon mal gefragt.«

Klavenes starrte in sein Glas.

»Es stimmt, dass Nils einen kleinen Extrajob für mich erledigt hat. Der Vogelmann hat es nicht anders gewollt.«

»War es deshalb gleich nötig, ihn *umzubringen*?«

»Er hätte alles zerstören können. Manchmal muss man Maßnahmen ergreifen, auf die man eigentlich keine Lust hat.«

»Du hast solche Angst vor einem Vogelnerd mit Brille, dass du ihn umlegen lässt?«

»Brillenträger sind die Schlimmsten«, antwortete der Direktor. »Adolf Hitler, Mao Tse-Tung, John Lennon, Muhammad Gaddafi.«

»Hitler hat keine Brille getragen.«

Klavenes seufzte und schüttelte den Kopf.

»Er brauchte eine Lesebrille, wusstest du das nicht?«

»Ich sollte offenbar nichts davon erfahren?«, provozierte Rino.

»Du warst mit der Beschattung beschäftigt. Darum hat Nils das alleine erledigt.«

Rino nickte und wischte mit der Hand über die Glatze. »Danke übrigens für die Wahl des Treffpunkts. Du weißt, dass ich Stabæk hasse.«

»Das ist eine Schande. Du bist doch aus Bærum.«

Rino wusste, dass Klavenes eine Show abzog. In Wirklichkeit interessierte ihn Fußball nicht die Bohne, das hatte er ihm bei einem ihrer Treffen auf der Toilette im Stadion verraten, als er einmal besonders high war.

Rino winkte dem Kellner und bestellte eine Limonade. Dreißig Milligramm Valium zum Frühstück hatten das Bedürfnis nach anderen Beruhigungsmitteln erübrigt.

»Wer zum Teufel trinkt heutzutage noch Solo-Limonade?«, fragte Klavenes und nahm einen Schluck Bier. »Leonard Vangen muss sterben. Das steht fest. Und dass du der größte Trottel von Bærum bist.«

Der Direktor lachte selbstzufrieden und trank weiter.

»Entweder er oder wir. Es ist nur eine Frage der Zeit, bis er zwei und zwei zusammenrechnet und zur Polizei geht.«

»Ich hänge seit einer Woche wie ein Schlips an ihm, er scheint völlig harmlos.«

»Der ist alles andere als harmlos. Er ist geradezu lebensgefährlich. Er wusste alles über die NPDG und Fabianski, er arbeitet mit der Polizistin zusammen. Sie sind offenbar fest entschlossen, uns dranzukriegen.«

»Er kann so viel mit der Polizei reden, wie er will. Er ist ein harmloser Chaot, der nichts auf die Reihe kriegt. Der Typ hat noch nicht mal einen Fernseher.«

»Wer bestimmt hier, du oder ich?« Klavenes tat sein Bestes, um gefährlich und autoritär auszusehen. Rino fand eher, dass er erschöpft aussah, aber er spielte mit.

»Wie viel bezahlst du?«, fragte er.

»Dasselbe, was Nils für den Vogelmann bekommen hat. Zwanzigtausend für jeden, wenn ihr es erfolgreich zu Ende bringt.«

Rino presste ein Lachen hervor. »Um einen Anwalt zu ermorden? Weißt du, was das in Oslo kostet?«

»Da pfeife ich drauf«, sagte Klavenes.

»Hundert Riesen«, sagte Rino. »Mindestens.«

»Was zum Teufel weißt du davon? Wie vielen Anwälten wurde in letzter Zeit in Oslo das Licht ausgeblasen?«

»Keine Ahnung. Aber letzten Herbst haben ein paar Kosovoalbaner in Uddevalla einen Anwalt umgebracht. Da ging das Gerücht von hunderttausend schwedischen Kronen.«

»Geschwätz«, sagte Terje Klavenes. »Das war ja auch ein bekannter Anwalt. Vangen ist nur Rechtsreferendar, das ist kein Vergleich.«

»Wo liegt der Unterschied?«, fragte Rino.

»Man muss drei Prozesse geführt haben, um sich Rechtsanwalt nennen zu dürfen. Vangen hat nach einem Prozess den Schwanz eingezogen. Er muss Norwegens ältester Rechtsreferendar sein.«

»Ich kann da keinen Unterschied sehen.«

»Schluss mit dem Gejammer!« Klavenes leerte sein Glas. »Ihr kriegt fünfzigtausend, aber macht ihn ja kalt!« Rinos

Hirn arbeitete auf Hochtouren. Klavenes stand auf, schleppte sich zur Theke, bestellte ein weiteres Bier und beschwerte sich beim Kellner, weil das Glas nicht voll war. Rino kam zu dem Schluss, dass Klavenes nie so viel bieten würde, wenn er vorhätte zu bezahlen. Wahrscheinlich hatte er Nils beauftragt, auch ihn zu töten, sobald der Anwalt erledigt war. Wenn Leonard verschwand, waren er und Nils die Einzigen, die ihn zu Fall bringen konnten. Er musterte den Direktor, der mit einem vollen Glas zurückkam. Auf seiner Oberlippe glänzten Schweißperlen, seine Augen flackerten, er grinste.

»Hat dir schon mal jemand gesagt, dass du vollkommen verrückt bist?«

»Natürlich«, sagte Klavenes. »Meine Frau nennt mich jeden Tag den ›Patienten‹.«

42

Freitag, 20. Juni

Willy traf seinen Vater nicht besonders oft. Das war in Ordnung und vielleicht sogar der Hauptgrund dafür, dass sie gut miteinander auskamen. Lieber selten und gut als oft und nervig – in der Hinsicht waren Willy und Leo sich sehr ähnlich. Mit vierzehn Jahren hatte Willy Vangen allmählich begriffen, dass es mit der Juristen-Karriere seines Vaters nicht sonderlich weit her war. Davor war er immer stolz darauf gewesen, dass sein Vater Anwalt war, es klang jedenfalls gut. Damals wusste er nicht, dass Leo nur ein Rechtsreferendar mit Teilzeitstelle war, zumindest verstand er den Unterschied nicht. Als ihm dieser klar wurde, war es ihm peinlich, dass sein Vater weder reich noch respektiert oder berühmt war. Andreas' Vater war Geschäftsführer einer großen Versicherung, Jonnas Vater Chef einer Großhandelskette und Hans-Christians Vater Biologieprofessor. Aber noch viel peinlicher fand er, dass sein Vater wie ein Eremit in einer Bruchbude auf einer Insel wohnte, zusammen mit einem Hippie. Obwohl Gåsøya nicht weit war, schien es Willy manchmal, als wohne sein Vater am anderen Ende der Welt.

Ein paar Jahre später, als Willy aufs Gymnasium ging und

Bass in einer Band namens Vokuhila spielte, war es plötzlich cool, dass sein Vater ein Taugenichts war. Plötzlich waren die straighten, erfolgreichen Bærumväter peinlich.

Zweimal hatte er die gesamte Band sogar zum Wochenendbesuch auf Gåsøya mitgenommen. Dort war alles erlaubt, oder wie Kjartan sagte: »Was auf Gåsøya geschieht, bleibt auf Gåsøya.«

Willy war auf einmal stolz auf seinen schrägen Vater. Plötzlich war es egal, dass er weder Internet, iPod oder Fernseher hatte. Es wurde ihm sogar hoch angerechnet. Der Typ war durch und durch original und alternativ.

Beide Male waren sie am Ende in Kjartans Hippiebude gelandet, hatten selbstgemachten Obstwein aus dem Kanister getrunken und in voller Lautstärke ZZ Top gehört.

Kjartan hatte sein Leben lang ZZ Top geliebt. Er konnte sich noch immer köstlich darüber amüsieren, dass das einzige Bandmitglied ohne Bart Frank Beard hieß.

Kjartan war ein einfacher Mann.

Als Willy den Bildhauer damit konfrontierte, dass ZZ Top überhaupt keine Hippieband waren, sondern unter reaktionären Rednecks und Südstaaten-Rassisten beliebt waren, hatte Kjartan geantwortet: »Ihr Jungs aus Bærum müsst immer alles in Schubladen stecken. Ich liebe einfach nur ihre Musik.«

Am selben Nachmittag, an dem Vokuhila zum x-ten Mal über einen neuen Bandnamen diskutierten und sich auf den Gig ihres Lebens vorbereiteten, saßen Nils Hætta und Rino Gulliksen unter einem Sonnenschirm auf der Terrasse des Alten Bades in Lilleaker und tranken Bier.

Es war noch immer ungewöhnlich warm für die Jahreszeit, Hochsommer im Juni, die Sonne brannte auf die grüne

Landschaft, alles bewegte sich langsamer als gewöhnlich. Die zwei alten Freunde hatten sich etwas abseits von der Masse gesetzt, um ungestört zu reden. Nils kippelte mit dem Stuhl und erzählte grinsend und gestikulierend Anekdoten von seinem ersten Mord. Rino trug eine Schirmmütze mit Supermarktreklame, um die verbrannte Glatze zu schonen. Sein Magen drehte sich beim Zuhören um. »Klingt ziemlich eklig«, sagte er schließlich.

»Eklig? Es war der reinste Genuss.«

»Was zum Teufel hat Digerud dir getan?«

»Er hat meinen Freund geärgert.«

»Seid ihr jetzt Freunde geworden?«

»Beste Freunde.«

»Dann hast du ja sicher mit dem Papasöhnchen gesprochen. Wie denkst du darüber?«

»Worüber?«

»Über den Anwalt.«

»Was ich darüber denke?« Nils kratzte sich am Kopf. »Ein gut bezahlter Job, der Spaß macht. Was kann man mehr verlangen?«

Nils bohrte in seiner Nase und tat, als würde er scherzen, obwohl er es vollkommen ernst meinte.

»Was macht das für einen Sinn, ihn zu töten?«, fragte Rino.

»Wir haben keine andere Wahl. Er könnte dafür sorgen, dass wir alle im Knast landen. Außerdem werden wir dafür bezahlt.«

»Hungerlohn.«

»Wie bitte? Fünfzig Riesen bar auf die Kralle, ist das etwa nicht gut?«

»Macht fünfundzwanzig pro Nase, um einen Anwalt zu töten. Etwas unterbezahlt.«

Rino rutschte auf dem Stuhl herum und stierte einen alten Mann nieder, der nahe genug saß, um vielleicht etwas von ihrem Gespräch mitbekommen zu haben. Der alte Alkoholiker senkte den Blick und signalisierte, dass er keine Bedrohung darstellte und genug mit sich und seinem Bier zu tun hatte.

»Du meinst einen Rechtsreferendar. Er ist nicht mal ein ordentlicher Anwalt, wusstest du das?« Nils lachte. »Sei nicht so negativ, das wird lustig!«

Rino war sprachlos. Der Verrückte war ernsthaft begeistert. Er versuchte es noch einmal:

»Komm schon, Nils. Wir müssen das nicht tun.«

»Was?«

»Den Anwalt umbringen. Wir scheißen drauf.«

»Zu spät, um zu kneifen.«

»Wir brauchen Klavenes nicht. Wie lange kennen wir uns schon, Nils? Fünfundzwanzig Jahre?«

Nils sah ihn mit einem Anflug von Wärme an. »Das ist genau das Problem, Rino. Das ist genau das Problem.«

43

Leo freute sich darauf, seinen Sohn im Mono spielen zu sehen, aber gleichzeitig grauste ihm davor. Seit drei Jahren hatte er es ihm versprochen, es wurde langsam Zeit.

Er stand an der Bar, trank ein Sol mit Limone, stampfte diskret mit dem rechten Fuß im Takt und ließ den Blick durch das Lokal schweifen. Er fühlte sich nicht wie ein Jungspund, aber auch nicht peinlich alt. Erstaunlich viele Gäste hatten wenig Haare auf dem Kopf und Doc Martens an den Füßen. Rock war längst kein Jugendphänomen mehr. In den Achtzigern war keiner über fünfundzwanzig gewesen, und alle hatten gleich ausgesehen in ihren schwarzen Uniformen. Heute war die Vielfalt größer. Das Mono war überraschend voll, anscheinend war Vokuhila tatsächlich auf dem Weg nach oben.

Auf jeden Fall konnten sie spielen, was man von Leos früherer Band »Stalingrad« nicht behaupten konnte. Auch der Sound war gut, ganz anders als damals. Man hörte sogar den Sänger. Leos Gesang war damals immer im Lärm untergegangen, obwohl er mehr gegrölt als gesungen hatte. Eine Kritikerin hatte ihn genau deswegen gelobt. Sie hatte geschrieben, der Vokalist der Band Stalingrad sei das Intensivste, was sie je auf einer norwegischen Bühne gesehen hatte.

Er habe gesungen, als stünde sein Leben auf dem Spiel. Dabei hatte er nur gegen jaulende Gitarren, den wummernden Bass und das misshandelte Schlagzeug angebrüllt.

Später sorgte die Musikzeitschrift *Beat* dafür, dass Norwegen von einer Americana- und Rootswelle überrollt wurde, was für die introvertierten Kunstrocker von Stalingrad das Ende bedeutete. Außerdem hatte er sein Jurastudium begonnen, was damals nicht ohne Weiteres mit Rockmusik vereinbar war. Heute war alles lockerer. Willy wollte Betriebswirtschaft studieren – damals undenkbar für einen Rockmusiker.

Leo war stolz auf seinen Sohn. Die Band klang wie eine Mischung aus verschiedenen New-Wave-Bands der frühen Achtziger wie Echo and the Bunnymen, Teardrop Explodes und XTC, kombiniert mit einem Gitarrensound à la Joy Division und pompösem Gesang wie bei den Associates. Selbst sie behaupteten, sie seien von Interpol, The Strokes, den Yeah Yeah Yeahs und anderen New-York-Bands beeinflusst.

Willy stand rechts außen und spielte Bass, anscheinend ziemlich gut. Es ist das Los des Bassisten, dass keiner ihn bemerkt, außer wenn er singt, eine Saite fetzt oder die Lieder ansagt. Der Vorteil besteht darin, dass kaum einer merkt, wenn sie schlecht spielen – fast wie bei einem Rechtsreferendar, der Golf spielt, bevor die anderen aufstehen, und sich zwei Tage pro Woche hinter einem provisorischen Schreibtisch versteckt.

Als es so dunkel war, wie es an den längsten Tagen des Jahres werden konnte, schoben Rino und Nils das Boot aus dem Gebüsch am Flussufer, stiegen an Bord und stakten den Fluss hinab. Aufgrund des anhaltenden schönen Wetters war der Wasserstand beträchtlich gesunken, und die Freunde mussten mehrmals aussteigen und das Boot von Steinen und Sandbänken schieben.

Die Sommernacht war weich wie Samt, es war über zwanzig Grad warm, obwohl es kurz vor Mitternacht war. Die erste tropische Nacht in Bærum stand bevor. Der Mond erleuchtete das Meer, es glitzerte und funkelte überall, kaum ein Boot war zu sehen. Die meisten waren zuhause und sparten ihre Kraft für die Johannisnacht auf.

Die stille, idyllische Landschaft stand in krassem Gegensatz zu dem Auftrag, den sie durchführen sollten.

Mit seinem blutdürstigen Kindheitsfreund auf der Bugbank steuerte Rino das Boot in Richtung Gåsøya. Nils hatte einen Cocktail aus Speed, Schnaps und Beruhigungsmittel eingefahren, um sich in Kriegermodus zu versetzen.

Rino hatte keine Ahnung, was er tun sollte. Sein einziger Plan war mitzuspielen und abzuwarten, wie sich die Sache entwickelte. Dann musste er improvisieren. Vielleicht war dies ja die unvermeidliche Konsequenz aller Dummheiten, die er in seinem Leben begangen hatte. Wer seinen Standpunkt nicht klarstellte, bekam früher oder später eins in die Fresse. Die Dinge hatten sich hochgeschaukelt, und nun saß er in einem gestohlenen Boot und war unterwegs zu einer Insel, um einen ganz normalen, netten Kerl mit Haus, Auto und Kindern umzubringen.

Es war unmöglich, Nils zur Vernunft zu bringen. Der Same war fest entschlossen, Leonard zu töten, und es war gut möglich, dass er auch ihn erledigen würde, nachdem der Anwalt aus der Welt war.

Der letzte Funke Vertrauen zu Nils war erloschen. Sein Freund hatte sich komplett ausgeklinkt, war total übergeschnappt – vielleicht schon immer. Die Angst lauerte überall, am dunkelblauen Himmel, im tiefschwarzen Wasser und in den Schreien der Möwen.

Nils starrte an den Sternenhimmel. Nie war er so glücklich und mit sich selbst im Reinen gewesen. Er hatte einen vagen Plan, wie er den Rechtsreferendar um die Ecke bringen wollte. Eine Pistole war zu laut, das Messer musste her. Oder ein stumpfer Gegenstand an den Kopf. Ein wohlgezielter Schlag dürfte reichen.

Danach würde er die Leiche zerstückeln und die Teile so tief versenken, dass keiner sie je fand. Es würde ihm ein großes Vergnügen sein, das Messer in diesen Snob aus Stabekk zu stoßen. Ein privilegierter Oberklasseidiot, der bestimmt nie im Leben hatte schuften müssen. Er wollte sich Zeit nehmen und genießen, wie das Papasöhnchen um Gnade winselte. Ausprobieren, wie viel ein menschlicher Körper aushielt.

Im Grunde freute er sich auch darauf, Rino umzubringen. Es war eine Art Bonus.

Der nörgelnde Moralapostel mit den blöden Tätowierungen hatte ihn all die Jahre nur ausgebremst, er hatte die Schnauze voll von ihm. Aber Rino war groß und stark. Wenn es zum Kampf kam, hätte er keine Chance. Er musste ihn von hinten erdolchen.

Rino steuerte in seine Stammbucht, wo er das Boot bei seinen letzten Besuchen versteckt hatte. Es waren viel mehr Menschen auf der Insel als vor zwei Wochen, etliche Fenster waren erleuchtet.

Die zwei Gauner hüpften mit Schuhen ins Wasser, zogen das Boot an Land und schlichen durch den Wald zu Leos Bruchbude.

Das Haupthaus war dunkel, aber in dem kleinen Blockhaus im Garten brannte Licht. Aus der offenen Tür strömte laute Musik in die Sommernacht. ZZ Top, *Cheap Sunglasses*.

»Das ist der Untermieter«, sagte Rino.

Nils packte Rino am Arm. »Untermieter? Warum zum Teufel hast du nichts von dem erzählt?«

»Ich fand es nicht wichtig«, flüsterte Rino.

Sie schlichen zur Hütte und linsten durchs Fenster. Kjartan schwang mit nacktem Oberkörper Hammer und Meißel und gab seiner Statue den letzten Schliff. Fridtjof Nansen war vollendet.

»Was macht der da?«, fragte Nils.

»Eine Statue. Er ist Bildhauer.«

»Ein verdammter Künstler?«, sagte Nils und hielt die Hand vor den Mund, als wolle er ein Lachen unterdrücken.

»So was Ähnliches.«

»Sieht drahtig aus«, flüsterte Nils.

»Rappeldürr«, kommentierte Rino.

»Wir müssen ihn unschädlich machen«, sagte Nils.

»Wie denn?«, fragte Rino.

»Wir fesseln ihn an den Herd«, sagte Nils.

»Warum an den Herd?«

»Weil der schwer ist.« Nach einer kurzen Pause stimmte die Boogierockband das untypische *Esther Be the One* an. Rino fand es das beste Stück des Albums.

»Wie wär's mit der Statue«, schlug Rino vor. »Die ist bestimmt noch schwerer.«

»Gute Idee.«

Sie schlichen um die Ecke und stürzten in die Hütte, und ehe Kjartan sichs versah, saß Nils auf seinem Brustkorb und presste das Sami-Messer an seine Halsschlagader.

»Wo ist Leonard?«, zischte Nils.

»Leonard?«, fragte Kjartan mit weit aufgerissenen Augen und heller Stimme.

»Kennst du etwa deinen Vermieter nicht?«

»Du meinst Leo«, piepste Kjartan. »Der ist auf einem Rockkonzert. Kommt spät heim.«

»Rockkonzert? Wer spielt?«

»Sein Sohn.«

»Sein Sohn spielt in einer Band?«

Kjartan nickte, starr vor Schreck.

»Wie heißt die?«

»Vokuhila.«

»Vokuhila?« Nils lachte höhnisch. »Was für ein dämlicher Name.«

»Ich glaube, das ist ironisch gemeint …«, stotterte Kjartan.

»Halts Maul!«, schrie Nils.

Nachdem sie den zitternden Hippie an sein eigenes Kunstwerk gefesselt hatten, stopften sie ihm eine Socke in den Mund, machten das Licht aus und schlossen die Tür. Dann gingen sie zum Haupthaus hinüber, Rino zog den Schlüssel unter dem Blumentopf hervor und schloss auf. Sie ließen die Lichter aus und setzten sich im Wohnzimmer auf den Boden, um auf den Anwalt zu warten.

44

Angenehm beschwipst und zufrieden schlenderte Leo über die Karl Johans gate durch das nächtliche Oslo. Die Straßen waren voller betrunkener Norweger, die lachten, stritten und sich prügelten, und Japaner mit großen Augen, die Bilder von ihnen machten. Willy hatte sich ganz schön gemacht. Das war nicht selbstverständlich, irgendwo schienen doch ein paar gute Gene in ihm zu stecken.

Er dachte, wie privilegiert er war, dass er in Aker Brygge in sein eigenes Boot steigen und zu seinem eigenen Haus auf seiner eigenen Insel tuckern konnte. Wie viele Menschen konnten das von sich sagen? Gab es überhaupt eine andere Hauptstadt in der Welt, wo dies möglich war?

Die schönen Dinge im Leben vergaß man viel zu schnell.

Die meisten Menschen sind so glücklich, wie sie es sich selbst vorgenommen haben, hatte Abraham Lincoln einmal gesagt.

Da war was dran.

An der Herbern Marina stieg Leo an Bord, löste die Leinen, startete den Motor und tuckerte am Bauplatz von Tjuvholmen Richtung Bærum davon.

Normalerweise hasste er es, nachts zu fahren. Er hatte eine Heidenangst vor Untiefen, fühlte sich ausgeliefert und traute sich nicht, schnell zu fahren. Heute aber fürchtete er nichts. Es war eine der hellsten Nächte des Jahres, der Mond und die Lichter der Stadt tauchten den Fjord in einen harmonischen, seidenweichen Schimmer.

Willy und die Band hatten ein gutes Konzert gespielt. Offenbar war Norwegens Rockszene in Bewegung, das Niveau war viel höher als früher. Er wollte Willy bitten, ein paar neue Alben auf sein Handy zu kopieren. Oder sogar so ein Spotify-Abo kaufen, mit dem Birken-Swenssen mit dem Fahrradhelm immer so angab.

Es war schön gewesen, mal wieder in der Stadt auszugehen.

Über zehn Jahre her seit dem letzten Mal.

Das Alte Bad, Kaktus und Krakau zählten nicht.

Der Bug teilte das glitzernde Wasser mit dreißig Knoten. Bald war Johannisnacht. Feiernde Menschen und knisternde Feuer auf den Schären, Boote in den Buchten. Der Oslofjord erwachte zum Sommerleben, er war kaum wiederzuerkennen. Leo überlegte, wie sie Klavenes entlarven könnten. Er hatte es nicht alleine getan, sie mussten seine Handlanger finden. Der große Gorilla, der ihn beschattet hatte, steckte sicher mit drin. Vielleicht lag der Schlüssel bei ihm. Sie konnten ihn vorladen und so tun, als wüssten sie alles, und ihm mildernde Umstände zusichern, wenn er gegen Klavenes aussagte. Das Problem war nur, dass sie in Wirklichkeit herzlich wenig wussten. Sie hatten keine Druckmittel in der Hand. Aber wenn sie Klavenes den Mord an dem Polen nicht nachweisen konnten, gab es vielleicht andere Anklagepunkte. Al Capone hatten sie auch nur wegen Steuerhinterziehung drangekriegt. Sie mussten Klavenes' Buchhaltung durchforsten, aber das war ein Job für die Polizei, nicht für ihn.

Er hatte seinen Teil getan.

Wenigstens wusste Klavenes, dass die Polizei ihm auf den Fersen war. Er, Leo, hatte den Ball ins Rollen gebracht. Leo stand auf und gab Vollgas, 35 Knoten. Die milde Sommerluft strich ihm um den Kopf, als er an Huk, dem Lysakerfjord und Snarøya vorbeidonnerte. Morgen wollte er Mariken vorschlagen, den übergewichtigen Skinhead zu verhören. Und er würde sie zum Abendessen auf die Insel einladen. Außerdem wollte er sich mit Ragna aussprechen und vernünftig mit Siri reden.

Er manövrierte das Boot an den Anleger, vertäute es gründlich und schlenderte zum Haus hinauf, wobei er das alte Genesis-Lied *Burning Rope* aus dem vielgescholtenen Album *And Then There Were Three* pfiff.

Bei Kjartan war es schon dunkel, sonst hätte er noch einen Absacker auf der Terrasse vorgeschlagen, um den bisher hellsten Tag des Jahres zu feiern. Aber es hatte auch was, noch ein Weilchen alleine draußen zu sitzen und nachzudenken, einen Plan zu machen.

Er holte den Schlüssel unter dem Blumentopf hervor, schloss auf, kickte die Schuhe auf den Flur, warf die Jacke auf den Boden und ging ins dunkle Wohnzimmer. Als er bemerkte, dass der Ohrensessel falsch herum stand, wusste er, dass etwas nicht stimmte, aber da war es bereits zu spät.

Eine kleine wieselige Gestalt sprang ihn von hinten an und warf ihn zu Boden. Es kam zum Gerangel auf dem Parkett. Leo riss sich los und versetzte dem Brillenträger, der über ihm kniete, drei wohlgezielte Hiebe. Mit dem ersten brach er ihm die Nase und zerschlug seine Brille, der zweite brach ihm das Jochbein, der dritte schlug ihm mehrere Zähne aus. Es knackte unappetitlich, was den Skinhead offenbar zum Eingreifen bewegte. Der Riese nahm den Rechtsreferendar von hinten in die Klammer und hob ihn in die Luft. Leo zappelte wie wild mit den Beinen und rammte ihm den Ellbogen so fest in den Bauch, dass der große Mann aufschrie und rückwärts umfiel. Jetzt war Leo über Rino und bearbeitete den Fleischkloß mit kräftigen Schlägen gegen den Hals. Der Riese tat nichts, um sich zu wehren, es schien fast, als akzeptierte er die Misshandlung als Strafe. In diesem Moment raffte sich der vor Wut schäumende Nils auf und hämmerte viermal mit der blanken Faust auf Leos Hinterkopf. Leo kippte nach vorn und blieb leblos auf Rino liegen. Nils versetzte ihm noch ein paar Faustschläge in die Nieren, ehe er wieder die Besinnung verlor und neben den anderen zu Boden sank.

Rino schob den bewusstlosen Leo vom Bauch und setzte ihn vorsichtig auf einen Küchenstuhl. Dann nahm er den mitgebrachten Strick und fesselte Leo mit den Händen hinter dem Rücken an den Stuhl. Nils kam bald wieder zu sich und richtete sich halb auf. Sein Gesicht war grotesk entstellt und geschwollen, aber als er den gefesselten Leo sah, lächelte er wie ein kleines Kind.

»Du siehst scheiße aus«, sagte Rino.

»Aussehen ist nicht alles«, sagte Nils und entblößte eine blutige Zahnreihe, in der die Hälfte fehlte. »Was wirklich zählt, sind die inneren Werte.«

Er richtete sich auf und stand schwankend, mit wildem Blick, vor Leo. »Das kann ein bisschen dauern. Musik!«

»Musik?« Leo hob beide Augenbrauen.

»Hast du nie *Reservoir Dogs* mit Michael Madsen gesehen?«, fragte Nils.

»Doch«, sagte Rino.

»Er foltert die Leute immer zu Musik.«

»Und?«

»Das war supercool.«

Nils griff sich in den Mund, zog einen Zahn heraus, hielt ihn in Höhe und betrachtete ihn, als könne er nicht glauben, dass es ein Teil von ihm war.

»Was für Platten hat er? Ich will Musik!«

Rino watschelte zum Bücherregal und blätterte zum zweiten Mal durch Leos Plattensammlung.

»Joy Division, Pixies, Nick Drake, Eyeless in Gaza, Reeperbahn, The Jam, Steve Earle, Alice in Chains.«

»Alice in Chains?« Nils Augen leuchteten auf. »Ist es *Dirt?*«

»Jepp«, sagte Rino.

»Geil. Leg es auf.«

Als das erste Stück, *Them Bones*, aus den Lautsprechern dröhnte, zog Nils sein bestes Stück, das Sami-Messer, aus der Hose und führte eine Art Ritualtanz vor Leo auf, der benommen auf dem Stuhl saß und aus einer Wunde auf der Stirn blutete. Nils packte Leos dunkles Haar, schnitt eine Locke ab und warf sie in die Luft. Dann drehte er sich zu Rino um.

»Der Ureinwohner in mir hat Lust, ihn zu skalpieren. Sollen wir damit anfangen?«

Rino wischte sich mit der Hand übers Gesicht und ging zur Terrassentür, um irgendetwas zu tun.

»Pass auf«, sagte Nils. »Ich weiß, dass du schon immer wissen wolltest, was geschieht, wenn man einem Mann das Ohr abschneidet.«

»Das wollte ich nie wissen«, sagte Rino.

»Ich fange mit ein paar kleinen Schnitten am Brustkorb an.«

Nils riss Leos blutbesudelte Bomberjacke auf und zerschnitt sein T-Shirt der Länge nach. Dann ritzte er zu jedem Schlag der Snare Drum eine Riefe in Leos Brust. Nicht tief, sondern gerade genug, dass es blutete. Nach zwanzig Schnitten stolzierte er zu dem großen Spiegel neben dem Aquarium, wippte im Takt zur Musik und betrachtete sich selbst. Dann tanzte er ungraziös zu Leo zurück.

Durch einen Nebel aus Schock, Gehirnerschütterung, Schmerz und zehn Flaschen mexikanischem Bier sah Leo, wie der dicke Skinhead von hinten auf das sadistische Klappergestell zuging. Er hielt etwas Langes, Dünnes in der Hand. Etwas Wohlbekanntes – einen Golfschläger. Während der dürre Zwerg mit dem Messer in der Hand vor ihm herumzappelte, sein Kunstwerk bewunderte und überlegte, wie er es vollenden konnte, bereitete der Große sich zum Schlag vor. Er holte in aller Ruhe aus, spreizte die Beine und spannte die Muskeln wie ein Schlagmann im Baseball, dann schlug er das Siebenereisen mit voller Kraft auf den Hinterkopf des Sadisten. Ein lautes KLONG! ertönte – Volltreffer. Der Dürre fiel mit dem Gesicht nach vorn zu Boden und blieb liegen. Ungläubig starrte Leo die leblose Gestalt an und dann den Mann, der ihm wahrscheinlich das Leben gerettet hatte. Er dachte, dass er eher den Driver genommen hätte und dass der Schwung des Riesen noch viel Training brauchte, aber er hatte trotz allem sein Ziel erreicht.

Dunkelrote Flüssigkeit lief Nils aus beiden Ohren.

Alice in Chains spielte *Down In a Hole* in voller Lautstärke. Leo fühlte sich wie in einem Film.

Der Mann mit dem Schlangentattoo am Hals stand da mit dem Eisen über der Schulter und betrachtete lange sein Opfer. Dann warf er den Golfschläger auf den Boden, ging zu Leo und löste seine Fesseln.

»Bist du okay?«, rief Rino Gulliksen.

»Bestens.« Leo erkannte nur die Umrisse des Riesen, er sah alles verschwommen.

»Scheiße, dieser Irre«, sagte Rino.

»Wärst du so nett, die Musik auszumachen?«, sagte Leo.

Rino ging zum Plattenspieler, hob den Tonarm ab und schaltete den Verstärker aus.

Stille senkte sich über das Wohnzimmer. Von außen hörte man gedämpfte Rufe, wie von weit weg. Leo sah seinen Retter mit dem Auge an, das nicht zugeschwollen war.

»Kjartan? Was zum Teufel habt ihr mit Kjartan gemacht?«

»Mit dem Künstler? Nichts. Dem ist nichts geschehen«, sagte Rino.

Leo betrachtete den kleinen Mann, der auf dem Boden lag und sein Wohnzimmer versaute. »Was war das?«, fragte er und nickte in Richtung der leblosen Gestalt.

»Das war Nils«, antwortete Rino. »Mein bester Freund.«

»Danke«, sagte Leo und meinte es ehrlich, auch wenn er seine eigene Stimme kaum erkannte und sich noch immer wie in einem Film vorkam.

»Wofür?«, fragte Rino.

»Dass du mein Leben gerettet hast.«

»Nichts zu danken«, sagte Rino und machte sich wieder an Leos Fesseln zu schaffen. »Er hätte dich umgebracht. Ich konnte nicht einfach danebenstehen und es geschehen lassen.«

Der Raum verschwand vor Leos Augen, die Winkel verdrehten sich, alles verschwamm. Er versuchte, an etwas Schönes zu denken – Forellenfischen mit seinem Vater auf der Hardangervidda –, und schüttelte den Kopf, um aus dem Albtraum aufzuwachen, aber es half nichts.

»Warum zum Teufel wollte er mich umbringen?«, fragte Leo.

»Dein neuer Golfpartner fand, dass du zu aufdringlich wurdest.«

Dann erzählte Rino die ganze Geschichte, zumindest alles, was er wusste: von Terje Klavenes, dem Fornebu-Ausbau, dem Polen, den wütenden Wohnungskäufern, Jan Landgangen, dem armen Vogelschützer und seinem toten Freund Nils.

Leo war schwindlig, er bekam nur die Hälfte mit und konnte den Blick nicht von dem Toten abwenden. Er stellte ein paar weitere Fragen, auf die er kurze, präzise Antworten von Rino bekam, der noch immer mit den Knoten kämpfte, die er selbst gebunden hatte.

Als Leos Hände endlich frei waren, stand er auf und schüttelte die Hände, um die Durchblutung anzuregen.

»Wo ist Kjartan?«, fragte er.

»Hab ich doch gerade gesagt. Dem geht's gut. Wir haben ihn an seine Statue gefesselt.«

Leo schwankte ein paar Sekunden hin und her, weil er kein Gefühl in den Beinen hatte, und sank neben dem toten Sadisten zu Boden.

Rino nahm ein Kissen vom Ohrensessel und legte es unter Leos Kopf. Dann hob er seinen toten Freund vom Boden auf, legte ihn über die Schulter und trug ihn durch den dunklen Wald zum Boot. Dort legte er ihn behutsam ins feuchte Gras. Nur eine frische Brise in den Laubbäumen war zu hören, keiner der Nachbarn bekam mit, was in Leos Haus geschah, obwohl sie nur wenige Hundert Meter entfernt in ihren Betten schliefen.

Rino schlich zur Blockhütte hinauf, zog die Socke aus

dem Mund des Bildhauers, der aussah, als hätte er längst aufgegeben, und band ihn von der Statue los.

»Hast du was Großes und Schweres?«, fragte Rino.

»Wozu?«

»Ich muss ein großes Stück Müll entsorgen.«

»Wo ist Leo?«

»Beruhig dich. Er liegt im Wohnzimmer, aber er ist nur ohnmächtig.«

Kjartan nickte in Richtung der Statue. »Das Ding da ist ziemlich schwer.«

»Perfekt«, sagte Rino.

»Nimm mein verdammtes Lebenswerk und versenke es am Meeresgrund, da gehört es hin«, sagte Kjartan. Eine Träne lief ihm über die Wange.

Sentimentaler Typ, dachte Rino. »Du musst mir helfen, sie zum Boot zu tragen.«

»Sie ist verdammt schwer«, sagte Kjartan. »Wir müssen die Schubkarre nehmen.«

»Gut«, sagte Rino, überrascht von der Hilfsbereitschaft des Künstlers.

Als sie zum Boot kamen und Kjartan den Toten erblickte, fragte er: »Wer ist das?«

»Das ist Nils.«

»Ist das der, der vorhin auf mir gesessen hat?«

»Jepp. Mein Partner.«

»Was macht er da?«

»Er ist tot.«

Schweigen. Kjartan zitterte am ganzen Leib und klapperte mit den Zähnen. »Was hast du mit ihm vor?«, fragte er mit heller Stimme.

»Wir binden ihn an der Statue fest und versenken ihn.«

Das Duo brauchte eine Weile, um den schlaffen Gewalttäter an Fridtjof Nansen zu fesseln. Sie klemmten ihn zwischen die ausgestreckten Arme des Friedensnobelpreisträgers, legten Nils' Arme über Nansens Schultern und banden ihn mit demselben Strick fest, mit dem Kjartan an sein Werk gefesselt worden war. Der edelste Mensch und der größte Abschaum, den Bærum je hervorgebracht hatte, in herzlicher Umarmung, Wange an Wange. Es sah aus, als wüsste der steif dreinblickende Polarheld nicht ganz, wie er auf die herzliche Begrüßung reagieren sollte.

Sie legten das ungleiche Paar ins Boot und ließen es so überstehen, dass Rino es alleine über Bord kippen konnte.

Kjartan sah zu, wie der kahlköpfige Riese lautlos und zielbewusst mit dem Bootshaken aus der Bucht stakte. Sein kahler Schädel glänzte im Mondschein. Mit dem Brocken an Bord krängte das Boot stark nach Backbord. Von fern sah Rino aus wie ein stolzer Fischer mit dem Fang seines Lebens.

45

Sobald Rino außer Sichtweite war, stürmte Kjartan zurück zum Haus, wo er Leo auf dem Ohrensessel fand. Der Anblick des verletzten Freundes holte ihn in die Realität zurück, wie eine schlimme Nachricht einen Betrunkenen auf einen Schlag ernüchtert.

»Geht's dir gut?«, fragte Kjartan.

»Na ja. Besser.«

»Was ist geschehen?«

»Der Skinhead hat mir das Leben gerettet. Der verrückte Zwerg wollte mich töten. Ich bin wohl in Ohnmacht gefallen.« Leo rieb sich das Gesicht.

»Und du? Was ist mit dir passiert?«

»Sie haben mich überrumpelt und mir eine Socke in den Mund gesteckt. Ich habe gehört, wie du angelegt hast und dass es eine Schlägerei gab, aber dann waren nur noch laute Musik, ein paar Schreie und irres Gelächter zu hören.«

Leo stand auf, legte den Arm um Kjartans Schultern und lotste ihn in die Küche. Er füllte zwei alte Senfgläser mit Aquavit, und sie setzten sich an den Küchentisch.

»Wo bleibt der Dicke?«, fragte Leo.

»Der kommt bald wieder.«

»Wo wollte er hin? Und wo ist die Leiche?«

»In seinem Boot, an meine Statue gebunden. Er will den ganzen Mist versenken.«

»Wie hat er das geschafft? Die wiegt sicher eine Tonne.«

»Ich habe ihm geholfen.«

Leo starrte Kjartan an und schüttelte den Kopf, um aufzuwachen.

»Was sagst du da?«

»Ich habe mich nicht getraut, ihm zu widersprechen.«

»Du hast ihm geholfen, diesen Verrückten an deine Statue zu binden?«

Kjartan schaute zu Boden. Sie schwiegen eine Weile, dann fing Kjartan an zu schluchzen. Der tiefenentspannte Hippie war plötzlich gar nicht mehr tiefenentspannt.

Tränenüberströmt erzählte Kjartan, wie er Rino geholfen hatte. Er hatte nicht nachgedacht, es schien einfach das einzig Richtige zu sein.

Danach tranken sie still weiter und dachten nach. Leo spielte mehrere Szenarien in Gedanken durch. Der Mann mit dem Schlangentattoo hatte ihm und wahrscheinlich auch Kjartan das Leben gerettet. Sie konnten nicht einfach die Polizei rufen, bevor sie mit ihm geredet hatten.

Das hatte er verdient.

Aber ein Mensch war gestorben, und der Skinhead hatte ihn getötet. Und Kjartan hatte ihm geholfen, die Leiche verschwinden zu lassen.

Kurz entschlossen stand Leo auf, nahm einen Eimer, einen Putzlappen und die Scheuerbürste aus dem Schrank und stürzte sich auf die große Blutlache im Wohnzimmer.

»Ob das klug ist?«, fragte Kjartan. »Glaubst du nicht, dass die Polizei den Tatort lieber unberührt sehen möchte? ›Unkontaminiert‹, sagen sie immer bei CSI.«

»Was ist das, CSI?«

»*Crime Scene Investigation*. Eine bekannte Fernsehserie.«

»Ihr habt die Leiche ja schon beseitigt.«

»Eben. Warum willst du es dann noch schlimmer machen?«

»Wenn ich hier nicht putze, ist der Boden im Eimer«, sagte Leo. »Er ist über hundert Jahre alt.«

Eine halbe Stunde später kam Rino zurück, augenfällig ruhig dafür, dass er über und über mit dem Blut seines besten Freundes besudelt war. Er nahm ein altes Marmeladenglas aus dem Schrank und schloss sich Leo und Kjartan an.

»Aquavit mitten im Sommer?«, fragte er.

»Ich hatte nichts anderes«, sagte Leo.

Sie tranken.

»Hat's geklappt?«, fragte Leo.

»Ich hab sie über Bord gekippt.«

»Wo denn?«

»Weiß ich nicht mehr. Irgendwo.«

Stille. Ein Trommeln auf dem Dach. Es hatte zu regnen begonnen.

»Ob das so klug war?«, gab Kjartan zu bedenken.

»Zu spät«, sagte Rino. »Natürlich musste ich die Leiche loswerden. Danke für die Hilfe, übrigens.«

»Was zum Teufel tun wir jetzt?«, fragte Kjartan und sah Leo resigniert an.

Leo sah Rino in die Augen. »Wir haben keine Wahl. Wir müssen zur Polizei und die Karten auf den Tisch legen.«

Rino trank einen großen Schluck Aquavit. »Und wenn ich Klavenes umlege? Wäre das eine Möglichkeit?«

»Es hat schon genug Tote gegeben«, sagte Leo. »Wir gehen

zur Polizei, verhandeln, erzählen alles und liefern Klavenes der Justiz aus.«

»Wie schön, dass dein Jurastudium doch nicht ganz umsonst war«, bemerkte Kjartan.

»Oh!« Leo sah Kjartan an. »Bist du endlich von den Toten auferstanden?«

»Kluger Plan. Der einzige Haken daran ist, dass ich für zwei Totschläge verurteilt werde«, sagte Rino und lächelte gequält.

»Den Polen hat Nils getötet, und Nils hast du getötet, um mein Leben zu retten. Einmal Mitwirkung und einmal Notwehr. Wenn du mit der Polizei zusammenarbeitest und ihnen hilfst, Digeruds Reste zu finden und Klavenes zu schnappen, kommst du mit ein paar Jahren davon.«

»Du solltest Anwalt sein und nicht nur Rechtsreferendar«, sagte Kjartan.

Rino trommelte mit den Füßen aufs Parkett. Es sah aus, als wollte er etwas sagen. Dann sagte er etwas.

»Ich will mir ein Fischerboot kaufen. Nichts Extravagantes, nur ein kleines Fischerboot mit einer Kajüte, in der ich die ersten Monate schlafen kann. Damit will ich nach Storbørja fahren. Dort lebt seit dreißig Jahren kein Mensch mehr. Ich such mir das beste Haus aus, mache es wieder bewohnbar und führe ein einfaches Leben als Bauer, Jäger und Fischer.«

Leo und Kjartan sahen ihn mit einer Mischung aus Staunen und Schrecken an. Rino hatte ihre volle Aufmerksamkeit. Aber er sagte nichts mehr.

Kjartan sank tiefer in seinen Stuhl. »Müssen wir unbedingt sagen, dass ich dir beim Beseitigen der Leiche geholfen habe?«, fragte er kleinlaut.

»Nein, beruhig dich«, antwortete Rino.

»Mir wäre es am wichtigsten, das Klavenes nicht ungeschoren davonkommt«, sagte Leo und sah Rino an. »Das können wir nur erreichen, indem du zur Polizei gehst und alles erzählst.«

Rino kratzte sich im Nacken, leerte sein Glas und fragte: »Wie machen wir das? Ich meine rein praktisch.«

»Wir fahren aufs Revier von Asker und Bærum und erzählen ihnen alles, was geschehen ist.«

»Okay, aber dann behalten sie mich gleich dort und lassen mich nicht mehr gehen.«

»Wohl kaum.«

»Ich hab noch was zu erledigen. Wir treffen uns morgen früh dort.«

Sie schwiegen, dachten nach und tranken. Leo sah Kjartan fragend an, aber der Hippie war wie in einer anderen Welt.

Rinos Wunsch schien angemessen. Nils war ohnehin mausetot. Rino hatte bestimmt noch eine Menge zu regeln, bevor er sich in Polizeigewahrsam begab.

»Dann treffen wir uns morgen früh um acht auf dem Polizeirevier von Asker und Bærum«, sagte Leo.

Kjartan sah auf die Uhr: »Das ist in fünf Stunden.«

»Abgemacht«, sagte Rino, stand auf und leerte sein Marmeladenglas. Dann verschwand er durch die Terrassentür im Halbdunkel.

46

Leo und Kjartan blieben am Küchentisch sitzen, bis die Flasche leer war und die gnadenlose Sonne direkt ins Wohnzimmer schien und entlarvte, wie es dort aussah.

Nach dem Frühstück, das aus einer Karotte und Thunfisch aus der Dose bestand, gingen sie zum Anleger, stiegen ins Boot und fuhren nach Sandvika. Um Punkt acht waren sie auf dem Polizeirevier.

Mariken Varden war ebenfalls dort.

Rino Gulliksen war nicht dort.

Um halb neun hatte Leo Mariken Varden und Danielsen die ganze Geschichte erzählt. Alles, was auf Gåsøya geschehen war – oder fast alles – und was Rino Gulliksen über Klavenes, Nils, den Polen, Alfred Digerud und Jan Landgangen erzählt hatte.

Von Rino Gulliksen weiterhin keine Spur.

Mariken Varden konnte es kaum glauben, sie war zu überwältigt, um Fragen zu stellen. Als Leo fertig war, fragte Danielsen, ob Rino einen guten Anwalt hatte.

Leo dachte kurz nach und sagte: »Ja, mich.«

Mariken lächelte traurig und sagte: »Ich weiß, dass du gut bist, aber ich fürchte, du bist ein wenig befangen.«

»Ich könnte Rinos Verteidigung als zweiten Fall auf dem

Weg zum Anwaltstitel gebrauchen.« Leo zog eine Grimasse. Sie befragten Kjartan in einem anderen Zimmer. Dies sei eine bloße Formalität, versicherten sie

Als sie in das Zimmer zurückkamen, wo Leo wartete, flüsterte Mariken Danielsen etwas ins Ohr, während sie Leo ansah. Danielsen nickte. Dann sagte Mariken:

»Warum in aller Welt hat er die Leiche im Meer versenkt? Und wie hat er das alleine geschafft?«

»Fragst du mich, dann frag ich dich«, antwortete Leo. »Er ist ziemlich stark.«

»Habt ihr eine Ahnung, wo er sie versenkt hat?«

»Das hat er uns nicht gesagt, aber er wird es sicher verraten, wenn er kommt.«

»*Wenn* er kommt«, sagte Danielsen.

»Okay. Was haben wir eigentlich gegen Klavenes in der Hand?«, fragte Leo und sah Mariken an.

»Wie ich schon sagte, nicht besonders viel. Wir können ihn dafür belangen, dass er Nils und Rino beauftragt hat, den Polen zu verdreschen, aber laut Rinos Aussage hat Nils ihn auf eigene Faust getötet. Dann der Mord an dem Ornithologen. Unsere Leute suchen die Leiche, aber selbst wenn sie sie finden, wird es schwer, eine Verbindung zu Klavenes zu beweisen. Da steht Rinos Wort gegen seins. Rino kann bezeugen, dass er den Auftrag bekommen hat, dich zu töten, aber auch da steht sein Wort gegen Klavenes', und es ist ja auch nichts draus geworden. Dafür bekäme er nicht viel. Und obwohl Rino Nils getötet hat, um einen Auftragsmord zu verhindern, ist immer noch er derjenige, der Nils erschlagen hat, nicht Klavenes. Das ist alles zu dünn. Wir brauchen mehr.«

Leo nickte. »Aber wenn Rino aussagt, können wir ihn für

den Mordauftrag zur Verantwortung ziehen, auch wenn nichts draus geworden ist.«

»Außerdem haben wir Landgangen in der Hinterhand. Tortur, Freiheitsberaubung.«

»Das können wir versuchen, aber ich weiß nicht, ob er aussagen wird. Soviel ich weiß, hat er Klavenes nie persönlich getroffen.«

»Wir sind also vollkommen abhängig von Rino Gulliksen«, stellte Mariken Varden fest. »Er kommt bestimmt.«

Leo hatte seine Zweifel, aber die behielt er für sich.

Um neun Uhr war Rino Gulliksen noch immer nicht aufgetaucht.

47

Der Projektdirektor stand unter der Dampfdusche und wusch sich den Hintern. Es war sein letzter Morgen als Einwohner von Bærum. Er stellte sich vor, wie sein neues Leben auf den Bahamas werden würde. Sein Flug ging um 07:40 Uhr von Gardermoen über Berlin und Miami nach Nassau.

Es war höchste Zeit zu verschwinden. Egal, wie die Nacht auf der Insel verlaufen war, es wurde langsam brenzlig und er musste sich und seine Millionen in Sicherheit bringen, bevor es zu spät war.

Er fragte sich, ob er etwas vermissen würde. Vielleicht die Vormittage in Haga mit Birger, die Besuche bei den Au-pairs in der Garagenwohnung, vielleicht den weichen Stuhl und den Schreibtisch im Büro auf Lysaker Brygge und sein Porträt an der Wand, sonst nichts.

Er freute sich darauf, als unbeschriebenes Blatt neu zu beginnen.

Natürlich würde er die primitive Kultur auf Eleuthera respektieren, die lokale Kirche respektieren und der großzügigste Weiße werden, den die Eingeborenen je gesehen hatten. Dort unten brauchten sie ja Vorbilder. Und wenn er sich langweilte, konnte er ja wieder mit Immobilien beginnen, bestimmt würde er genügend gutgläubige Amerikaner finden. Vor allem wollte er Wasserski lernen und fette Fische angeln, Schwertfische, Thunfische und Haie besiegen. Er wollte tauchen und lernen, die tropischen Fischarten voneinander zu unterscheiden. Vielleicht fand er eine junge amerikanische Studentin, eine Sozialanthropologin auf Feldarbeit oder eine Meeresbiologin, die Meeresschildkröten beobachtete. Er würde sie ein wenig in elementarer Biologie unterrichten. Er wollte barfuß über Strände laufen und noch brauner werden. Und natürlich ganz viel Golf spielen. Der Golfplatz auf Eleuthera war in einem miserablen Zustand, Vielleicht konnte die Renovierung sein Beitrag zum Gemeinwohl werden?

All dies sah Terje Klavenes klar vor sich, während er die Stirn an die italienischen Fliesen der Dusche lehnte. Was er jedoch nicht sah, war das fremde Boot an seinem Anleger und den großen Mann mit dem Schlangentattoo, der zielstrebig auf seine Haustür zuging.

Es klingelte. Das Au-pair-Mädchen öffnete die Tür und bat den Mann mit dem Bootshaken in der einen und dem roten Benzinkanister in der anderen Hand, draußen zu warten, während sie den Hausherrn holte.

Vier Minuten später tauchte ein erschöpfter Klavenes im weißen Bademantel auf. Als er Rino sah, verzog er das Gesicht zu einer entsetzten Grimasse. »Was zum Teufel ist geschehen?«, rief er.

»Sie sind tot«, sagte Rino. Er merkte sofort, dass Klavenes jemand anderen als ihn erwartet hatte.

»Fabelhaft!«

Klavenes hatte seine Mimik wieder im Griff, der Schauspieler.

»Wie hast du es gemacht?«

»Ich habe sie getötet.«

»Das habe ich kapiert. Aber *wie?*«

»Ich habe sie mit Leonards Flinte erschossen.«

»Exzellent. Was hast du mit den Leichen gemacht?«

Klavenes war aufgedreht wie ein kleiner Junge im Zirkus. So war es auch in Ordnung. Jetzt stand nur noch Rino zwischen ihm und einem langen, glücklichen Leben in den Tropen. Wenn er aus dem Weg geräumt war, konnte ihn keiner mehr zu Fall bringen. Sollte die Polizei doch denken, was sie wollte. Ohne handfeste Beweise hatten sie nichts. Außerdem hatten die Bahamas kein Auslieferungsabkommen mit Norwegen. Er hatte sich schon in Oslo umgehört. Ein Kosovoalbaner hatte sich bereit erklärt, Nils für 20.000 zu töten. Das musste auch für Rino gelten.

»Ich habe sie im Meer versenkt«, sagte Rino.

»Und jetzt willst du natürlich dein Geld. 50.000? Haben wir 50 gesagt? Jetzt kriegst du ja doppelt so viel. Warte hier, ich hole das Geld.«

Klavenes drehte sich um und wollte gehen, aber er ahnte Unheil.

»Warte!«, sagte Rino.

Klavenes drehte sich um. Rino stand drohend vor ihm, stampfte mit dem Bootshaken auf den Boden und schüttelte den Kanister. »Wenn du nicht innerhalb von zwei Minuten alles, was du im Safe hast, in eine Tasche steckst und mir gibst, fahre ich sofort zu den Polypen und erzähle ihnen alles haarklein.«

Terje Klavenes bekam nervöse Zuckungen in der rechten Gesichtshälfte. »Warum in aller Welt glaubst du, ich hätte Geld in einem Safe?«

»Nils hat es mir erzählt. In deinem Büro hinter dem Widerborg-Gemälde.«

»Wider*berg*, Rino. Franz Widerberg. Das Geld ist nicht mehr dort.«

Rino grinste. »Das ist dumm. Dann muss ich mich damit begnügen, dich umzubringen.«

Rino stellte Bootshaken und Kanister ab, ging auf Klavenes zu und legte die Hände ruhig um seinen Hals.

»Warte!«, rief Klavenes. »Komm mit.«

»Zieh den Bademantel aus«, kommandierte Rino.

»Warum?«

»Weil ich gerne nackte, mittelalte Männer sehe.«

Klavenes sah Rino bettelnd an, dann zog er widerwillig den Bademantel aus und warf ihn auf den Boden. Rino nahm Bootshaken und Kanister und beorderte den nackten Mann in den ersten Stock. Beim Anblick des Rohrs, das zwischen Klavenes' Beinen hing, und des knackig unbehaarten Hinterns, der vor ihm die Treppe erklomm, packte ihn der Neid.

»Du hast Glück. Ich haue heute in die Tropen ab«, sagte Klavenes, als sie oben waren. Er ging ins Schlafzimmer, das viermal so groß wie Rinos Wohnzimmer war, und zog eine Tasche aus der Walk-in-Garderobe.

Rino stieß mit finsterem Blick den Bootshaken auf den Boden. Er folgte ihm ins Büro, wo Klavenes ein Gemälde von der Wand nahm. Es war abstrakte Kunst, ein Typ mit Flügeln in gelben, blauen und roten Tönen. Dahinter kam eine riesige Safetür zum Vorschein.

»Was hast du mit dem Kanister vor?«, fragte Klavenes.

»Eine Wirtschaftsstudentin hat mir gesagt, man sollte immer das Benzin mitnehmen, wenn man sein Boot verlässt. Dann stiehlt es keiner.«

Klavenes drehte mit feuchten Fingern am Zahlenschloss. »Verdammt, ich hab den Code vergessen«, versuchte er Zeit zu schinden. Rino stach ihm den Bootshaken in die Seite und funkelte ihn an.

Klavenes drehte weiter, bis es klickte, und öffnete die Tür. Automatisch ging im Inneren das Licht an. Rino trat einen Schritt näher. An einer Wand des riesigen Safes waren bündelweise Banknoten aufgestapelt.

»Steck alles in die Tasche«, kommandierte Rino.

Nackt und wütend kletterte Klavenes mit der Tasche in den Safe und begann sie zu füllen.

»Sind das Hunderter?«, fragte Rino.

»Tausender«, sagte Klavenes verächtlich.

»Wie viel insgesamt?«

»Fünf Millionen Kronen.«

»Ausgezeichnet«, sagte Rino.

»Du kriegst eine Million, wenn du verschwindest«, sagte Klavenes aus dem Safe. »Und ich werde mir überlegen, dich nicht umzubringen.«

»Halt's Maul und füll die Tasche«, sagte Rino Gulliksen.

»Du weißt, dass ich dich finden werde und dass du ein toter Mann bist, wenn du das tust?«, sagte Klavenes und reichte die Tasche durch die Tür.

Sie fühlte sich angenehm schwer an.

»Ja, das weiß ich«, sagte Rino, hob den Bootshaken und stieß Klavenes, der sich gerade herausschieben wollte, mit dem spitzen Ende in den Safe. Dann schlug er die Tür zu und drehte am Zahlenschloss.

Aus dem Safe drangen ferne, hysterische Schreie. *Gut isoliert*, dachte Rino.

Er nahm Bootshaken, Kanister und Tasche und ging

hinunter ins Wohnzimmer. Dort schraubte er den Kanister auf, tränkte Teppich, Möbel und Gardinen mit Benzin und ließ ein paar Liter für die Heimfahrt übrig. Dann ging er in die Küche, suchte und fand eine Schachtel Streichhölzer. Zurück im Wohnzimmer riss er eines an und warf es auf den Teppich. Die Flammen loderten sofort auf. Er verließ das Haus, klopfte in der kleinen Wohnung über der Garage an und erklärte dem philippinischen Mädchen in gebrochenem Englisch, dass sie so rasch wie möglich ihre wertvollsten Sachen einpacken und das Haus verlassen sollte.

Schließlich stieg er ins Boot, fuhr nach Sandvika und schnappte sich das erste freie Taxi. Zum ersten Mal im Leben konnte er ohne schlechtes Gewissen Taxi fahren. Die Fahrt zu seiner Blockhütte kostete 120 Kronen. Rino zog einen Tausender aus der Adidas-Tasche und bat den somalischen Taxifahrer, den Rest zu behalten.

Er ging direkt ins Bad, schaute in den Spiegel und erkannte das Gesicht, das ihn anstarrte, nicht wieder. Dann ging er in den Keller und erklärte dem Vater, der nicht sein Vater war, dass er eine Stunde Zeit hatte, seinen Koffer zu packen. Von nun an müsse er allein zurechtkommen, weil er für längere Zeit verreise. Dann ging er ins Wohnzimmer, legte sich auf das Veloursofa und schlief wie ein Baby – fast ein Wunder, wenn man bedachte, dass er gerade seinen besten Freund und seinen Arbeitgeber getötet und ein Haus für 25 Millionen Kronen angezündet hatte, dass der Vater, der nicht sein Vater war, im Keller heulte wie ein Wolf und Rino selbst in wenigen Stunden auf der Flucht vor der Polizei sein würde.

Terje Klavenes lag in der dunklen Höhle, nackt, außer sich und vor Todesangst zitternd. Es war stockdunkel, und langsam wurde es unerträglich heiß. Er fragte sich, warum die Temperatur immer weiter stieg. Er hämmerte mit den Fäusten gegen die Metallwände, bis die Finger bluteten, heulte und schrie aus vollem Hals, obwohl er wusste, dass niemand ihn hören konnte. Reue überkam ihn. Er bereute, dass er weder Mariken Varden noch das neue Au-pair gevögelt hatte, dass er nie Lionel Richie am Strand treffen und mit ihm *Hello* singen würde und dass er den übergewichtigen Bauerntrampel nicht kaltgemacht hatte, als es noch möglich war. Dann verlor er die Besinnung.

Nach einer Stunde Schlaf klingelte der Wecker von Rinos Handy. Es war halb acht. Der Vater, der nicht sein Vater war, saß ihm gegenüber, voll angekleidet, einen Koffer neben sich auf dem Boden. Rino stand auf und holte die schwarze Tasche. Er stellte sie auf den Wohnzimmertisch, zählte eine halbe Million ab, steckte sie in eine Plastiktüte, gab sie dem Vater, der nicht sein Vater war, und jagte ihn zur Tür hinaus. Er schaute dem verwirrten Mann hinterher, der mit dem Koffer und der Plastiktüte an der E16 entlangirrte. Dann sammelte er rasch die wenigen Dinge ein, die ihm etwas bedeuteten, steckte sie in eine Tasche und packte sie in den Kofferraum. Schließlich ging er noch einmal in das kleine Blockhaus und leerte einen Kanister Benzin aus. Er zündete es mit einem Feuerzeug an, ging ruhig hinaus, setzte sich ans Steuer und fuhr Richtung Nordland und Storbørja. Zwölf Stunden, weiter war es nicht. Er durfte weder das Tempolimit überschreiten noch sonst irgendwie auffallen.

Als er die Stadtgrenze Bærums passierte, schwor er, nie wieder in diesen unseligen Zwitter aus Stadt und Land zurückzukehren. Er dachte an Nils, der eng umschlungen mit dem Landesvater am Meeresgrund lag. Rino bereute nicht, was er getan hatte, es war notwendig gewesen. Trotzdem war Nils sein einziger Freund gewesen, und obwohl er es nicht wirklich verdiente, sollte er wenigstens ein anständiges Begräbnis bekommen, auch seinen Eltern zuliebe. Deshalb hatte er das ungleiche Paar an genau derselben Stelle wie den Polen versenkt. Dort würde man ihn ganz sicher finden. Früher oder später.

Leo und Mariken sprachen über Rino, als Danielsen den Kopf zur Tür reinsteckte und sagte:

»Wir haben Meldung von zwei Bränden bekommen, einen auf Snarøya und einen in Skui.«

»Welche Adresse auf Snarøya?«, fragte Leo.

»Strømstangveien 35.«

»Das ist Klavenes' Haus!«, rief Mariken.

»Und in Skui?«

»Irgendein Blockhaus an der alten E16.«

»Klingt ganz nach Rinos Bude«, sagte Mariken.

48

Ein DNA-Test bestätigte, dass die durchgebratene Leiche, die sie in dem feuerfesten Geldschrank in den Ruinen des Hauses gefunden hatten, die traurigen Überreste des Projektdirektors der Norwegian Property Development Group, Terje Klavenes, waren.

»Wie ein Elchbraten im Ofen«, sagte der Rechtsmediziner Tore Sagbakken aus Elverum.

»Danke für das nette Bild, Jungs«, sagte Mariken Varden.

»Wahrscheinlich hat ihn jemand im Safe eingeschlossen und dann den Brand gelegt«, sagte der Rechtsmediziner.

»Meinst du wirklich?«, sagte Mariken Varden. »Ich dachte, er hätte sich selbst eingesperrt und dann von innen sein Haus angezündet.« Sie schüttelte den Kopf und ging.

»Glaubst du, dass in der NPDG noch jemand über ihm stand?«, fragte Mariken Leo, als sie eine knappe Woche nach dem Brand über Lysaker Brygge spazierten. »Oder hat er alles auf eigene Faust getan?«

»Ich kann mir nicht denken, dass es in der Baubranche noch mehr solche Schurken gibt«, sagte Leo und grinste.

»Ja, er war sicher der Einzige!« Mariken spielte mit.

»Im Grunde hat Terje Klavstad bekommen, was er verdiente«, sagte Leo.

»Niemand verdient es zu sterben.«

»Bist du sicher?«

»Nein.«

»Krank, dass so was in Bærum geschehen konnte«, sagte Leo.

»Der Dreck folgt immer dem Geld«, sagte Mariken.

»Was ist mit der Kommune? Glaubst du, Klavstad hat dort jemanden bestochen?«

»Sicher. Wir ermitteln in die Richtung, aber ich wäre überrascht, wenn wir etwas fänden.«

»Keine Spur von Rino Gulliksen?«

»Nein. Wir gehen davon aus, dass er an irgendeinen obskuren Ort in Brasilien oder Thailand geflohen ist.«

»Nicht ganz unwahrscheinlich«, sagte Leo. »Ich glaube, er hegte den ernsthaften Wunsch, ein neues und besseres Leben zu beginnen.«

»Er hat dir das Leben gerettet.«

»Ohne ihn läge ich jetzt irgendwo zwischen Snarøya und Nesodden auf dem Meeresgrund.«

»Ich habe seinen Hintergrund gecheckt«, sagte Mariken. »Unglaublich, dass niemand eingegriffen hat. Rino hat nur die Karten gespielt, die er ausgeteilt bekommen hat. Das kann man ihm nicht verdenken. Man kann vernünftig oder dumm spielen, aber das Leben teilt die Karten aus, und du musst entscheiden, wie du sie einsetzt. So gesehen hat Rino gar nicht so schlecht gespielt.«

»Ich kenne viele, die unfairer spielen«, sagte Leo und schaute an den Himmel, wo zwei Lachmöwen kreisten.

Mariken blieb stehen, sah Leo in die Augen und sagte: »Ja, ja. Da sind wir.«

»Was geschieht jetzt?«, fragte Leo.

»Mit uns, meinst du?«

»Ja. Du und ich.«

»Wir schauen, was der Tag uns bringt. Jeden Tag.«

»Wenn du mich fragst, ob ich mit raufkommen und deine Plattensammlung sehen möchte, sage ich Ja. Auch wenn du Mezzoforte magst.«

»Möchtest du mit raufkommen und meine Plattensammlung sehen?«

»Gerne.«

»Du musst wissen, dass die Schnellstraße ziemlich laut ist.«

»Damit kann ich leben«, sagte Leo und legte vorsichtig den Arm um Marikens Schultern.

49

Am frühen Morgen des 15. August stieg Trond Bast im Bootshafen von Sollerud an Bord seines roten Dingi. Er wollte hinaus auf den Fjord und angeln, seinen Lieblingsfisch, die Meerforelle. Es war die dritte Tour seit jenem unglückseligen Tag, an dem er den Kopf einer polnischen Wasserleiche am Haken gehabt hatte, die von den Handlangern skrupelloser Baulöwen versenkt worden war.

Nach dem traumatischen Erlebnis hatte die Gemeinde ihm ein paar Sitzungen beim Psychologen Zimmer in Bærumsveien spendiert. Bast hatte sich als Musterpatient erwiesen, Zimmer hatte nie ein besseres Resultat erzielt.

Trond Bast war in Topform. Es ging ihm so gut, dass er wieder Teilzeit in der Markisenfirma arbeitete.

Die Einwohner von Asker und Bærum waren aus den Sommerferien zurück. Viele von ihnen pendelten wieder zur Arbeit in die Hauptstadt, was mehr Lärm von der Schnellstraße bedeutete, aber er ließ sich die Stimmung nicht verderben.

Der Motor sprang schon beim ersten Versuch an. Bast richtete sein neues Toupet, ein teures und fülliges norwegisches Modell. Der Hersteller hatte damit geworben, dass *Ready to Wear* häufig bei Film und Fernsehen zum Einsatz kam und täuschend echt aussah, selbst aus der Nähe. »Keine sichtbaren Kanten, egal, wie Sie es kämmen, selbst enge Freunde oder Ihre Partnerin werden keinen Unterschied sehen.« Daneben war das Bild eines norwegischen Schlagersängers abgedruckt gewesen, den Bast immer um seine dichte Mähne beneidet hatte.

Als er die Mole umrundete, winkte er vier dunkelhäutigen Männern zu, die mit langen Ruten und schweren Kunstködern angelten. Es gefiel ihm, dass Männer aus primitiven Kulturen sein Hobby teilten. Wahrscheinlich lag das Fischen in den Genen aller Menschen. Er richtete sich auf und rief:

»Habt ihr was?«

Die Männer lächelten und winkten zurück. Einer rief:

»Nein! Wir fangen nie was!«

In Lysaker Brygge saßen Horden von grauhaarigen Menschen in der Morgensonne und hielten trotz der frühen Stunde ein Glas Wein in der Hand. Bast winkte ihnen zu, lächelte und streckte beide Daumen nach oben.

Die Alten lächelten und winkten zurück.

Bast machte die Schleppbleie bereit, ließ die Planer Boards zu Wasser und stellte die Tiefe auf genau drei Meter ein. Dann feilte er ein letztes Mal die Haken an den Wobblern, strich liebevoll über die Shimano-Angelrolle, die er für 3.000 Kronen gekauft hatte.

Bast hatte sein Comeback in der Arbeitswelt damit gefeiert, 5.000 Kronen für die allerneuesten Gadgets der Angeltechnik abzuzweigen.

Das Boot tuckerte an Lagåsen vorbei, dem exklusiven Wohngebiet, das Bærums beste Männer beherbergt hatte. Er dachte, wie privilegiert er war, um diese Uhrzeit genau dort sein zu dürfen. Er schloss die Augen und sog die gute

Luft von Bærum tief in die Lunge, voller Dankbarkeit, dass er ein Norweger und Bæring war. Dann öffnete er die Augen wieder, betrachtete die prächtigen Immobilien an Land und dachte, dass deren Bewohner sicher hart gearbeitet hatten, um dort wohnen zu können. Er dachte an seinen Vater, Benny, der sein Leben lang fleißig war und ihm viele Anekdoten über das Leben in Bærum erzählt hatte.

Der Psychologe hatte behauptet, dass ihm nichts fehle und kein Virus seinen Gleichgewichtsnerv befallen habe. Er hatte ihm klargemacht, dass alles aus dem Kopf kam und es dumm war, sich hinter irgendwelchen Diagnosen zu verstecken.

Bast passierte das Telenor-Gebäude und winkte ein paar Angestellten zu, die an ihren Schreibtischen saßen und übers Wasser schauten. So eine Aussicht musste inspirierend sein. Manche beschwerten sich darüber, dass der Konzern das schönste Grundstück in Fornebu okkupiert hatte, aber das war nur Neid. Es gab immer jemanden, der sich beschwerte. Aber was war die Alternative? Wenn sie nicht dort säßen, hätte sich irgendein Reicher den Bauplatz geschnappt.

Eine Familie aus einem anderen Land hatte sich auf dem Holm vor dem Telenor-Grundstück niedergelassen. Der Vater angelte, die Mutter grillte, und die Kinder spielten in der Sonne. Es war schön, dass die Menschen das Areal benutzten und dass Leute aus anderen Ländern hierherkamen und alles ein wenig anders machten.

Bast öffnete eine Flasche Limonade und schüttete sich den halben Inhalt in den Mund.

Im Laufe des Sommers hatte sich auf dem Gebiet des alten Flughafens eine Menge getan. Er sah die Konturen vieler neuer Gebäude. Der Großkonzern Statoil ASA baute sein neues Hauptquartier, einen neunstöckigen Bürokomplex mit fünf sternförmig angeordneten Flügeln, direkt am Ufer neben Telenor und Aker Solutions. Praktisch, dass alle Schwergewichte der norwegischen Industrie an einem Ort versammelt waren.

Als er an den Wohnblocks gegenüber des Sjøflyhavna Kro vorbeikam, winkte er einer älteren Dame zu, die auf dem Balkon saß. Sie winkte zurück und rief: »Petri Heil!«

»Vielen Dank!«, rief Bast zurück.

Als Trond Bast die äußerste Landzunge bei Rolfstangen umrundete, sirrte es plötzlich laut in der nagelneuen Bremsrolle. Eine Sekunde lang glaubte das Kind in Bast, er habe eine fette Meerforelle am Haken, aber der Realist in ihm konstatierte nüchtern, dass der Köder am Grund festhing. Ihm wurde schwindelig.

Hasta la vista